光文社文庫

銀の夜

角田光代

光 文 社

目次

銀の夜

第一章

晴天の青じゃない、かといって夜の紺でもない、日暮れどきのピンクがかった橙色ではどうかと、マウスをクリックして背景の色合いを微妙に調節し、井出ちづるはふと顔を上げる。目の表面が乾いてしばしばする。かたく目を閉じ、こめかみを人差し指でぐりぐりと押す。

目を開ける。作業机の前には大きなガラス窓がある。空は曇っていて低い。十階の部屋から見下ろせる町は、遠くが灰色に霞んでいる。部屋のなかが濁ったように暗いことに気づき、ちづるは壁に手をのばし明かりをつけた。白熱灯の橙色の明かりで、部屋は急に狭くなったように感じる。目の前のガラス窓に、ぽつりとちいさな水滴が貼りつく。腰を浮かして真下を見ると、商店街を歩く人々が次々と傘をひろげているのが見えた。赤や黒、透明のビニール傘が、花びらみたいに開いていく。

着色していたイラストレーションの画像を閉じ、メールを開く。新着メールは三件あった。二件は以前お取り寄せした食品会社からのDMで、一件は岡野麻友美からだった。DMは内容を見ずに削除し、麻友美のメールを開く。

おひさしぶり。げんき？　あのね、イッちゃんがついこのあいだ、東京に帰ってきたらしいの。帰国祝いにランチでもいかがですか？　都合のいい日を教えてくれたら、あとは私が細かいことを決めて再度連絡します。お返事待ってるね。

ディスプレイの文字は素っ気ないが、麻友美のあの舌足らずな声が、スピーカーから聞こえてきそうだった。ちづるは作業机の隅に置いた卓上カレンダーに手をのばす。カレンダーなど確かめなくても、ほとんどの日が空白になっている。

返信ボタンを押し、画面にあらわれた空白をちづるはじっと眺める。いつだってかまわない、なんなら明日だって、と正直に書くのはなんだか気がひける。すごくひまだと公言するみたいで。

麻友美と私とどちらがよりひまなんだろうとちづるは考える。麻友美は子どもがいるから私よりは忙しいかもしれないけれど、たった三カ月海外にいっていた伊都子の歓迎会を企画したがるくらいだから、私よりはひまなのかもしれない。そこまで考え、ちづるはなんだかおかしくなる。だれかが私よりひまである、ということが私を安堵させるのはなんでだろう？

　返事を書かないまま、さっき削除したばかりのDMを、削除済みアイテムの欄から拾い出して開く。一件は北海道の蟹専門店のメールで、一件は京都の豆腐専門店からのメールである。アドレスをクリックし、あらわれた店のホームページをちづるは隅々まで眺める。今ならお得！　毛蟹とイクラ醤油漬けのセットが八千五百円……ラーメンセットはじめました……。この店から蟹を取り寄せたのは一昨年の冬だ。ひとつは塩茹でにして、もうひとつはスペアリブといっしょに鍋にした。あのころは夫の寿士は毎日八時には帰ってきていた。お取り寄せって便利だなあ、と子どもみたいに笑って言い、今度は蕎麦だ、湯葉だ、干物だと次々リクエストし、いっときお取り寄せは井出家のブームになった。パンや調味料まで取り寄せたことをちづるは思い出す。当たりもあれば外れもあった。外れてもそれはそれでなんだか楽しかった。寿士と二人、文句を言い合って食卓を囲むのは楽しかった。画面にあらわれた色鮮やかな蟹の写真を眺め、ちづるはそんなことを思う。蟹とイクラとラーメンのセットを、ほとんど無意識のうちに買いものカートに入れていて、ちづるはあわててホームページを閉じる。蟹が届くから早く帰ってきてと、寿士に言えるはずがない。仮に言ったとしたって、彼が以前のように帰ってくるとはかぎらない。

顔を上げる。窓ガラスにはびっしりと水滴がついている。いくつかはふくらんで、そのままますぐ下に流れ落ちる。

7日か8日、もしくは15日の昼間なら空いています。仕事が詰まっているので、あんまりゆっくりはできないんだけれど。

ちづるは麻友美への返信を打ちこむ。楽しみにしています、と最後に打ち、送信ボタンを押した。

「買いものにでもいこうかな」

ちづるは独り言を言い、壁に掛かった時計を見上げる。四時三十五分だった。立ち上がったものの、とたんに億劫になる。この時間のスーパーマーケットは混んでいる。傘をさしてそこまでいって、プラスチックの買いものかごを提げて混んだ店内をうろつくことが、耐えがたい苦痛に感じられる。

ちづるは部屋を出、リビングに向かった。暗いリビングの明かりもつけず、ソファに横たわる。リビングの窓からは新宿副都心が見える。降りしきる雨の向こうに、高層ビルの明かりがにじんでいる。

寿士は浮気をしている。信じがたいことだが、それは真実だ。ちづるは相手も知っている。同じ事務所で働く、新藤ほのかという、米の銘柄みたいな名前の子だ。一月五日が誕生日の二十五歳で、技術翻訳をおもに扱う寿士の事務所にいるが、将来的には小説の翻訳をしたいと思っている。現代のフラナリー・オコナーを発掘して日本に紹介したいと願っている。

なぜそんなことをちづるが知っているかといえば、調べたからだった。寿士の携帯メールおよび書斎に置いてあるコンピュータの送受信履歴、鞄に入れっぱなしになっている手帳、天袋の奥深くにしまわれた箱に保管された手紙やカード。本人は隠しているつもりだろうが、あまりにも無防備なので、ちづるは当初ほほえましく感じたほどだった。生まれてはじめての浮気なんだろうとちづるは思った。だいたい、寿士はもてるタイプの男性ではない。ぽっちゃりと肉付きがよく、結婚してからはさらに八キロほど増え、服装にはまったく頓着せず、ちづるの揃えたものを確認もせずただ袖を通すような着方で、洒落たレストランやバーを知っているわけでもなし、たまさか知っていたとしても気の利いた会話ができるような人ではない。

生まれてはじめての夫の浮気を知ったとき、ちづるは、子どもが百点をとってきたときってこんな感じなんじゃないだろうかと思った。誇らしいような、でも、調子にのるなと釘をさしたいような、そんな気分。負け惜しみでもなんでもなく、単純にちづるはそう感じたのだった。

黙認していたらどんどん無防備になった。今では平日の寿士の帰りは十二時過ぎだし、土日も下手をすると仕事があるといって出かけていく。そんな生活になってから、半年がたつ。

ここへきて、ちづるは自分の気持ちがよくわからなくなっている。あいかわらず、嫉妬はない。嫉妬はまるで感じないが、しかし、嫉妬を感じない、そのことにちづるは戸惑っている。ちづるが感じているのはむしろ、ずっと馬鹿にされ続けているような不快感で、それが愛情から生じているものではないとちづるはかすかに気づいてもいる。だから、寿士に解決を迫ることができない。

いっそのこと嫉妬を感じたかったとちづるは思う。二十五歳の新藤ほのかを憎むことができればよかった。彼女の若さを妬み、自分にはない美点をうらやみ、メロドラマの主人公みたいに、どっちをとるの、ちゃんとして、私を見てと、お決まりのせりふで寿士を責められればよかった。

ちづるはソファから立ち上がり、部屋の明かりをつける。テレビをつけ、冷蔵庫を開ける。じゃが芋とセロリとトマト、一切れだけ冷凍してある鱈を取り出し、流し台に並べる。鱈と野菜の薄切りを重ねて、チーズをふりかけて蒸し焼きにしよう、バジルペーストが残っているからそれでパスタを和えて付け合わせれば買いものにいくこともない、流し台を見下ろして、ちづるは献立を頭のなかで決める。けれどまな板を用意することも包丁を出すこともなく、再度冷蔵庫を開け、昨日半分飲み残した白ワインを取り出す。グラスに注いでそれを飲む。

近く会うことになる麻友美たちとの昼食光景を、ちづるはぼんやり思い浮かべる。なんの不服もなさそうな顔で愚痴を言う麻友美のあどけない顔、質問しなければ自分からは話し出そうとしない伊都子の、冷たげにも見えるおだやかな笑み。彼女たちに、寿士の浮気の話はしていない。三カ月前に集まったときも、その前も、打ち明けそうになってしまった。すんでのところでのみこんだ。ひまなのに忙しいと言ってしまうような見栄ではなくて、自分の気持ちをどう説明していいのか、ちづるはわからないのだった。相手の女の人のことをなんとも思わない、と言ったらたぶん、彼女たちはちづるをなぐさめるだろう。無理しないで、だいじょうぶよ、と言って。もっと悪くすると、私たちにはなんでも言っていいんだよと真顔で親身になられてしまう。そういうことではないのだ。年若い女の子と浮気する夫、じっと待つ気の毒な妻。彼女たちの思いやりにあふれた言葉で、そんなわかりやすい構図にまとめられてしまうのは耐えがたい。いや、そんなふうにまとめてもらったら、ひょっとして、私は嫉妬を感じることができるのではないだろうか？

ちづるはガス台の上の棚から、半分残して封をしてあるピスタチオを取り出す。ざらざらと幾粒かダイニングテーブルに転がして、椅子に腰かけ殻を剝く。

十五歳からずっとつきあっている二人の友人の顔を、ちづるはもう一度思い出し、不思議な気持ちになる。私たちがずっといっしょにいるのはなんでだろう。麻友美の子育ての悩みを、私と伊都子は共感を持って聞いてあげることはできないし、自分の結婚生活について彼女たちが理解してくれるとは思わない。伊都子にいたっては、いったい何を目指して何をやっているのか私も麻友美もわからないのだ。だから、いつのころから、集まっても私たちは当たり障りのないことしか話さなくなった。かつてのように胸の内を隅々まで見せ合うようなことはしなくなった。それなのに会い続けているのはなんでだろう。楽しみにしているとメールを返信した瞬間から、実際楽しみになってしまうのはなんでだろう。ちづるが思い出す二人の顔は、いつのまにか、二十年近くさかのぼった、少女のそれになっている。

麻友美がメールに添付して送ってくれた地図をプリントアウトし、ちづるはそれを確かめながら神保町の町を歩く。三人で集まろうというと、麻友美がすべて段取りを決めてくれるのは高校卒業以来いつものことだ。

三カ月前、国外にいく伊都子の壮行会という名目で集まったときは、国会議事堂前のフランス料理屋だった。店を決めて予約してくれるのはありがたいが、彼女が指定する店はいつも中途半端にいきづらいところにある。ちづるの住まいが東北沢、伊都子のマンションは神楽坂、麻友美が住んでいるのは目黒なのだから、新宿とか恵比寿とか、もっとみんなにとって便利な場所がありそうなものなのに、とそこまで考えてちづるは苦笑する。新宿だろうが吉祥寺だろうが、北千住だろうが横浜だろうが、なんの予定もない自分にはさして変わりはないのに。

昨日まで降り続いていた雨は、夜のうちにやんで、今日は久しぶりの晴天だった。梅雨明けも間近なのだろう。青を通り越して白っぽい空の下、学生やサラリーマンが急ぎ足で行き交っている。

迷うだろうと早めに出たのに、目当ての中華料理屋はすぐに見つかった。予約時間より十分ほど早かったが、時間をつぶすには中途半端で、ちづるは仕方なく店内に入り麻友美の名を告げる。二階の個室に案内された。白いクロスの掛かったテーブルに、ちづるはぽつんと座る。案内してくれた店員が去ってしまうと、退屈しのぎにメニュウを開いて眺める。

草部伊都子がやってきたのは約束の時間の三分前だった。白いシャツにぴったりしたジーンズをはいている。高校生のころのように手をふりながら個室にあらわれ、席に着く。ちづるから見ると、伊都子はいつ会っても変わらない。ファンデーションを薄く塗っただけのほとんど素顔で、けれどまだ二十代半ばのように若々しく見える。着るものにまったく気を使っていないように見えるのに、こざっぱりと清潔で、人の目を引くような華やかさがある。彼女がちっとも老けないのは、結婚しないからだろうとちづるは考えている。生活と、どこまでも無縁だから。

「三人なのに円卓なんて、なんだか大げさだね」バッグから煙草を取り出して伊都子は笑う。

「どこいってたんだっけ」

ちづるが訊くと、伊都子は恥ずかしそうに笑い「モロッコ」と言う。モロッコと聞いても、ちづるはモロッコ的なものを何ひとつ思い浮かべることができない。

「それ、どこだっけ」

「やーだ、ちーちゃんの地理音痴はあいかわらずだね、アフリカ大陸の端っこ、スペインの向かいだよ」

「モロッコに三カ月も？」

「スペインに渡ったり、チュニジアにいったりもしたけど。ねえ、どうせ麻友美は遅れてくるんだろうから、先に飲みものだけでも頼まない？」煙草に火をつけて、伊都子はメニュウを開く。

「イッちゃんアルコールにするの？」

「もちろん。飲むでしょ、ちーちゃんも」伊都子は肩をすくめて笑ってみせ、店員を呼び、ちづるのぶんもビールを頼んでしまう。奥の窓ガラスから、部屋を斜めに切り取るように陽射しが入りこんでいる。運ばれてきたビールを、光にかざすように持ち上げて、ちづると伊都子は乾杯をした。

「三カ月も、何してたの？」

「そんなことより、ちーちゃんは元気？　どう、最近は」

「どうもこうも、三カ月前となんにも変化ない生活」

「イラストのお仕事はどうなの」

「うん、まあまあ」

仕事のことを訊かれると、ちづるはいつも口ごもる。夫の知り合いのつてを頼って、イラストを描く仕事をはじめたのは一年半ほど前だ。雑誌のコラムや投稿欄に、ひっそりと添えられるような種類の挿画依頼が、月に数えるほど入ってくる。井出ちづるの名前がのらないことがほとんどで、収入としては一カ月の食費にも満たない。描くのをやめてしまっても、たぶんだれも困らない。いや、気づくことすらないかもしれない。気楽な主婦の趣味、とちづるは自分で思っているけれど、他人にそう思われるのはなぜかいやなのだった。

「そろそろ個展をやりたいなと思って」だから、そんなふうに言ってしまう。「場所なんかはまだ決まっていないんだけど、とりあえず、仕事とはべつに、少し大きめのをね、描いてみたりしてるんだ」

「へええ」ビールのグラスから口を離し、ちづるをのぞきこみ伊都子は感心したように幾度もうなずく。「決まったらすぐに教えてね。花束持っていくからね。私、昔からちーちゃんの描く絵は好きだったんだ」

伊都子はふと真顔になって口を閉ざし、残りのビールをごくごくと飲んでしまう。

「ピッチ速くない?」

ちづるがからかうように言うと、伊都子は真顔のまま、「いいの。だって私の帰国祝いだもの。ビールもう一杯頼むついでに、お料理も頼んじゃおうか。麻友美はコースを注文しちゃってるのかな？」

メニュウを手にとって店員を呼ぶ。

「単品で注文していいって。何食べよう？　前菜の盛り合わせと……アスパラガスと牛肉炒め、海老のマヨネーズ炒めもいいよね、ねえ、ちーちゃんは何がいいの」

やけに持ち重りのするメニュウをちづるに押しつけてくる。

約束の時間を二十分ほど過ぎて、ようやく麻友美が到着する。ばたばたと騒々しく階段を上がる音に引き続き、思いきり個室のドアが開かれ、

「やあだ、もう飲んじゃってるの！」

素っ頓狂な大声とともに麻友美が入ってきた。淡いピンクのてれんとしたワンピースに、紺のサマージャケットを羽織っている。

「時間なくなったからタクシー乗ったんだけど運悪く道がこみこみで……イッちゃん！ひさしぶり！　タンザニアはどうだった？　あ、私もビールをお願いします。あー、晴れたのはいいけど暑くていやんなっちゃう」話しやめることなく席に着き、せかせかとジャケットを脱ぎ、バッグからハンカチを取り出し、こめかみに押し当てている。

「タンザニアって何よ」

伊都子が笑う。麻友美のぶんのビールが運ばれてきて、再度グラスを軽くぶつけ合う。

「イッちゃんがいってたのはタンザニアでしょ？　ちがった？　ガラパゴスだっけ」

「まったくもう、困ったもんだよね、麻友美はタンザニアだし、ちーちゃんはモロッコの位置を知らないし。三カ月前の壮行会はなんだったの？」二杯目のビールを、半分ほど飲んでしまった伊都子は、もう酔いがまわりはじめているのか笑い声がさっきよりも大きくなっている。

「それより、どうだったのよ」

「べつに、どうってことないわ」

伊都子は麻友美の皿に、残った前菜を盛っている。蟹肉と卵白のスープが運ばれてきて、伊都子が早々と紹興酒を追加する。

「何それえ、なんで昼間っから深酒モードなわけ？」

「まあまあ、いいじゃない。人のことより麻友美はどうなの、元気にしてたの、ルナちゃんは元気？」

「ああルナ。元気よう。そうだ私、今日二時過ぎにはここを出なくちゃなんないの。ちーちゃんも今日は早く帰らなくちゃなのよね？　だから私は紹興酒飲まない。あら、ねえ！　このスープなんだかおいしい。注文はもう全部しちゃったの？　あのね、ここはフカヒレのあんかけおこげがおいしいの、海老マヨも有名、まさかべつのごはんもの頼んじゃってないわよねえ？」

前菜にはほんの少し箸をつけただけで、麻友美は落ち着きなくメニュウを広げている。

「ちょっと、少し落ち着いてよ」ちづるは笑い出す。

「ほんと、紹興酒飲みなよ」

「いいのいいの、飲まない。アル中のママだと思われる」

「何、このあとルナちゃんのお迎えにいくの」

「そ。幼稚園にお迎えにいって、それからスクール連れてく。すみませーん、注文おねがいしまーす」

「スクールって何」

「水泳とか？　英語？」

「ううん、あのね」広げたメニュウから顔をのぞかせるようにして、麻友美は秘密を打ち明ける子どもみたいに笑う。「あのね、ルナね、芸能人にしようと思って。四月からスクールに通わせてるの」

ちづると伊都子は顔を見合わせた。ドアが開き、紹興酒をのせた盆を手に店員が入ってくる。彼がうやうやしくボトルとグラスと氷をテーブルに並べるのを、なんとなく黙って三人は見守った。思い出したようにメニュウに顔を近づけ、麻友美が追加注文をしていく。ちづると伊都子は再度顔を見合わせた。伊都子は眉を吊り上げてみせ、ちづるは「げいのうじん」とくちびるを動かしてみせ、そして二人でふきだしてしまう。

「何なに、何を笑ってるの、何がおかしいのよ」麻友美はテーブルに身を乗り出し、二人のあいだでせわしなく視線を動かす。麻友美はいつもこうだ、とちづるは思う。自分と伊都子が、いつだって本当のことを言わず、その周辺でごまかしているのに、麻友美だけはなんでもかんでもしゃべってしまう。私も今日、彼女たちに打ち明けてしまおうか、若い女と恋をしている太った夫のことを。二杯目のビールを飲み干して、笑いすぎてにじみ出た涙を拭い、ちらりとそんなことを思う。

「それでそのスクールとやらでは、どんなことをするの」伊都子が笑いをおさえながら訊く。

「バレエをやったり、歌をうたったり、演技指導もあるし、あとはね、オーディションを紹介してくれるの」

「芸能人って言ったっていろいろあるじゃない。モデルとか歌手とか女優とか」皿に麻友美のぶんを取り分けながらちづるが訊くと、

「なんだっていいのよ」と、さらりと言うので再度ちづると伊都子は顔を見合わせる。

「あら、だってあんなにちいさいうちから、どんな才能があるかなんてわからないじゃ

ない」ナフキンを膝に広げながら、どうしてそんなこともわからないのかという表情で、麻友美は言った。

　料理をのせた皿が次々と運ばれてきて、三人で手分けして取り分け、にぎやかに小皿をまわす。空いたグラスに手酌で紹興酒を注ぐ伊都子を、ちづるはちらりと見る。

「それでさあ、どうだったの、どこだっけ、えーと、モロッコ」思い出したようにテーブルに身を乗り出し、麻友美が訊く。

「楽しかったわよ」伊都子はあいかわらず短く答える。

「旅先ではさあ、恋人なんかできるわけ？」

　伊都子の短い答えに、何か言いたくないことでもあるのかと、それ以上の質問を遠慮してしまうちづるとは正反対に、麻友美はなんでもずけずけと訊く。

「仲良くなったりすることもあるけど、恋人っていうのは、ねえ」

　伊都子はちづるを見て含み笑いをする。

「それでさあ、三カ月も何をやってるわけ？　現地レポートでもするの？　ほら、前に、イッちゃんの書いたスイーツ特集あったじゃない、あれのモロッコ版みたいなこと？」

　せわしなく箸を動かしながら、麻友美は質問を続ける。麻友美の質問を歓迎している自分にちづるは気づく。だいたい伊都子が何をやっているのか、ちづるには今ひとつよくわからない。四年制の大学を出た伊都子は、そのまま就職もせず、翻訳家である母親の事務所で秘書をしてみたり、大学時代の友人がはじめた輸入雑貨の店を手伝ったりしていて、どういう経緯でかはわからないが、二十代の後半になって、ライター業をはじめた。雑誌で伊都子の名前を見たことも幾度かあった。ちづるが挿画を描いている雑誌とは違う、もっと華やかな女性誌だ。てっきりその仕事にしぼるのかと思っていると、三十を過ぎて突然、二年制のカメラの専門学校に通いはじめた。専門学校を卒業してからは、今回のようにしょっちゅう海外にいっている。モロッコの前はたしか東欧だったし、その前はアイルランドだった。雑誌社に依頼された仕事のようには思えない。彼女の現在の肩書きが、ライターであるのかカメラマンであるのかも、ちづるには判然としない。わかるのは、そうしていろんなことに手を染めていられる余裕が伊都子にはあるのだ、ということのみである。時間的にも、経済的にも、それから精神的にも。

「いくつか頼まれていた仕事もあったわよ、砂漠の写真とか、スペインのバル事情とか」

「ふうん」

もっと突っ込んで質問してほしい、というちづるの願望とは裏腹に、麻友美はさほど興味なげにつぶやくと、小皿の海老を口に入れ、「おいしいー！」と子どものように胸の前で手を合わせて叫んだ。

それからしばらく、いつもの通りの近況報告会になる。とはいえ言葉数がいちばん多いのが麻友美で、無農薬の宅配野菜がどうしたとか、健康診断で夫が中性脂肪過多だったとか、ルナがこんなことをしゃべるようになったとか、幼稚園で親しい母親友だちの様子だとか、気どることも飾ることもなく話すから、ちづるはいつも、経験したことのない子持ちの主婦生活を体験したような気分になる。当然麻友美はちづるにも容赦ない質問を向けるのだが（ダンナとはうまくいっているの、どんなところに食事にいくの、絵のほうのお仕事はどうなの）、ちづるも伊都子と同じく、はぐらかすような簡素な答えしかしないから、きっと伊都子も自分のことを「何をしているのかわからない」と思っているんだろうな、とちづるは思う。

運ばれてきたおこげに店員があんをかけ、そのじゅうじゅういう派手な音ににぎやかな歓声をあげ、感想を言い合いながら箸を動かし、どうやら今日は麻友美の恒例発言を聞かなくてすみそうだ、とちづるが思いかけたとき、やはり麻友美は皿に顔を落としたまま、しみじみと、三人で集うたび口にする例のせりふを、ぽつりと言った。

「私たちの人生のピークって、やっぱり十代の半ばだったのかしらね」

ちづるはどことなくうんざりして、聞こえなかったふりをしておこげを食べ続けた。

紹興酒を飲みすぎたらしく、体全体がぼわんと広がった気がしている。やっぱり黙って紹興酒をすすっている伊都子も、この麻友美の言葉には飽き飽きしているんだろうとちづるは思う。二人が答えないのだから、切り上げるだろうと思ったものの、麻友美はなおも言い募る。

「ルナ、今度スクール入ったって言ったでしょ？　スクールにきてる子どものママたちも、幼稚園といっしょでみーんな私よりずっと若いの。もちろん私のことなんか知らないわけよ、べつにいいんだけど、がっかりしちゃうのは確かよね。でもね、スクールのマネージャーの人はちゃんと覚えていてくれたわよ、私たちのこと」

「もう二十年近く前の話なんか、いつまでもしてないでよ」

伊都子がちいさく笑って言うが、麻友美はやめない。

「まだ二十年もたってないでしょ。あーあ、四十歳になるまでに、またぱあっと脚光を浴びるようなことがないかしら。ううん、脚光を浴びなくてもいいの、なんかこう、充実感というか達成感というか、そういうのを心底実感できるようなこと」

「そんなに退屈なの」ちづるは揶揄するように言った。

「退屈っていうんじゃないの、ただなんか、浮き輪にのって漂ってるような気がするんだもの。何かが起きて、乗り越えるのも方向を変えるのも、浮き輪まかせの毎日っていうかさ。こう、自分の腕でがしがしと泳いでみたいじゃないの」

「ねえ、麻友美、時間は平気？　もうそろそろ二時だけど」

伊都子が言い、麻友美ははっと腕時計に目を落とす。

「いっけない、教えてくれてありがと」

麻友美は箸を置き、ナフキンで口元を拭い、コンパクトを出してすばやく顔を点検し、立ち上がる。テーブルの隅にのっていた勘定書をつかみ、

「私払っておくから、今度はだれかがおごってね。また連絡する。会えてよかった！」

にこやかに言うと、きたときと同じようにばたばたと個室を出ていった。

個室は急に静まり返る。隣室からちいさく笑い声が漏れてくる。少しずつ食べ残しの残る皿、茶色いしみのついたクロス、さっきと微妙に位置を変えた太陽の光。それらをちづるが眺めていると、

「あいかわらずだなあ、麻友美」と伊都子が言って、二人は顔を見合わせて笑う。

「私たちも帰ろうか」ちづるが言うと、

「ねえ、もし時間があるなら、コーヒーか何か飲んでいかない、まだ飲みたいけど、お酒のお店が開くのにはまだ早いもんね」めずらしく伊都子から誘ってきた。

「じゃあさ、うちにこない？　飲むならうちで飲んだら？」なんとなくうれしくなって

ちづるは言った。伊都子とまだ話したいことがあるような気がした。伊都子が本質をつくような質問をことごとくかわすにしても、本当にしゃべってしまいたいことを自分はけっして言わないだろうにしても。

「え、いいの、うれしい。でも仕事があるんじゃないの？」

「なんだか飲みたくなっちゃった。ねぇ、おいでよ」

「ちーちゃんちって、ここからだと新宿経由よね？　伊勢丹でおいしいワイン買っていこうかな」

「じゃあ夕食もうちで食べたら？　デパ地下でごちそう買うから」

「ごちそう」伊都子は肩をすくめて笑ってみせた。「ごちそうって、なんかなつかしい響きよね」

井出ちづると岡野麻友美、草部伊都子は、同じ中学・高校に通っていた。幼稚園から短大まで続く一貫教育の女子校で、ちづるは小学校から、麻友美は中学校から入学し、伊都子は中学二年のときに転校してきた。三人が同じクラスになったのは中学三年の一年間だけだった。井出ちづるは片山ちづるだったし、岡野麻友美は井坂麻友美だった。同じクラスになった十五歳のとき、どうして親しくなったのか、そのきっかけを三人ともが覚えていない。帰る方向はばらばらだったが、気がつけばいつもいっしょに下校して、寄り道は禁止されているのに、こっそりとドーナツ屋やファミリーレストランに立ち寄って、何か甘いものを食べながら何時間でも話していた。お泊まり会もよくやった。パジャマを持ってだれかの家にいき、子ども部屋に閉じこもって夜じゅう話す。

二年後、三人が退学処分になるに至るそもそもの発端は、夏休みのそんなお泊まり会だった。

伊都子の母親が所有する伊豆高原（いずこうげん）のリゾートマンションに、三人で泊まりにいったとき、たまたま衛星放送でライブ・エイドの生放送を見たのだった。私たちもバンドをやろうと言いだしたのは麻友美だったように、ちづるは記憶している。バンドをやって、チャリティライブを企画しようと。もちろんそれは、テレビに触発された子どもの興奮でしかなかったのだが、付近に繁華街はもちろん、コンビニエンスストアすらないリゾートマンションで、退屈を紛らわすように三人で計画を立てはじめた。子どものころからピアノを習っていた麻友美が作曲を担当し、九歳から十二歳までイギリスに住んでいた帰国子女の伊都子が英語交じりの作詞をし、絵を描くのが好きだったちづるがステージ衣裳（いしょう）案をスケッチブックに幾通りも描いた。三泊四日のお泊まり会は、架空の少女バンド結成計画で大いに盛り上がった。

ひと夏の退屈しのぎでそれが終わらなかったのは、きっと、そのころの生活そのものが、木々と別荘に囲まれた伊豆高原のリゾートマンションとよく似て、退屈で仕方なかったのだろうとちづるは思う。放課後、電車に数駅乗れば渋谷にたどり着けたとしても。自宅から三分もしないところにコンビニエンスストアがあったとしても。

中三の秋に行われたアマチュアバンドコンテストに応募したのは、ちづるにとっては意外なことに、麻友美ではなく伊都子だった。応募してしまったのだから、しかもバンドコンテストなんだから、と、付け焼き刃で分担を決め、伊都子はドラムを練習し、ちづるはギターを練習した。爪が割れ指がタコだらけになるくらい練習した。ドーナツ屋やファミリーレストランでのおしゃべりは、音楽室や貸しスタジオでの練習に変わった。もちろんぜんぜん下手だった。コンテスト出場者はもちろん、二十代の、音楽しかないのだと全身で主張するような人たちばかりで、そんななか、中学生三人娘の演奏は、審査員だけでなく出場者の失笑をかうくらい下手だった。当然コンテストには入賞しなかったのだが、タレント事務所の人間に声をかけられた。自分のところで練習をしないかと言うのである。

出場者では最年少な上、スカート丈をうんと短くした制服でうたうのだから、単純にものめずらしかったのだろうと、後々になってちづるは思った。その当時、セーラー服を脱ぐ脱がないという歌が流行っていたし、人形のようなアイドルばかりだったから、「きちんと意志があって、勝ち気で生意気そうだという雰囲気にしよう」という、伊都子が打ち出したコンセプトも、おもしろがられたんだろう。けれど当時のちづるたちにしてみたら、才能を見いだされたのだと勘違いした。たった三カ月かそこいらの練習で、大人たちに認められたのだから、自分たちは底知れぬ音楽の才能を持っているのだと。音楽が好きかどうかなんて考えもせずに、才能という言葉をひたすら信じた。

それから三人の生活はがらりと変わった。学校が終わると、事務所が所有するスタジオに向かい、ひたすら練習をする。楽器はもちろんボイストレーニングも、なぜだかわからないままダンスのレッスンまでさせられた。ときたま練習後、大人たちと食事にいった。彼らが連れていくのは、ちづるにしてみたら、家族でいくレストランとも寿司屋ともまるで違う風情の店だった。料亭の個室や薄暗いバーで、三人はほとんどしゃべらず、目配せばかりしていた。

デビューが決まったのは、高校一年のときだった。ほとんど上達しなかったギターをとりあげられ、ちづるはタンバリンを持たされた。ちづるよりはるかに熱心に練習をし、それなりにドラムを叩けるようになった伊都子は、歌がいちばんうまい上、英語の発音も流暢だったし、（大人たちははっきりとは言わなかったが）わかりやすく美しい顔立ちをしていたために、真ん中でうたうことになった。伊都子はギターを抱えさせられたが、ほとんど飾りのようなもので、ところどころで弾くまねさえすればいいことになっていた。麻友美はピアノをキーボードに替え、打ち込みの演奏を覚えさせられた。あの夏の夜、三人で考えた末つけたグループ名「ひなぎく」は、「ディズィ」という名に変更された。作詞はあいかわらず伊都子がまかせられ、作曲は名目上麻友美ということになっていたが、実際はプロが行った。ちづるが衣裳案をスケッチする必要はなくなり、スタイリストがちゃんと用意してくれた。実際の制服ということになっていたが、もちろん、プロがデザインしたコスチュームだった。すべては三人の意思の外で着々と決められ進行し、そうなると人形アイドルとまったく変わらないとちづるは思っていたのだが、しかし皮肉なことに、伊都子が考えたコンセプト「意志があり、勝ち気で、生意気」はそのまま活かされることになり、三人それぞれのキャラクターまでこと細かく決められた（髪型、私服、化粧、話し方、インタビューの際の受け答え）。大人たちによってすべてが決められていくことに、けれど三人はさほど反発を感じなかった。学校と家の往復よりは、ずっと刺激的で楽しかった。ただ、自分たちがはじめたことと、今やっていることの矛盾に気づいてはいて、皮肉と抵抗をこめて、三人で会話するときは自分たちのグループ名を「ひなぎく」と呼び続けた。そう言っていれば、なんだかすでに起こってしまった予定外のことどもは、全部自分たちの選択なのだと思うことができた。今やっているすべてはやらされているのではなく、自分たちが選び取ったものなのだと。シングルCD発売のPRとして、横浜の地下に広がるアーケードの特設会場で、はじめてうたった。その後、ライブハウスやコンサート会場の前座もあり、モーターショーやイベントのステージもあり、高校一年の冬にはアルバムCDが一枚出た。制服姿の高校生が、自分たちの言葉とメロディで（本当は違うのだが）、メッセージ性をこめた歌を、流暢な英語を交えがなるようにうたうのだから（そう指導されていた）、次第に注目されるようになった。雑誌からのインタビュー依頼が次々と舞いこみ、インタビューではぶっきらぼうな受け答えと意志に満ちたコメントをするのだから（事前に練習済みである）、それも話題に拍車をかけた。

　毎日毎日決められた場所にいって決められたことをするのにせいいっぱいで、自分たちがどういう位置にいるのか見極める余裕がまったくなかった三人は、高校二年の夏休み前に、学校を退学処分になる。ちづるたちの通う一貫校は、校則が厳しいことで有名だった。アルバイトも芸能活動も当然ながら不可だった。すでに進行していた毎日は、学校よりも断然楽しかったから、それでもいいとちづるは思っていたが、けれど、自分の人生というものが、甚（はなは）だしく予定外のところへいってしまうとも、感じていた。反対したり、激怒したり、大賛成したり、三人の両親の反応はさまざまだったが、放校処分になったのだから、三人ともやめるしかなかった。そうして、意思とは微妙に異なったところで整備されていく道を進むしかなかった。

退学になったことで、三人はますます注目を浴びた。その後のしばらくのあいだは。


甚だしく予定外のところへいってしまった人生は、気がつけば、元に戻って自分らしさの手のひらのうちにある。ちづるがそう思ったのは、二十八歳で、井出寿士と結婚したときだった。もちろん今もそう思っている。飛行機に乗ろうがタクシーに乗ろうがバスに乗ろうが歩こうが、その人はその人本来の場所にきちんと戻ってくる。

「それにしても、『げいのうじんにする』って、すごいよねえ麻友美は」

両手に抱えるほどの買いものをしたあと、デパートの前から乗ったタクシーのなかで、おかしそうに伊都子は笑う。

「よっぽど未練があるんだよ、麻友美は。ひなぎくをやめると言いだしたのは自分なのにねえ」

「未練かあ。今日も言ってたもんなあ、人生のピークとかなんとか」

ちづると伊都子は顔を見合わせ、ちいさく笑う。

「突然私がおじゃましても平気なの。だんなさん、迷惑がらないかしら」

ふいに笑いを引っこめて、ぽつりと伊都子が言う。

「迷惑なんてそんなことない。それに、うちの人、帰ってくるのいつも遅いもの」

ほがらかに言って、次の瞬間、ちづるはあふれてくる衝動をけんめいにおさえこまなければならなかった。話してしまいたかった。聞いて。夫が十二時より前に帰ってくることなんてないの。あんな人なのに、若い女の子と恋愛してるの。薄く残った酔いも手伝って、口を開きたくなる。伊都子ならきっと黙って聞いてくれる。無理しないで、だいじょうぶよなんてとんちんかんななぐさめを口にすることもないだろうし、私にはなんでも話してと目を輝かせることもないだろう。だから話したってだいじょうぶ。話したらきっと今よりは楽になれる。

口を開こうと顔を上げたとき、伊都子のほうが先に言葉を発した。

「私ね、写真集が出せるかもしれないの」

満点を報告する子どものように上目遣いで伊都子は言う。

「え、すごいじゃない。この旅行で撮った写真？」

タイミングを逸したちづるは、やけに大きな声ではしゃぐように言った。

「そうなの。それから、前のものも少し入れて。今、具体的に作業を進めているところなんだ」

「それはすごい。なんでそういうこと、先に言わないの。お祝いしたのに」

「だってなんだか、恥ずかしいじゃない、そういうの」

「じゃああとであらためて乾杯しよう」ちづるは足元に置いたワインの包みを軽く持ち上げて言う。

伊都子はちづるを見、ありがとうとつぶやいてちいさく笑った。まだ何か言いたそうにちづるを見ていたが、ふと窓の外に顔をそらした。ちづるも窓の外を見る。言わずにすんでよかったような気もしていた。ちづるも伊都子もそれきり黙りこんで、それぞれ左右の窓の外、夕暮れにはまだ遠い町並みを見遣(みや)る。

買ってきたものを次々とテーブルに並べていく。数種類のサラダを大皿に少しずつ盛りつけ、バゲットとチーズを切り分けて皿にのせ、つまみ食いしながらオリーブを小皿にあけ、プラスチックパックに入ったローストビーフに付け合わせる玉葱(たまねぎ)を薄く切る。寿士と暮らすマンションに伊都子を招いたのははじめてだが、彼女はここで暮らしたことがあるような慣れた仕草で皿を出し、包丁を使い、食器棚からカトラリーを取り出した。女二人で台所を行き来するのは、ちづるにとって、驚くほど楽しいことだった。こんな楽しさがあったんだと思い出すような、不思議な高揚だった。酔いはとうに醒めているはずなのに、幾度も声をあげて笑った。その都度伊都子も笑い転げた。オリーブが床に落ちたと言っては笑い、ピクルスの瓶が開かないと言っては笑い合った。

「なんだかなつかしいわ、こういうの」三本買ってきたワインのラベルを見比べながら、伊都子が言う。

「でもなつかしいなんてへんだよね、なつかしいって、自分がかつて体験したことをなつかしむわけでしょ？　私たち、今までこんなことしたことないじゃない、だれかの家で料理したり、そういうの」

「あるわ、伊豆で」真ん中のワインを選び出し、オープナーをつきたてて伊都子は笑った。

「伊豆か、またそこまでさかのぼるのか」いささかげんなりしてちづるは言った。伊都子はちいさく笑うだけだった。

テーブルを埋め尽くすほどの皿が並ぶ。伊都子の盛りつけのうまさにちづるは感心した。サラダもパンも、伊都子が盛りつけると、料理雑誌の一ページのように見え、作家ものでもなんでもない皿が、ずいぶんと高価なものに見えた。けれどその盛りつけのうまさは、料理が彼女にとって日常ではないことを思わせた。

「ずいぶん豪華だけど、私、まだおなか空かない」

とりあえずテーブルに着いたものの、数時間前に食べた中華はまだそのまま胃に残っている感じがする。伊都子は寿士の席に座り、腕をのばしてちづるのグラスにワインを満たす。

「まあ、そのうち空くでしょう。残ったらだんなさんの夕食にして」

「それもそうだけど」答えながらちづるは、夫の帰らない深夜、目の前の豪勢な料理すべてをゴミ箱に投げ捨てる自分を思い浮かべる。

「静かないいところ」

伊都子はやけにどっしりと腰かけて、部屋じゅうに視線を這わせて言う。たしかにこの部屋は静かだ。テレビの音や笑い声や互いを呼び合う声で、かつて満たされたことがあるなんて嘘に思えるほどの静けさ。ちづるが物音をたてなければ、部屋は忠犬みたいに沈黙を守る。その静けさの種類を見破られた気がして、ちづるはうつむき、さほど飲みたいわけでもないワインをなめるように飲む。窓の外はそろそろと暗くなりはじめている。西の空が、ほんの少しピンク色を残している。

「ほとんどひとり暮らしなの」

窓の外に目を向けたまま伊都子がなんにも言わないので、ちづるは思いきってそう言ってみる。言い出すなら今しかないような気がした。「もうずっと長いこと、私が起きているあいだに夫が帰ってくることなんてないの」

伊都子は窓から目線をずらし、ちづるを見た。理由もなくおもちゃをとりあげられたような、ぽかんとした顔でちづるを見る。ちづるはちいさく笑って見せ、その笑い方が、なんだかテレビドラマをまねしたみたいだと思い、すぐに笑みを消した。

「私、ほったらかしになってるの。放っておかれてるの、結婚した人に」

ぽかんとした顔のままの伊都子に、ちづるは直截（ちょくせつ）に言ってみたが、伊都子は表情を変えない。意味がわからないはずはないのにと、ちづるはいらいらしてくる。つまり夫には恋人がいるんだと、そこまで言わなければわからないのだろうかと口を開きかけたとき、

「亭主元気で留守がいいって、たしかそんなことわざなかった？」真顔で伊都子が言うので、ちづるは思わずふきだした。

「イッちゃん、それ、ことわざじゃない」笑いながら言うと、

「え？　違う？　じゃあ故事？」どうやら伊都子は茶化しているわけでもふざけているわけでもないらしい。

「どんな故事なのよ」なおもちづるは笑った。笑っているうち、そうだよな、と思う。

彼女たちがとんちんかんに自分をなぐさめるかもしれないなどと、どうして思ったんだろう。なんでも話してと、見当違いに親身になられるなどと。ちづるにとって、伊都子の旅先がタンザニアでもモロッコでもどちらでもかまわないのと同じように、伊都子にとっても、結婚式で会ったことしかない太った男が、残業しようが浮気をしようがぴんとこないに違いない。それは自分たちのあいだの距離でもあるし、流儀でもあるとちづるは思い至る。

「それより、写真集、どこから出るの」ちづるは話題を変えた。帰ってこない夫も、この家の静けさも、なんだかどうでもいいようなことに思えた。数時間後、またもやそのことを鬱々と考えるにしても、少なくとも今は、どうでもいい種類のことだった。

伊都子は、ちづるの聞いたことのない出版社の名前を口にした。

「大手じゃないんだけど、写真はとくに力を入れているところなの」言い訳するように伊都子は言った。「発売と同時に、写真展もやることになっていて。そういえば、ちーちゃんも個展をやるって言ってたね」

「私のことはどうでもいいって。イッちゃんとは比べものにならないような、ちいさなところでやる予定だし、実現できないかもしれないんだから」

あわててちづるは言った。個展なんて、口からでまかせだったのだ。

「私ねえ、今度こそだれにもあやつられないで、自分で動き出せる気がするの」

オリーブをひとつつまんで口に入れ、グラスにワインを注ぎ、伊都子が言った。たぶん、自分たちの意思とまったく違う展開になったひなぎくのことを言っているのだろうと解釈し、ちづるは相づちを打ち、ピクルスに楊枝をつきたてて食べた。何かを語るとき、麻友美も伊都子も、必ず十代の特殊な過去に照準を合わせることに、ちづるは半ばうんざりしていた。どうしていつもそこに戻らなくてはならないのか。あれが自分たちの標準だったのではなくて、一瞬の非日常だっただけなのに。当時を人生のピークと言ってはばからない麻友美にはあきれかえるが、今ごろになってようやく自分で動き出せるなどと伊都子までが言い出すなんて、どうかしている。またもや話題を変えるべく、ちづるが宙に視線を泳がせていると、酔いで目の縁を赤く染めた伊都子が、ちづるの視線を捉えるようにのぞきこみ、言った。

「ねえ、どうして麻友美はルナちゃんをへんなスクールに入れたと思う？　自分ができなかったことを、子どもにかわりにさせたいだけよね。本人には言いづらいけど、つまり麻友美は、ルナちゃんって個人じゃなくて、ちいさな分身を育てようとしているわけじゃない。大げさに言えばルナちゃんの体を借りて生きなおすっていうか」

ちづるは寿士の席に座る伊都子を正面から見据えた。どうやら、伊都子が言いたいのはひなぎくのことではないらしい。伊都子はグラスの半ばほどまでワインを満たすと、まるでジュースを飲むみたいにごくりと飲んで、話し続けた。

「ねえ、知ってた？　私の母親って、今の麻友美とそっくりおんなじ、ううん、麻友美をもっとヒステリックにした感じなの。私はずっとそれに気がつかなくて、なんでも自分で選んでやってる気になってたの。でもちがうのよ。全部あの人がそう仕向けていたの。私、そのことに今ごろになってようやく気づいたの。三十も半ばになって、ようやくよ」

昔から、中学生の時分から、自分のことをめったにしゃべらなかった伊都子が、いきなり切れ目なく、しかもプライベートなことを話し出したことに、ちづるは驚いていた。伊都子の母親なら、それこそ十代のころに幾度か会ったことがある。いや、今でも、たまたま買った雑誌で見かけることがある。寿士の浮気相手の新藤ほのかに憧れの人物がいるとするなら、たぶん伊都子の母親じゃないかとちづるはぼんやり思うことがあった。伊都子の母親は翻訳家だった。伊都子の家庭の事情をこと細かくは知らないが、伊都子の話の断片や雑誌記事によると、彼女は未婚で伊都子を産み、おもに児童書の翻訳をしていたらしい。イギリスで数年暮らしたあと、英米の短編小説を翻訳するようになって、そのうちの一冊がベストセラーになった。その後、その作家のものはずっと彼女が訳している。最近はあまり翻訳家として名前を聞かないが、ときおり思い出したように雑誌に出ていたりする。「いつまでも輝き続けるには」だの「すてきな年齢の重ね方」だのという特集だ。雑誌で見る彼女は、たしかに、高校時代にちづるが会ったときのままだ。あるいは若返ったようにさえ思える。

「私はずっとそのことに気づかなくて、こんな年齢になるまで言いなりだったわけよ、ひなぎくだってそうだし、そのあとコラムを書いたのだってそう。あの人は私を何ものかにしたかったの、自分がなれなかった何ものかにさせたかったの。ある場所で私ががんばって、それで何ものにもなれそうもないって気がつくと、今度はこき下ろすのよ。私が記事を書いた雑誌を見て、名前がずいぶんちいさいのねって平気で言うの。ケーキを食べておいしいって言うだけなら、だれが書いてもおんなじだから仕方ないかって。私はそれがママの作戦だと気づかないから、もっともっと自分を認めてもらえるように必死になる。そのくりかえし。でも、結局自分でやりたいと思っていることじゃなくて、やらされていることなんだから、疲れちゃうのよ。ねえ、そんなことに、私、この年になるまで気がつかなかったのよ」

母親、あの人、ママ、と言い方を変える伊都子を、ちづるはちらちらと盗み見るようにして見た。伊都子の話は何か間違っているんじゃないかと思ったが、口を挟むことはせず、ワインボトルにのばした伊都子の腕にちづるは視線を移す。だって、とちづるは思う。だって伊都子の母親は、ものすごい有名人ではないかもしれないが、とりあえず小説を読む人なら名前を知っているような「何ものか」ではないか。母親ができなかったことを娘にやらせる、というのとは少し違って、伊都子親子の場合、母親に追いつこうと伊都子がひとりで必死になって、追いつけないから手当たり次第に路線変更しているだけなんじゃないか。伊都子は自分のグラスにまたもやワインを満たし、しかしそれには口をつけず、ローストビーフを指先でくるくるとまるめて口に入れた。

「あら、これ、すごくおいしい」

ちづると視線を合わせて笑う。笑顔と言うより泣き出す一瞬前の顔に、ちづるには見えた。それでちづるはあわてて言った。

「でも、よかったじゃない。写真集も出るし個展もできるし、イッちゃんはちゃんと自分のやりたいことにたどり着いたわけでしょ」

「どんなに邪魔をされても私はもうだまされないし、自分を見失うのはやめようと思うの」

冷たく見えるほどおだやかな笑みを浮かべ、あまり多くを語らない伊都子にしては、めずらしく語気荒く言った。窓の外はすっかり紺色になっていた。少しばかり空腹を感じはじめ、ちづるは料理に手をのばす。パンをちぎりながら時計を見る。七時を過ぎていた。いつもひとりで窓の外かテレビ画面を見ているこの時間、部屋に人がいることは、心が浮き立つような楽しさがあった。自分がどれだけひとりであったかを、ちづるははじめて知らされた気分だった。

「恋人はいないの、イッちゃんはもてるでしょう」

せっかくひとりではないのだから、何か明るい雰囲気にしようと、話題を変えるためちづるは茶化すように言ってみたのだが、しかし思いつめた顔でテーブルを見ていた伊都子は、またもや「母が」と言った。

「恋愛だってどのくらいあの人に壊されてきたか。ママは私の恋人にいちいちけちをつけるの。それも絶妙なけちのつけ方なのよ。二十六歳のとき、私本気で結婚したい人がいたの。向こうの親にも挨拶にいったし、うちにも彼は挨拶にきて。その彼は私より少し背が低かったの。そうしたら母は彼に言うわけよ、この子と歩いていてもあなたこの子の荷物なんか持っちゃだめよ、この子がよけい大女に見えちゃうからって。笑いながら平気でそういうこと言うの。彼だけじゃないのよ、稼ぎが少ないとかお勘定を割り勘にしたとか、挙げ句の果ては歯並びが悪いとか、そんなことまで言い出すわけよ」

「でも、結婚するのはおかあさんじゃなくてイッちゃんなんだから、そんなの聞き流せばよかったじゃない」

「今思えばそうよ、それが正しいわよ。でもそのころ、私はあの人の言うなりだったから、母がそうやって何かけちをつけると、私もその人が、なんだかつまらなく思えてきちゃったの。母に認めてもらえるような人じゃなきゃ、恋愛しても意味がないっていうか」

「どんな人ならおかあさんはよかったのかしらね、トム・クルーズでもやっぱり背丈が問題になったかな」

冗談めかしてちづるは言い、笑ってみたが、しかし伊都子は笑わなかった。「問題になったでしょうね」と真顔で言ったかと思うと、またもや延々と、母の話を続けるのだった。酔いも手伝っているのだろうし、今までためこんできたぶん、鬱憤があふれ出したということもあるのだろう。何を考えているかわからない伊都子が話してくれるうれしさもあったが、その話の内容に、ちづるはだんだんうんざりしはじめる。伊都子の話では、すべての責任は母親にあるのだった。結婚しなかったのも、ひとつの職業に打ちこめなかったのも、すべて原因は母親。ちづるから見れば、昔から伊都子はわかりやすく美人だったし、しかも、輸入雑貨の店にしてもコラムの仕事にしても、みずから動かずとも向こうから仕事がやってきて、途中で放り出しても問題になることはなく、その手当たり次第の路線変更にかかる費用は、すべて母親持ちのようである。ちづるにしてみればずいぶん恵まれていると思わざるを得ない。

今や独り言のように続く伊都子の声に耳を傾けながら、もし私が伊都子のような立場にいたらとちづるは考えはじめる。夫と結婚しただろうか。ちづるが結婚を決めたいちばんの理由は、生きていくことへの漠然とした不安だった。経済的なこともあるし、精神的なこともある。三十歳が近づいてくるにしたがって、自分を見失うだのやりたいことだの、考える余裕もなくなった。今だって、帰らない夫を問いつめることをしないのは、あの不安と再度闘うことがこわいからだ。そう考えてちづるはびっくりする。寿士に解決を迫ることができないのは新藤ほのかに嫉妬を感じないからではなくて、あの不安の再登場におそれをなしているかららしい。こんなにもひとりだというのに、物理的にひとりになることがこわいだなんて。

母が、あの人が、ママが。未だ続いている伊都子の話を遮るためにちづるは立ち上がり、台所へいき意味もなく冷蔵庫を開け閉めする。台所のカウンターから顔を出し、「ねえ、パンを軽く焼こうか？」と言って、ぎょっとした。伊都子が泣いていたからである。

「ああ、ごめんね、ちーちゃん」目が合うと、伊都子は笑顔を作って目元を拭った。

「いいわ、パンは焼かなくていい。こんなことはじめて話した。話せたらずいぶんと気が楽になって、それで私」伊都子は左目からぽとりと水滴を流し、急いで右手の甲を頬に押しつけている。「三十四歳って、断然大人でおばさんだって子どものころは思ってたけど、そうでもないのね、がっかりしちゃう」伊都子はぎこちなくフォークを持ち、サラダを食べはじめる。

「まあ、いろんなことがあるわよね」

いったい何を言っていいかわからず、ずいぶん適当な相づちだと思いつつちづるは言い、所在なくダイニングテーブルに戻ったとき、玄関の鍵がまわる音がした。ちづるは驚いて伊都子を見るが、伊都子は驚いたふうもなく、

「ああ、だんなさんが帰ったのね、私まだいていいのかしら」

と言う。ちづるはあわてて立ち上がり、玄関まで走った。自分と伊都子が逆のような気がしておかしかった。夫の帰りに驚く妻と、自然に受け止める客人。

「どうしたの、早かったじゃない」

玄関先で靴を脱いでいる夫にちづるは言った。寿士は顔を上げ、

「お客さん？」と訊いた。

「ああ、そうなの、中学からの友人が遊びにきてて。こんなに早く帰ってくるなんて、

思ってもみなかったから」

「飲んでる？」

「うん、まあ、ちょっと」

答えながらちづるはおもしろくない気分を味わう。どうして「飲んでる？」なんて責められるように言われなくちゃならないのか。どうして自分は悪さが見つかった子どものようにへどもどと答えなくちゃならないのか。寿士は何も言わず、スリッパに足を通しダイニングルームへ続く廊下を歩く。

「はじめまして、おじゃましています、草部伊都子と申します。ちづるさんにはずっとお世話になっていて」

酔っぱらって赤い顔の伊都子が立ち上がり、ていねいに頭を下げる。寿士はその場に立ち尽くし、伊都子の全身に視線を這わせたあと、

「ああ、どうも」口の中で言い、くるりときびすを返し廊下に戻り、寝室に入りドアをぱたんと閉めた。

ドアの前に立っていたちづるを、猛烈な羞恥が襲う。寿士のことを、みっともないと心の底から思う。太っていて、最近気に入ってよく着ているらしいストライプのシャツはやけに派手で、粘り気のある視線で伊都子を見て、ろくな挨拶もできず、ゆっくりし

ていってと社交的な文句も言えず、逃げるように寝室にこもってしまった夫。どうしてそんな夫を伊都子に見せなければならなかったのか。

「ひょっとして突然だから気を悪くしちゃったんじゃないかしら。私、帰るわね、ごめんね、すっかり長居しちゃって」

伊都子はすばやく帰り支度をはじめる。

「そんなことない、まだいてよ、ワインだってあと二本あるじゃないの」

自分でも滑稽なくらい必死な声が耳に届く。

「いいのいいの、だんなさんと飲んで。今度は私のところにも遊びにきてね。それじゃあ私、帰るから。今日は本当にありがとう」

どのくらい飲んだのか、伊都子はふらふらしながらダイニングルームを出、頼りない足取りで玄関に向かう。靴を履くときバランスを崩し、一度転んだ。

「ちょっと、平気?」思わずちづるが手をさしのべると、伊都子はその手をぎゅっとつかんで立ち上がり、けたたましい笑い声をあげた。

「平気平気。片づけもせず、ごめんね。だんなさんにも謝っておいて。それじゃあどうも、おじゃましました」伊都子はきまじめな小学生のように深々と頭を下げて、ドアの向こうに消えた。

目の前で閉ざされたドアを前に、ちづるはしばらくのあいだ立ち尽くしていた。伊都子に何か言われたわけではないが、ほんの一瞬、母親に恋人をけなされたとたん、なんだかつまらなくなると言っていた彼女の気持ちがよく理解できた。

「ひどいじゃないの」

寝室のドアを乱暴に開けると、寿士はTシャツとスウェットパンツに着替え、ベッドにあぐらをかいて夕刊を読んでいた。寿士には不釣り合いに派手なシャツとチノパンツは床に丸まっている。

「彼女がうちに遊びにきたのははじめてなのよ？ ずっと外国にいっていて、久しぶりに会ったんだから」

強い口調で言うと、寿士は顔も上げず、

「帰れなんて言ってない」とつぶやく。

「言わなくたって、あんな態度とられたら帰るに決まってるでしょ。なんなのよ、いつも日付が変わってから帰ってくるのに、なんだって今日にかぎってこんな時間に帰ってくるの」

「自分の家に帰ってきて怒られるなんて驚きだな」

寿士は至極落ち着いた声でおもしろそうに言い、人差し指をなめてページをめくる。

「私がきてって誘ったの。それできてもらったの。私の友だちがここへきてくれることなんてめったにないでしょう、いらっしゃい、くらい言ったっていいんじゃないの。あからさまに帰れって態度をとるなんて、私恥ずかしかった！」

軽い酔いも手伝って、ちづるの声はだんだん大きくなっていく。最後はほとんど叫んでいた。寿士は、選挙演説の真ん前を通りすぎるときのようにちいさく頭をふり、上目遣いにちづるを見る。

「確認しておくけど、おれは帰れとは言っていないよ。それに、疲れて帰ってきて、どうしてきみの友だちを接待しなきゃならないのか、その理由がよくわからない」

憎たらしいほど冷静に言うので、ちづるはベッドの下に脱ぎ捨てられたスリッパを、思いきり投げつけたくなる。そうするかわりに、呼吸を整え自分もできるかぎり落ち着いた声を出した。

「草部芙巳子（ふみこ）、知っている？」

声の調子が落ち着いたことに安心したのか、寿士はまっすぐちづるを見て、かすかに首を傾（かし）げ、「さあ？」と言った。

「有名な翻訳家。さっきの彼女は草部芙巳子の娘さん。あなたの事務所の若い女の子に訊いてみたら？　小説の翻訳がしたくて、彼女に憧れているような子が、ひとりくらいはいるんじゃないの」

ちづるは静かに言い、言い終えて、とちらなかったことに安堵し、そうしてゆっくりと笑みを作ってみせた。そうしながら、テレビドラマのまねごとみたい、と今日二度目になる感想を抱いたが、今度は笑みを消さなかった。寿士の顔に静かに動揺が走るのが見てとれた。けれどそれは一瞬で消えた。

「ああそう、訊いてみるよ」

大人ぶった笑顔で言うと、寿士は新聞に目を落とした。何か確信があって言っているのではなくて、あてずっぽうに「事務所の若い女の子」と口にしたと思っているんだ、とちづるは思う。いっそのこと、フラナリー・オコナー好きの女の子にぜひ訊いてみてと、はっきり言ってやろうかとも思うが、ここで切り札を出すのは賢明ではないような気がして、

「あなたが夫だって紹介するのが恥ずかしかったわ」

吐き捨てるように言って寝室のドアを閉めた。寿士を傷つけるせいいっぱいの言葉だったけれど、実際彼が傷ついたかどうかは、ちづるには確かめようがない。

テーブルに並んだ、料理雑誌のページを飾るような料理を、数時間前の想像通り、ちづるは次々とゴミ箱に投げ捨てていく。やっぱりさっき、新藤ほのかのことを知ってい

るのだと、もっと明確ににおわせたほうがよかっただろうかと考えながら。汚れた皿を流しに運び、いや、そうじゃないとうち消して、ちづるは水道の蛇口を思いきりひねる。切り札は最後までとっておかなくてはいけない。いちばん有効なときに使わなくてはいけない。喧嘩(けんか)に勝つのは瞬発力でも腕力でもなく、賢さなのだ。寿士と喧嘩をしているわけでもないのにちづるはそんなことを思いながら、スポンジで皿をこすっていく。

第二章

タクシーに乗りこんだ伊都子は、料金メーターの上にあるデジタル時計で時刻を確認し、バッグからそそくさと携帯電話を取り出した。アドレス帳から宮本恭市（みやもときょういち）の名前をさがしだし、発信ボタンを押す。まだ八時を過ぎたばかりだ。この時間なら、恭市は仕事場にいるはずだった。

五回呼び出し音を数えたところで、恭市が出た。

「私今から帰るんだけど」

窓の外に流れていく、白や黄や橙色（だいだいいろ）のネオンサインを眺め、伊都子は言った。

「めしは食ったの？」

恭市がまずそう訊（き）くのはいつものことだ。

「食ったわ」

伊都子は答えてくすくすと笑った。しばらくの沈黙が流れる。

「寄っていかない？」

伊都子が言うと、恭市は少しばかり黙ったのち、

「そうしようかな。あんまりゆっくりできないけど」

と言う。

「そうすればいいと思う」

伊都子は自分のせりふがおかしくて、またひとりで笑った。

「じゃあそうするよ」

「おなか減ってる？」

「あー、そういえば、昼からなんにも食ってない」

「じゃあ、何か用意するからそのまま来て」

「うん、じゃあ」

「じゃあ」

伊都子は恭市のまねをして言い、笑いながら通話終了ボタンを押した。窓の外に目を向けると、新宿を過ぎるところだった。昼間のような明るさで、行き交う人も、夜になったことに気づいていないみたいに思えた。腕を組んだ恋人たち、似たような格好の女の子たち、ジーンズを腰より下までおろした男の子のグループ。酔った伊都子の目には、

新宿の明るい夜は、移動遊園地みたいに見えた。母とともに暮らした異国の町で短い夏のあいだに見た、まばゆい光を放ちながらも不思議とひっそりしていた遊園地。

　スーパーマーケットの前で降ろしてもらい、買いものかごを片手に伊都子は歩きまわる。これからやってくる空腹な恋人のために何か作ってあげたいが、伊都子は料理が得意ではない。かぼちゃの煮物を作るのに半日かかったし、ハンバーグは丸焦げになった。だから見てまわるのは、惣菜（そうざい）やレトルト食品の棚になる。

　自分が料理が苦手なのは、母のせいであると伊都子は思っている。伊都子の母は、料理をしない女だった。料理をする女性を馬鹿にしていた。食卓にはいつも、出前料理か、デパートの地下食料品売場で買った見栄えのいい料理が並んだ。

　瓶詰めオリーブとパスタ、ピクルスに缶入りスープ、数種類のパスタソースを選んで伊都子は買いものかごに入れていく。そうしながら、なんて幸せなんだろうと伊都子は思う。好きな男のためにスーパーマーケットを歩くというのは、なんという幸せだろうか。これが毎日のことになったら、幸せとは思わなくなるのだろうか。煩わしい日常の些事（さじ）になってしまうのだろうか。そんなことはないはずだ、と伊都子は強く思う。こうして買いものをし、料理を用意し、恭市の帰りを待つ、それが煩わしくなんてなるはずがない。

伊都子はアルコール売場に移動する。自分はまだ酔いが抜けていないが、きっと恭市は冷えたビールを飲みたいだろう。白ワインも買っておこう。伊都子はわくわくとラベルを眺める。

両手にスーパーの袋を提げ、小走りに伊都子はマンションへと向かう。鍵を出すのももどかしく共同玄関を開け、エレベーターに乗りこみ、八階の部屋の玄関に鍵をさしこむ。部屋のなかを駆けまわるようにして、ビールとワインを冷やし、寝室をかんたんに片づけ、はたと思い当たってドレッサーの前に座り化粧をたんねんになおし、なおし終わっても恭市がこないので、シーツを取り替え、トイレを手早く掃除した。

そうしながら伊都子は考える。幸福のかたちは人によって違うと聞いたことがあるけれど、そんなに種類のあるものじゃなくて、ひとつか二つ、それくらいしかないに違いない。幸福といって世のなかの人が思い浮かべるのは、似たり寄ったりなもののはずだ。そうして、母親、草部芙巳子という女は、ただひとり、その幸福から遠く隔てられた人なのに違いない。

最近の伊都子は、かつて母に教えこまれたことすべてが、不幸への道順だった気がするようになった。料理をしないということ。男に料理を作る女ほど惨めなものはない、と芙巳子は断言していた。部屋のなかを、だれか他人にまかせてしまうということ。部屋を掃除してまわらなくてもいい大人になりなさい、と芙巳子はくりかえしていた。化粧をいっさいしないこと。化粧なんて媚びだ、安売りの札を下げて歩いているようなものだ、そう言う芙巳子は、伊都子が子どものころから化粧気がなかった。男に何も期待しないこと。男に期待するなんて能なしのすることだ、と芙巳子は薄い笑みを浮かべて言っていた。そして、平凡ではいけないということ。平凡なんてものは敗残者の隠れ蓑に過ぎないと芙巳子は語気荒く言った。平凡にしかできない人間が、自分の逃避癖と依存心を押し隠すために平均値を出し、そこで安心しているのだと。

そのすべて。そのすべてを伊都子は信じていた。幼かった伊都子にとって母親はいつでもかっこよかったし、理想の女性に思えた。そんな母の言うことはすべて真実だと思っていた。三十歳を過ぎるまで。

母の言っていることは真実ではないのではないか、少し歪んだものの見方なのではないか。伊都子がそう疑いを持ちはじめたのは、何ひとつうまくいかない自分に気がついたからだった。何ひとつうまくいかないのは、母の言うことを忠実に守ろうとしていたからではないか。そう思いはじめると、オセロゲームで白いこまが一瞬にして黒く染まってしまうように、母の言っていたことすべてが間違ったことに思えてきた。しかもその疑問は、過去までもずらずらと引きずり出してきた。平凡な高校生を経て平凡な大学生活を送れなかったのは、母の熱狂のせいだった。人より三年遅れて大学に進んだ伊都子は、卒業時、平凡ではない職種を必死にさがした。就職ということがすでに、母に言わせれば平凡だった。しかし伊都子には、非凡に秀でた何かが見つけられなかった。バンドだって一瞬のブームに過ぎず、伊都子に作詞や音楽の才能があるはずもなかった。平凡という言葉から逃れるように、かつてのコネで細々と仕事をしていた麻友美に紹介してもらい、雑誌モデルなどをやってみたが、どうも性に合わず続けることができなかった。仕方なく母親の手伝いなどをしていたが、手伝いをしているかぎり母に認めてもらうことはあり得なかった。母親のところに出入りする編集者から、コラムの仕事を紹介され、それなりにやりがいを感じはじめたころ、母に一笑にふされ、とたんに意味を見いだせなくなってやめてしまった。

過去につまずいた箇所すべてに、母の間違った言葉があったことに伊都子は思い至ったのだった。あのときもあのときもあのときも、母の言葉をすべてひっくり返して取捨選択していれば、もっとかんたんに、もっと早い時期に、自分は幸福を手に入れているはずだった。

インターホンが鳴り、伊都子は我に返る。トイレから飛び出して、共同玄関のオートロックを解除する。恭市が八階に上がってくるまでのあいだに、鏡で顔を確認し、寸胴（ずんどう）

鍋に水を入れてガスにかけた。部屋のインターホンが鳴り、伊都子は玄関に飛び出していく。

「おす」

ドアを開けると笑顔の恭市が立っていた。伊都子は思わず腕を広げ、裸足で玄関に下り恭市を抱きすくめる。Tシャツの肩のあたりから漂う、洗剤と汗の混じったようなにおいを思いきり吸いこむ。ははは、と恭市は、息を漏らすようにして笑う。母の真実と違うことをすればするほど、自分は幸福になる。伊都子はそう実感する。

白ワインを飲み、アラビアータソースのパスタを食べる恭市を、向かいの席でコーヒーを飲みながら伊都子は眺める。ただ黙って眺めているだけで満足だが、恭市が気味悪がるかもしれないとふと思い、伊都子はあわてて話題をさがす。

「写真集の話、進んでる？」

「あれからまだ連絡ないけど。でも、ま、来週には連絡くるんじゃないかな」

「打ち合わせに私が必要になったら言ってね」

「そりゃもちろん、きてもらわないと」

伊都子はパスタが巻きつけられたフォークに視線を落とし、「おいしい？」と訊いてみる。

「うん」

短く答え、恭市はフォークを口に運ぶ。おいしいと言われたものがたとえレトルトであっても、伊都子は飛び上がりたいほどうれしくなる。料理を習いにいこうかと伊都子は思いつく。それはとてもすばらしいアイディアに思えた。これから、恭市のために料理を作る機会は増えるだろう。近い将来、それは毎日のことになるだろう。だとしたら、習っておいて損はないどころか、必須かもしれない。問題はお金だ。料理を習いたいと母親にはとても言えないから、自分で工面しなければならないが、今のところ伊都子にはほとんど稼ぎがない。でも写真集が出れば。伊都子はそう思い、口元がゆるむのを感じる。写真集が出れば、まとまったお金が入るだろうし、そうしたら料理でもヨガでも好きなものを好きなように習いにいける。母が毎月振り込んでくれるお金を断ることもできる。そうなったら恭市とのことを本気で考えよう。あるいは、写真集をきっかけに、恭市から話を持ち出してくるつもりなのかもしれない。

「なんかにやついてますけど」恭市が言う。「いいことあった?」

「恭ちゃんがきた」

伊都子はにやつく口元を隠しもせずに答えた。

「うわ、すごいこと平気で言う」

照れているのか、恭市は横を向き、ピクルスを続けざまに口に放りこむ。

汚れた皿を流しに置いたまま、伊都子は恭市と台所で性交した。せっかくシーツを替えたのにと思いながら伊都子は恭市のなすがままになり、そのうちそんなことはどうでもよくなって、ただ恭市の下で荒い息を吐く。恭市はいろんなところで交わりたがる。風呂場で、脱衣所で、玄関で、リビングで。ベッド以外の場所で男と交わったことのなかった伊都子には、最初、洗濯機に背を押し当てたり靴箱で上半身を支えたりする自分の格好が、情けなくも滑稽に思え、なかなかその気になれなかったのだが、最近ではかえってそのほうが夢中になれた。

恭市は射精したあと、しばらく伊都子に覆いかぶさったまま動かなかったが、いきなり立ち上がり風呂場へと向かう。台所の床に寝転がったまま、伊都子は遠ざかる恭市の、程良く筋肉のついた背中を見送った。背中が汗でねばついて気持ちが悪かったが、伊都子は横になったままでいた。

電話が鳴る。伊都子はのろのろと立ち上がり、脱ぎ捨てた衣服を踏んで子機をとりにいく。子機を耳にあてると、聞こえてきたのは母、芙巳子の声だった。

「私だけど」

伊都子はとっさに赤くなる。性交を終えたばかりで全裸でいる自分を、どこかから彼女が見ている気がする。子機を肩に挟んで、伊都子はすばやく下着を身につける。

「あのね、伊都子、私の暗証番号っていくつだっけ？」

母親のかすれて低い、必要以上にてきぱきした声が子機から聞こえる。廊下の向こうの風呂場からは、シャワーの音が続いている。そのどちらにも伊都子は耳をすませた。

「なんのこと？　今来客中だから」

「ほら、アメックスの暗証番号」

伊都子を遮って芙巳子は言う。

「知らないわ、そんなの。ちょっと今来客中なの。あとにしてくれない？」

「知らないはずがないわよ、いっしょに考えたじゃないの。青山の家の電話番号だったっけ、それともあなたの誕生日だった？　それとも、グラスゴーの番地だったかしら」

「悪いけど、今」

「男ね」ぴしゃりと芙巳子は言った。「来客って、男なんでしょ」

「あなたには関係ないじゃないの」

ふふふ、と聞こえるような声で芙巳子は笑った。母親の、煙草とコーヒーと香水の混じったにおいを嗅いだ気がして、伊都子は思わず顔をしかめる。

「どんな男？　年下？　年上？　妻子持ち？　ねえ、会わせてよ」

伊都子は黙っていた。廊下の向こうから、風呂場のドアが開く音が聞こえた。

「切るわね」

あわてて言って伊都子は通話終了ボタンを押し、子機をソファに投げ出して、急いで服を着た。汗はとうに乾いていた。

洗面所にいくと、恭市が髪を乾かしていた。鏡のなかから伊都子に向かってほほえみかけ、

「帰るわ」

と言う。ドライヤーの轟音で聞こえなかったふりをして、

「ビールでも飲む?」

伊都子は声を大きくして訊いた。

「ああ、おれ、帰る」

恭市も大きな声でそれに答えた。

恭市がこの部屋に、十二時過ぎまでいたためしはない。枕が替わると眠れないらしい。毎回タクシーに乗るわけにはいかないから、終電に間に合うように帰るのだと、いつだったか恭市は言っていた。だから、彼が帰るのはわかりきっているはずなのに、伊都子はいつもがっかりする。その失望は、子どものころのそれとよく似ている。手足を投げ

出し天を仰いで泣き出したくなるような種類の失望。

髪の乾いた恭市は、宣言通り部屋を出ていった。伊都子はともに玄関を出、エレベーターのなかで粘ついたキスをして、共同玄関で彼を見送った。声をあげて泣き出したい気持ちをおさえ、たったひとりでエレベーターに乗りこむ。2、3、と変わる階数表示を見ていたら、ふと耳元で、妻子持ち？　という芙巳子の低い声がした。まさか。伊都子はいやなものを見てしまったかのように首をふる。

来月三十歳になる恭市に、妻や、まして子どもがいるわけがない。母親はそういう女なのだ、と伊都子は思う。人が幸福でいることを実感しているときに、わざわざ水を差さずにはいられないような。少しでも楽しげな気配を感じ取るやいなや、私が不安を感じるようなことを、言わずにはおれない質（たち）の女なのだ。

鍵をかけていない玄関のドアを開け、恭市の気配の残る部屋にそっと入る。流しに置かれた皿を、片っ端から洗っていく。昼間から飲み続けた酒と、台所でした性交の余韻で、体がじいんとしびれている。

恭市はフリーの編集者だった。東欧旅行のあと、おもにかつてコラムを書かせてもらっていたいくつかの出版社に、それまで撮った写真を持ちこんだのだが、写真集は売れないからと、どこでも断られた。そんなとき恭市に出会った。出版社を出た伊都子を、あとを追うようにして出てきた恭市が呼び止め、お茶に誘った。

「会議室で広げていたあなたの写真を見たんだけれど、色彩に個性があっていいよ」と恭市は言った。「でも、こんなところに持ちこんだってだめだよ。写真に、っていうか美術に、ぜんぜん力を入れてないところに持ちこんだって、わかってもらえるわけないよ」と。

その日の夕方、出版社の近所の居酒屋で、恭市に乞われ伊都子はもう一度写真を広げた。恭市はいろんな言葉を使って伊都子の写真を褒めた。そのほとんどを、伊都子は覚えていない。いや、褒められていたそのときも、伊都子は恭市の言葉をよく聞いてはいなかった。褒められている、というふわふわした高揚を感じながら、恭市に見とれていたのだった。

恭市は、伊都子の好みを三次元に仕立てたような男だった。並んで立っても、背の高い伊都子より頭ひとつぶん背が高かった。切れ長の目、すっと通った鼻筋、薄いくちびる、きめの細かい白い肌。均整のとれた体つき、ファイルをめくる、長くて細い指。寝たいと伊都子は思った。この人と寝たい。そんなふうに思ったのは、はじめてのことだった。

居酒屋を出たところで、恭市を誘ったのは伊都子だった。家にまだ写真がある、見てくださいと言った。恭市はそのままついてきた。そうして伊都子のマンションで、写真を見るより先に、ダイニングテーブルの上に伊都子を押し倒し、スカートをまくり上げた。

その日も恭市は十二時前に帰っていったのだが、恭市が帰ったあと、伊都子は自分が、母親の呪縛から完全に脱したことを悟った。好きな男に料理を作る女ほど惨めなものはないという母は、同様に、会ったその日に男を家に上げるほど馬鹿な女はいない、とも言っていた。飢えているのがまるわかりだと言うのだった。

けれどそれをやったのだ。誘われてついていくのではなく、乞われて関係するのではなく、はたまたデートを重ねて慎重に関係を持つのでもなく、初対面の男を自分から招き入れ、そうして数時間後に寝た。しかもその男がいるあいだ、伊都子は一度も、母親のことを思い出さなかった。電話がくるかもしれないとか、紹介できるかどうかとか、母が非難する行動をとっているとか、そんなことは一度たりとも頭をよぎらなかった。

モロッコ行きを勧めたのは恭市だった。チェコもアイルランドもいいけれど、キレイキレイした光景より、もう少し煩雑な、埃(ほこり)っぽい景色のほうが、伊都子の写真には似合うと彼は言った。三カ月も恭市と離れているのは耐えがたかったが、それくらいいいかないと何もわからないと恭市が言うので、その通りにした。旅のあいだ、二日にいっぺんはネットカフェをさがして入り、恭市にメールを送り返信をチェックしていた伊都子は、旅先の光景を思い出そうとすると、メディナと呼ばれる迷路のような旧市街の市場より、スペインに渡るフェリーから見た夕景より、砂漠の星空より、まずネットカフェが思い出されるくらいだ。どの町でも似たり寄ったりの、コンピュータがずらりと並んだ素っ気ない部屋。

百本近く撮ったフィルムをネガにして、一枚一枚恭市と見た。出版社に見てもらうための写真を慎重に選び、紙焼きにした。それを持って恭市は「美術に強い」出版社を歩きまわり、そうしてついに、出版の糸口を見つけたのだった。

恭市とともに過ごす時間もさることながら、彼とともに何かを創り出している感覚が、伊都子を満ち足りた気分にさせた。恭市とともに過ごせば過ごすほど、写真集がかたちになりつつあればあるほど、母親から解放されていく気がした。彼女から受け継いだ血をしぼりだし、遺伝子を踏みつぶし、あらたに命を得て生きなおしているという実感が、大げさながらするのだった。

伊都子は洗った皿を拭きながら、さっき別れたばかりの恭市の後ろ姿を思い浮かべる。

恭市の住まいを伊都子は訪ねたことがない。東中野（ひがしなかの）に住んでいると聞いたことはあるが、それが一軒家なのかマンションなのか、伊都子は知らない。仕事をつい持ち帰ってしまうから、ゴミ屋敷と見まごうぐらい汚いのだと恭市は言っていた。その住まいの電話番号も、伊都子は知らなかった。ほとんど出ていて留守だから、と恭市は言い、仕事場として借りているワンルームマンションの電話と、携帯電話の番号しか教えてくれないのだった。

　家に招かれないこと。自宅の電話番号すらも知らないこと。いつも会うのはこの部屋であること。十二時前には必ず帰ること。芙巳子がからかうように言った「妻子持ち」であるならば、それらちいさな謎の合点がいく。ゴミ屋敷らしいのに着ているものからいつも石鹸（せっけん）のにおいが漂うこと。シャワーを浴びても、石鹸やシャンプー類を使わないこと（伊都子の常用している石鹸はフランス製で、苦甘いような独特のにおいがする）。酒が好きであるらしいのに、つぶれるまで酔っぱらわないこと。日曜日や祝日は、まったくといっていいほど携帯電話がつながらないこと。今まではなんとも思わなかった――ひょっとしたら何か思うことを避けてきた――ことがらが、一気に伊都子の胸にわきあがる。

　まさか。まさか。まさか。考えているうち、次第に動悸（どうき）がしはじめ、あやうく皿を落としそうになる。皿をしっかりつかみなおし、執拗（しつよう）に布巾で拭きながら、伊都子はわざと笑ってみる。

「馬鹿みたい」と、口に出して言ってみる。「あんな女の暗示に、まだ易々とひっかかるんだから、私ってほんと、馬鹿みたい」

部屋はしんと静まり返っている。伊都子は皿をしまうと、バッグから携帯電話を取り出して、恭市に電話をかけてみた。地下鉄に乗っているのか、電波の届かないところにいる、というメッセージがくりかえされる。伊都子は携帯を切り、けれどそれを手に持ったまま、ベランダに面したガラス戸の前に立ち、カーテンを開け放つ。斜め前の方角に、数年前に建ったタワーマンションがそびえている。その下には、タワーマンションからこぼれたような、民家やマンションの明かりがぽつぽつと広がっている。

目黒のおうちの番地。唐突に伊都子は思い出す。母の言っていた、カードの暗証番号だ。イギリスから帰ってきて、最初に住んだ借家の番地だ。

古い木造の家だった。家の北側は一面蔦で覆われていた。窓も壁も。ちいさな庭には赤い実のなる木があって、雑草がのび放題にのびていた。そんなことまで伊都子は思い出す。芙巳子と中学生だった伊都子は、近所の野良猫を餌付けすることに一時期夢中になった。庭に皿を置き、煮干しやツナ缶を入れて猫を待った。数匹の猫が餌をもらいにきたが、慣れたものは一匹もいなかった。そのうち、近所から苦情が出るようになった。

無責任な餌付けはやめてくださいと、門に貼り紙をされたこともあった。そんなことで負ける母ではなかった。貼り紙をした張本人の家をさがしだし、勝手な貼り紙はやめてくださいとわざわざ毛筆で書き、伊都子を連れて夜中にこっそり貼りにいった。貼ってから駆け足で戻り、伊都子と顔を見合わせてげらげら笑った。そうして母は、出入りしている編集者に協力を仰ぎ、野良猫の雌だけつかまえて避妊手術を受けさせたりしていた。飽きるまで。三カ月もすればそんなことにすぐ飽きてしまうような人だった。

目黒のおうちには、通いのお手伝いさんはいなかった。だからその時期、母は料理をしていたはずだと伊都子は思い出す。女性編集者が作ることもあったが、毎日彼女たちがきていたわけではない、だから母も料理をしていたはずだった。いったいどんなものだったっけ。タワーマンションの、窓ひとつひとつに灯るちいさな明かりに目を這わせながら、なぜか必死になって伊都子は思い出そうとしてみる。

しかし思い出されるのは、雑草のちくちくした感触や、北に面した和室の畳の冷たさや、暗い台所で鈍く光る水道の蛇口や、深夜の猫の鳴き声や、そんなものばかりだった。

子どものころから、知らない人に会うと極度に緊張する。そのわりには、いつも知らない人にばかり会ってきたと、素っ気ない会議室で伊都子は考えている。

ものごころついたときから、自宅には知らない人ばかりが出入りしていた。顔と名前を覚え、食の好みや口癖を覚えはじめると、異動だとか転職だとかで、また知らないだれかがあらわれる。新しい人たちをまた覚えたと思ったら、母は伊都子を連れて見知らぬ国へと旅立った。人見知りの伊都子に、ようやく友だちと呼べる子ができたとき、また母は唐突に帰国宣言をした。

　高校生のときの、あの奇怪としかいいようのない時期だってそうだった。タレント事務所の人間に会い、ボイストレーナーに会いダンサーに会い、スタジオミュージシャンに会い、作詞家に会い作曲家に会い、ヘアメイクやスタイリストに会い、プロモーターに会い無数のスタッフに会った。ちづると麻友美がいなければとうに逃げ出していた。彼女たちがいたから、ふつうの顔で知らない人に挨拶できた。

　バンドが解散することになったとき、伊都子は心底安堵したが、しかし、彼女たちと離れひとりにならなければならないことを恐怖してもいた。実際それからずっとひとりだった。ひとりで知らない人に会ってきた。よく耐えてこられたものだと伊都子は思う。この人に会うまで、よく耐えてこられたと、隣に座る恭市を見て思う。

　恭市は、誕生日がくれば三十歳になるとはいえまだ二十代なのに、よほど伊都子よりてきぱきと話を進めている。伊都子は彼の隣にぼんやりした顔で座り、向かいの編集者と、テーブルにのせた彼の名刺とを、ちらちらと見比べる。Tシャツにジーンズといった軽装の編集者は、伊都子と同い年か、もう少し上に見えるのに、ずいぶんと腰が低く、恭市にも敬語を使って話している。テーブルにばらまかれた引き伸ばし写真を見ながら、夢中で話している。やっぱり何かテーマ性があったほうが……いや、ガイドブックじゃないんだから場所別というのはかっこわるいな……そうじゃなくて、たとえば生活をテーマにしてみるとか、笑顔や後ろ姿をテーマにしてみるとか……だとすると、こんな感じですかね……これは去年うちから出たものなんですが、判型をこれくらいにして……。

彼らが話しているのは自分の写真のことなのに、伊都子はひとごとのように聞いている。やる気とはべつに、ひとごとのようにしか聞こえないのだ。写真集というものがどのようにして一冊にまとまるのか伊都子は知らないし、判型だとか組みだとかテーマだとか、そういうことについては、自分より恭市のほうがよほどセンスがあると思う。

二人が自分を見ていることに気づいて、伊都子はあわてて、じっと見ていた編集者の名刺から顔を上げた。

「えーと、なんでしたっけ」

つぶやくと、恭市が笑った。つられて編集者も笑っている。

「だから、文章。草部さん、文章書けるんだったよね」

恭市が訊く。仕事の席で彼は伊都子を名字で呼ぶ。そのたびくすぐったいような気持ちになる。

「書けるって、あの、ふつうに日本語は書けますけど」

何を訊かれているのかわからず、へどもどと伊都子が答えると、また二人は声をあげて笑った。

「この人、天然ですけど、前、雑誌にコラムやエッセイを書いていたんです。自分の言葉を持っている人だから、何も作家に頼まなくても、本人が書きますよ」

熱心に編集者に話す恭市を見て、伊都子はにわかに不安になる。何か書かされるのだろうか。エッセイなんて書いていない。自分の言葉が必要なものなんて書いたことはない。

「あの……」

伊都子が口を挟むと、二人が顔を向けた。その瞬間、伊都子は母の言葉を思い出す。ケーキを食べておいしいっていうのならだれが書いてもおんなじだから、名前がちいさくたって仕方ないか。母の言葉にだまされるな。私から自信を奪うために放たれた言葉なんか、信用するな。念じるように思う。そして、こちらを見たままの二人に、伊都子は笑いかける。

「ええ、書きます、私」

「そうですか、やはり今のご時世だと、写真だけってのはちょっと難しいんですね。望んでおられる方向と少し違うかもしれませんが、やっぱり何かこう、写文集というんですか、文章があったほうが出しやすいんですよね」

「一度本人に書かせて、それで読んでみて、これじゃあちょっと、っていうんだったらだれかに頼むってことにしたらいいんじゃないかな」

「少し時間がかかっちゃいますけれど、そうさせていただけるのならば」

「時間かけていいものにしたほうが、絶対いいから。彼女にとっても、出版社側にとっても」

恭市が強い口調で言い、伊都子はほっとして幾度もうなずいてみせる。

今までよく耐えてきたものだと、伊都子は再度思う。でももうだいじょうぶ。この人がいれば何もかもがうまくいく。

出版社を出、地下鉄の駅へ向かう途中、もう開いている居酒屋があった。軽く飲もうか、と恭市が言い、伊都子は大きくうなずいた。午後四時を過ぎたばかりで、陽(ひ)はまだ高い。通りの先でじっと停(と)まっている信号待ちの車が、熱気のせいでゆらゆら揺れて見える。汗を拭きながら通りを行き交うサラリーマンたちから離れ、恭市に続いて伊都子は居酒屋の扉をくぐった。

「じゃ、出版記念の前祝い」

運ばれてきたビールジョッキを恭市は持ち上げる。伊都子もそうして、ジョッキを軽くぶつけた。

「おかしかったなあ、さっき」

恭市は突き出しの小鉢を箸でいじりながら、含み笑いをする。

「ごめん、私、なんだかぼうっとしちゃって。何を言ったらいいのかわかんなくて」

「べつに、好きなことを好きなように言えばいいんだよ。ああしてくれとか、こうしたいとか、なんでも言っていいんだよ」

「ああしたいとかこうしたいとか、そういうの、あんまりなくて」

うつむいて伊都子は言った。恭市は天井を見上げて笑う。

「いや、いいよ、かえってなんか、芸術家っぽくていいよ。伊都子ってさあ、美人だから黙ってると不機嫌に見えるんだよね。それであんなふうになんにも言わないでいると、ハクがつくっていうの？　相手がさ、ひょっとしてこの人はとんでもない才能があるんじゃないかって、ちょっとびびるのが、見ててわかるんだよな」

「じゃあれでよかったんだ」

伊都子はほっとして言った。

「上出来、上出来」

恭市はメニュウを広げながら陽気に言った。

今のやりとり、なんだか覚えがある、と伊都子は気がつく。あれでよかった？　いい、いい、上出来だよ。

ああ、そうだ。高校生のころだ。インタビューを終えるたび、練習通りうまくできたかどうか、事務所の人間に伊都子は確認したのだった。あのとき伊都子にあてがわれたキャラクターは、無口で無愛想、何ごともさめた目で見ていて「どうだっていいよ、そんなの」が口癖だった。今考えると馬鹿みたいに思えるが、伊都子はせいいっぱいがんばって、その数少ない「せりふ」を言っていたのだった。

でも、あのころと今は違う。やっていることのケタが違う。それにあのときは三人いっしょだった。今はひとり。そしてオーケイサインを出すのはよく知らない大人ではなくて、いちばん信頼できる恭市なのだ。自然にこぼれてくる笑みをそのままにし、恭市の開いたメニュウを伊都子はいっしょにのぞきこんだ。

「枝豆と揚げ茄子と、なんか串もの食べようか」

「じゃ、つくねとレバーと皮。それからだし巻きたまごとサラダも」

「すみませーん、注文お願いしまーす」

ほかに客のいない店内に、恭市の声が響く。エプロンを掛けた中年女性がメモを手にあらわれる。品名をひとつずつ読み上げる恭市を、伊都子はちらちらと見た。

母が口にした悪い冗談は、あれ以来ずっと伊都子の心にひっかかっている。考え出したら止まらなくなった。結婚とはかぎらない。ひょっとしたら、長年同棲している恋人がいるとか、同棲していなくてもほかに女がいるとか、そういう可能性がゼロだとは言い切れない。ねえ、どんなところでも驚かないから自宅に連れていってよ。何度も口にしようとして、できなかった。断られたら何をどう考えたらいいのか。やはり何かを隠していると、疑わざるを得なくなってしまう。

「とりあえずさ、文章をさ、仮まとめだけどさっきの構成になると想定して、できるだけ早く書いてみてよ。どこそこで何を見た、っていうんじゃなくて、日記の断片みたいな散文でいいよ。明日、参考になるようなものを見つくろって発送するから、それ見てさ」

ビールを飲み干し、恭市は仕事口調になる。うん、うん、とうなずき、

「今日は恭ちゃん、うちに寄る？」

伊都子は訊いた。恭市は一瞬鼻白んだ顔をして、

「今の話、聞いてた？　今日はおれ、このあと遅くまでやってる本屋まわるからさ、伊都子は帰って、組みなおした写真をもう一度見て、イメージ作っておいてよ」

「本屋、私もいっしょにいこうかな」

「だからさあ、参考になるものは送るけど、なんのイメージも持たないままそれ見て書いたら、どうしたって似ちゃうだろ？　先にイメージ作っといてもらわないと困るよ。遅くても来年の春には出そうぜ」

恭市が苛ついているのがわかったので、伊都子はそれ以上、このあとの予定について訊くのはやめた。再来週に迫った恭市の誕生日の予定も訊かなかった。さっきの女性が、枝豆と揚げ茄子を運んでくる。恭市は、伊都子のぶんも合わせてビールを追加注文している。枝豆に手をのばし、まだあたたかいそれを口に含みながら、伊都子は決意をする。家に連れていってと言えるわけがない、何か隠しごとをしているかと訊けるわけもない、だったら、本当のことを自分で見つけだすしかない、と。

恭市の事務所は築地にある。中央卸売市場に背を向けて細い通りを進んでいくと、古い雑居ビルが林立している。雑居ビルに押しつぶされるようにして建つ三階建ての「コ

ーポ村上（むらかみ）」202号室が、恭市の事務所だった。

コーポ村上の斜め向かいにあるコーヒーショップで、伊都子はじっと窓の外をにらんでいる。さっきまで、夕食を食べてきたらしい残業中の会社員で混み合っていたが、今はほとんど客がいない。食器の戻し口近くの席で、学生みたいなグループが、机にノートを広げたままにして、大声でしゃべっているきりだ。

六時に打ち合わせがあり、そのあと食事に流れなければ、九時前後に恭市は自宅に帰るはずだった。七時半をまわったころに、コーポ村上に戻る恭市の姿を確認したので、きっとあと数十分のうちに、恭市は事務所から出てくるはずだった。

コーポ村上には、伊都子はいったことがある。デートの途中、忘れ物をとりに戻った恭市についてきたのだった。ワンルームの、生活のにおいのまったくない、殺風景な場所だった。台所は水垢（みずあか）で汚れていて、ユニットバスは使われた形跡がないばかりか、浴槽は資料置き場になっていた。恭市の使っている椅子のほかは、背もたれのない丸い椅子がひとつあるきりで、くつろげる場所ではなかった。コーヒーでも飲むかと訊かれたが、清潔とは言いがたい台所でいれてもらうコーヒーは遠慮したかった。それで伊都子は、斜め前のコーヒーショップにいこうと提案してみたのだが、恭市は、あの店のコーヒーは嫌いだと言った。それで結局、忘れ物を手にしただけで長居せず、事務所をあとにした。

恭市がこのコーヒーショップに寄らないことは知っている。だから、窓の向こうを通りすぎる恭市の姿を見ても、伊都子はどぎまぎしなかった。今日の計画はもはやうまくいくに違いないように思えた。事務所を出て帰宅する恭市のあとをつけても、ばれることなく彼の住まいを見つけられる自信が伊都子にはあった。

恭市が言っていた、文章云々を優先しなければいけないことは伊都子にもわかっていた。時間をかけていいものにしようと出版社では言っていたが、伊都子には、あんまり時間をかけすぎて出版社サイドの事情が変わっても困ると恭市は言っていた。七月いっぱいに文章の草稿だけ仕上げるように言われてもいた。

しかし伊都子はそれどころではなかった。出版社で打ち合わせ、居酒屋で飲んだあとから、恭市は伊都子の部屋にもこなくなったし、会う約束も先延ばしにするようになった。三十歳の誕生日にも、伊都子の部屋にはこなかった。お祝いをしようと食い下がると、「一段落ついてからにしよう」と言うのだった。「今はとりあえず、一刻も早く写真集を優先してくれよ」と恭市は言い、それは実際その通りなのだろうが、会わないでいると、ちらりと浮かんだ疑問がどんどんふくれ上がった。妻か恋人かわからないが、とにかく私以外の女性に私の存在がばれ、距離を置こうとしているのではないか。いやひょっとしたら、べつに新しい女性があらわれたのではないか。母親から電話をもらったあの日まで、考えもしなかったことが次々と思い浮かんで何も手につかなくなった。

まず知ろう。仕事はその次だ。それが伊都子の出した結論だった。何もないなら何もないでいい、何かあったって自分の気持ちは変わらない、ただ知らないということだけがいやなのだ。だから、知ろう。そうして今日、伊都子は築地のコーヒーショップに何時間も座っているのだった。

もし――母親の言葉通り――最悪の事実が待ち受けていたとしたって、私はだいじょうぶ。今日部屋を出るとき、伊都子は自分の気持ちを確認した。ほかにだれかいたとしても、今までだってうまくやれたんだし、これからだって写真集の仕事がある。私たちのあいだにある信頼が、揺らぐことはない。

四杯目のコーヒーを頼もうかどうしようか迷っていると、薄暗いコーポ村上の共同玄関から出てくる人影が見えた。顔は見えなくても、それが恭市だと伊都子にははっきりわかる。伊都子はバッグを握りしめ、慎重に立ち上がる。

伊都子とともに歩くときより、かなりの速さで恭市は駅に向かう。伊都子は充分にあいだを空けてあとを追う。ドラマなんかでは、前を歩くターゲットがふりむいて、尾行者はさっと電信柱に隠れたりするけれど、恭市はまったくふりかえらずにすたすたと歩く。同じように地下鉄乗り場に向かう人混みに、幾度か恭市の姿は隠された。伊都子は不安になってそのたび小走りになる。けれどかならず、背の高い恭市の頭が、追いつく前に人混みのなかからあらわれた。

大江戸線の、恭市とは違う車両に伊都子は乗った。連結部の窓越しに恭市の姿を確かめようとしたが、乗客にまぎれてそれはかなわなかった。だいじょうぶ、と伊都子は自分に言い聞かせる。恭市は東中野で降りるはずだ。恭市の住まいは、間違いなく今日のうちに確認できるだろう。

伊都子は、ドアの上部に貼られた路線図を凝視し、通りすぎる駅名をひとつずつ確認する。新宿を過ぎ中野坂上を過ぎ、電車が東中野に近づくにつれて、全身が心臓になったみたいにどきどきした。

地下を走る電車が東中野にたどり着き、大勢の乗客とともに伊都子はホームに吐き出される。恭市の乗った車両をすばやくチェックする。電車はドアを閉め、走り出す。乗客は行進するようにエスカレーターへと向かう。しかし、人の波のなかに、頭ひとつ飛び出た恭市の姿がない。

そんなはずはない。ホームに立ち尽くして、伊都子はきょろきょろとあたりを見まわす。ほとんどの乗客がエスカレーターに吸いこまれ、ホームに立っているのは、上り電車を待つ人たちばかりである。伊都子ははじかれたように走り出し、階段を駆け上がった。そうしながらも、人々の後ろ姿のなかに恭市をさがす。いない。いない。改札へ続く階段は、果てがないんじゃないかと思うくらい長く、改札にたどり着いたときには、脛が痛み息が上がっていた。改札を出て、伊都子はあたりを見まわす。もう見つかってもいいや。そう思いながら、伊都子はなりふり構わず恭市をさがす。

恭市は、けれどどこにもいなかった。乗客が去り、静まり返った地下の改札口で、自分の荒い呼吸だけが伊都子の耳に届く。

見失った？——違う。伊都子は胸の内でちいさく、けれどはっきりとつぶやく。そうじゃない。自宅の場所は、嘘だったのだ。

恭市が言っていた参考資料は、あの次の日に送られてきた。ぼわんとした写真に、詩のようなものが書き添えられている本が多かった。伊都子はそれらをくりかえし眺め、文字を読んだが、何を参考にしていいのか、ちっともわからなかった。

ダイニングテーブルに広げた紙焼きを、一枚ずつ見ていく。

パソコンを開く。電源を入れる。

新しい文書を作成し、キーボードを打ってみる。

モロッコの、月面みたいなアトラス山脈。周囲には民家も商店も、およそ人工物はひとつもないのに、ひとりの少年が歩いている。片手に長い木の枝、それだけを持って。少年はいったい、どこからきて、どこへいこうとしているんだろう？　その問いは、自分自身にも向けられる。私は、どこからきて、どこへいこうとしているのか？　いったい何をしてきて、何をしようとしているのか？

どこそこで何を見た、っていうんじゃなくて、日記の断片でいいよ。恭市の言葉を思い出す。どこそこで何を見た、ということと、日記の断片と、どう違うのかが伊都子にはわからない。今打ちこんだこの文章は、どこそこで何を見た、にほかならないような気もするし、立派な日記の断片じゃないか、とも思える。

打ちこんだ文章を幾度も読みなおし、伊都子はそれを保存して閉じる。メールを開き、送受信ボタンを押す。恭市からメールがきているのではないかと、すがるような気持ちで思っていたのだが、受信した二件に、恭市の名前はない。落胆しながらも、伊都子は送られてきたメールを読む。

一件目は、コラムの仕事をしているときからつきあいのある、フリーライターの裕恵からだった。今度矢野ちゃんたちと飲むんだけど、ひまだったらこない？　という、軽い誘いのメール。二件目は麻友美からだった。

ルナのテレビデビューが決まったの！　来月なんだけど。毎週日曜日の夕方五時にはじまる「ぼうけんごはん」って番組があるんだけど、それに出るから、絶対の絶対に見てね！　近づいたらまた連絡するね！

麻友美のはずんだ声が聞こえてきそうなそのメールを、伊都子はぼんやりと眺め、それからメールを閉じた。

なんだか、自分ひとり、成長を止めてしまったみたいに思えた。交際している男性が、自宅の住所を教えてくれないなんて、そんなことで悩んでいるのは自分ひとりだ。麻友美もちづるも、ちゃんと成長して、恋愛の些末(さまつ)な悩みからはとうに解放されて、自分のすべきことをきちんきちんとこなしているというのに。

二週間も電話がこないの。なんだか最近よそよそしいの。ほかに女の人がいるみたいなの。いきなり告白されちゃった。じつはね、彼には内緒なんだけど、今度デートをすることにしたの。

そんな話をしあっていたのはいつごろまでだったんだろう。相手の話を隅々まで聞いて、真剣なアドバイスをしあっていたのはいつごろまでだったんだろう。今、もし、恭市の話を麻友美とちづるにしたら、彼女たちは昔みたいにちゃんと聞いてくれるだろう。自宅の住所を知らないの。嘘をつかれていたみたいなの。携帯電話の番号しか知らないの。全部聞いてくれたあとで、きっと彼女たちはこう言うに違いない。イッちゃん、いつまでそんなことをやっているの？　そうして、夫の食事だの、子どものお迎えだのと、ばたばたと自分の場所に帰ってしまうのだ。

ため息をつき、どうにも進みそうにない原稿に見切りをつけて、パソコンの電源を落としたとき、電話が鳴った。恭市はかならず携帯電話にかけてくるから彼ではないはずだが、ひょっとして、と淡い期待を抱きながら伊都子は子機を持ち上げる。

「私だけど」

いきなり飛びこんできたのは、母、芙巳子の声だった。

「なあに」

落胆で無愛想な声になる。

「今日の夕方、ひま？　ひまならこっちにいらっしゃい。六時過ぎでいいわ。もっと早くきてもいいわよ、やることはあるから」

訊いておいて答えを待たず、芙巳子は断定口調で言う。

「ひまってことないわ」

「じゃ、六時でいいわよ、遅れてもべつにかまわない」

「なんなの？」

「満月の会。あなた今仕事ないんでしょ、だれかが何か紹介してくれるかもしれないし」

「仕事はあるわよ、決めつけないで」芙巳子を遮って、強い口調で伊都子は言った。

「珠ちゃんがイタリアにいってきて、ポルチーニだの生ハムだの、どっさり持ってきてくれるのよ」

「忙しいから、悪いけど」

伊都子は低く言って、通話終了ボタンを押した。

にぎやかなことが好きな芙巳子は、ただの飲み会にすぐ何かしら名称をつけて、定期的に集まろうとする。いっときオペラに入れあげていたときはオペラ愛好会、季節のものを食す旬の日、初夏には白ワインパーティ、暮れには一文字の会、まったく意味のない、野良猫同盟、弥次郎兵衛の会、丑三つどきの集会、なんてのもあった。数回続いただけで終わるものもあるし、名称を変えながら細々と続くものもあり、かと思うと、旬の日や一文字の会は、メンバーの入れ替わりはあるものの伊都子が高校生のころから続いている。だいたい集まるのは編集者や同業者、ときに作家やアーティスト、彼らが連れてくる正体不明の人々。芙巳子はいつも、ふてぶてしい猫みたいに座っているだけで、料理をするのも飲みものを配るのも、みな芙巳子とつきあいの長い編集者だ。実家で暮らしていたときは、伊都子もよく駆り出され、来客をもてなした。そのころは、そういう会が待ち遠しかった。幅広い年齢層の友人を持つ母が誇らしかったし、作家やアーティストが醸し出す華々しい雰囲気にも浮かれていた。

いくわけないじゃない。口のなかでつぶやいて、伊都子はダイニングテーブルに戻る。ばらまかれた写真を見たとたん、けれどもう、なんにもやる気がしなくなる。写真に見合った言葉を考えるのも書くのもいやになる。伊都子は立ち上がり、寝室に向かう。洋服を選び、着替えて化粧室に向かう。満月だか半月だか知らないけれど、にぎやかな場所にいけば、恭市のことを考えなくてすむ。恭市からの連絡を待たずにすむ。それにひょっとしたら、写真に添える文章について、作家か詩人がアイディアをくれるかもしれない。母のことは無視していればいいんだ。伊都子はそう考えながら、化粧下地をていねいに顔にのばした。

母の暮らす千駄ヶ谷（せんだがや）のマンションには、二十人ほどの男女が集まっていた。知っているのは、昔から芙巳子を担当している数人の編集者だけで、ほとんどが伊都子の知らない顔だった。東京の夜景が一望できるリビングの、好きな場所に座りこんだり、あるいは輪を描いて突っ立ったまま、それぞれ談笑している。髪を赤に染めた若い男や、水着かと思うくらい露出の多い服を着た女の子もいた。絵を描いている、ピアノを弾いて歌をうたっている、小説を書いていると、紹介されるたび彼らは伊都子に名乗ったが、知っている名前もなく、共通の話題も見つけられず、伊都子はただ作り笑いを貼りつけて、酒を飲みだれかの用意した料理をつまんだ。それでも、その空間に伊都子は、不思議と心安らいだ。母親のことを、もはや憧れを持って見つめられるわけはないのだが、しかし、人が集い談笑し、音楽が流れ食器のぶつかり合う音が響くこの空間は、伊都子が子どものころから見慣れてきたものだった。居心地の悪さとは裏腹に、卒業した小学校を訪ねるのと似たような、甘いようななつかしさがあった。

芙巳子はあいかわらず、ふてぶてしくソファの真ん中に座って、注がれる酒を飲んではいた。煙草を吹かし、だれかの言った冗談に高い声で笑った。伊都子はそんな母親を見ないように、名前の覚えられない周囲の人の話に、懸命に耳をすませ相づちを打った。

「伊都子さんって、お仕事は何をしているの？」

絵を描いていると言った女の子が、伊都子に話をふった。

「今は写真をやってるんです」

へえ、写真。うなずいた女の子がそれ以上何も訊いてこないので、

「もうすぐ写真集も出ることになっていて」

伊都子は自分から言った。まわりで料理をつまんでいた数人の視線が伊都子に集まる。

「写真集？　すごいわ。今、いちばん難しいでしょ、写真集の出版は」

「親子揃（そろ）って才能があるなんていいですよね」

「どこから出るんですか？」

「いつ出るの？　私、見たい」

口々に言われ、伊都子は瞬時に緊張する。みんな、草部芙巳子の助けを借りて出版にこぎつけたのだと思っているのではないか。それは伊都子にはなじみ深い感覚だった。何をしていてもそう思う。卑屈な思考回路だとわかってはいるが、しかし自信がないせいでいつもその思考回路にたどり着く。芙巳子の友人たちに、伊都子は隅々まで説明し理解させたくなる。母親とはまったく無関係の場所で、恭市というパートナーを得て、自分の力で何かをはじめようとしているのだということを。

伊都子は手にしたグラスのワインを一口飲み、周囲にいる人々を見まわして、出版社の名前を言い、早ければ今年じゅうに、遅くとも来年の春先には出版が決まっているのだと、勢いこんで説明した。

「そういうのって、持ちこみ？」若いんだか老けているんだかよくわからない男性が訊

き、

「そうです。コネもないし、知り合いもいないから、自分の足で、写真を持って歩いて、飛びこみのセールスマンみたいに」

　へええ、と周囲の人々はうなずき、しかし早くも興味を失ったらしく、知り合いをさがすようにきょろきょろしたり、互いのグラスにワインを注ぎあったりしはじめる。

「私の場合は、運よく、写真をきちんと判断してくれるフリーの編集者と知り合えたので、いろいろアドバイスはもらってるんですけど、でも基本はひとりです。写真集に添える文章も、今書いているところで……」

　彼らの興味を取り戻すべく伊都子はしゃべるが、もはや、話を聞いているのは、絵を描いているというおかっぱ頭の女の子しかいない。あとはみな、それぞれべつの話をはじめて、笑ったり移動したりしていく。女の子は伊都子の何に興味を持ったのか、正面に立っていろいろと質問を続けた。持ちこんだのはどの出版社か、応対した編集者の名前は覚えているか、今の担当者はだれか。どうやら、彼女は見かけほどには若くなさそうで、美術関係の出版社にひどくくわしいようだった。伊都子が出版社の名前や、うろ覚えの名前を口にするたび、「ああ、あそこなんか、だめだめ。儲（もう）かる本しか出さないもん」だとか、「太田（おおた）じゃなくて大川（おおかわ）でしょ。知ってるわ。ゴシップ誌からきた人だもの、見てくれるわけないわ」だとか、したり顔で言うのだった。

「じゃああの」話の途切れ目に、伊都子は自分から言った。「宮本恭市さんってご存じですか。フリーの編集者で……」

それを聞くと彼女はやはり訳知り顔でうなずき、

「ああ、仲嶺出版にいた男でしょ。はったりで生きてるような」けらけらと笑った。

「ご存じなんですか？　私今、彼と組ませてもらっていて、よくアドバイスをもらうんです。今度の話も……」恭市の話ができることがうれしくて、思わず話し出した伊都子のことなどまるで聞かず、彼女は得意げに続けた。

「今、フリーなんだ。最後に会ったとき、フリーになんか絶対なるなって、私、忠告してあげたのに。そんなの、思い出せないくらい昔だけど。でもまあ、仕事なくてもあそこんちは奥さんが食べさせてくれるからね」

伊都子は笑顔を貼りつけたまま、絵描きの女を見た。

伊都子の前を離れようとしない絵描きの女は、

「で、出版社側の担当はだれなんだっけ」と、早くも話題を変えている。

「えーと、中村さん、だったかな」先月会った出版社の、腰の低い男性の名前を伊都子はとうに忘れていたが、上の空で適当な名前を口にした。

「へえ、あの、中途採用で新しく入った人かな、私のところにはまだ挨拶にこないけど」

「宮本さん、やっぱり結婚してたんだ」伊都子は笑顔のまま口にした。

「え？　知らなかった？　若いときにできちゃった婚」

「仕事の事務連絡しかしてないから、プライベートは知らないんです。何歳なのかも知らないんだけれど、見かけが若いから、てっきり独身かと思ってました。へえ、お子さんまで」

だいじょうぶ。うまく言えた。何も怪しまれていない、この女があとで母親に何か告げ口することもない。伊都子は思った。もっと聞きたい。恭市のことについて、もっと聞き出したい。不自然でなく聞き出すには、いったい何をどう言えばいいんだろう。めまぐるしく考えを巡らせる伊都子の肩を、だれかが叩いた。ふりむくと、芙巳子が立っている。

「ねえ、珠ちゃんがパスタ作るから、あなたさ、空いた皿を片づけてくれない？」

伊都子はぼんやりと母親に目線を移した。短く切った髪、あいかわらず化粧気のない顔。重たいピアスで、少し垂れ下がったはりのない耳たぶ。

「伊都子さん、写真集出すんですってね。今話してたら、知ってる名前ばっかり出てくるから驚いちゃった。狭い世界だものね」

絵描きの女が、親しげに芙巳子に話しかける。

「あなた、顔を売ることに命かけてるから、そりゃ知り合いばかりでしょうよ」

芙巳子はさらりと言い、絵描きの女はさっと顔を赤らめた。瞬間、伊都子は子どものような勝利感を味わった。下品な女、と絵描きの彼女に対して伊都子は思った。この人、私の話に興味を持ったわけじゃない、自分は出版業界で有名なんだって言いたかっただけなんだ。下品な人。恭市のことを訊いたのは自分なのに、そしてたしかに彼女は知りたかったことを正確に教えてくれたはずなのに、逆恨みするように伊都子は胸の内でつぶやいた。伊都子はその場を離れ、芙巳子に言われた通り空いた皿を重ねていく。

「写真、ふうん、写真ね」

芙巳子は伊都子のわきに寄り添い、めずらしそうにそう発音すると、またソファに戻ってどっかりと腰を下ろした。母親から目をそらし、伊都子は皿を抱えてキッチンにいく。キッチンでは守谷珠美(もりやたまみ)が柄を両手で握ってフライパンを振っていた。茶色っぽいソースにまみれたパスタが、そのたび跳びはねる。

「久しぶりね、イッちゃん」

真剣な顔でフライパンを振りながら、守谷珠美は言う。守谷珠美は母親より五つほど若い編集者で、伊都子が中学生のころから家に出入りしている。現在は翻訳部署とは違う編集部にいるはずだが、芙巳子の会にはたいていきて、料理をし後片づけをし、来客をもてなしている。あと数年で、珠美は定年退職するはずだ。

「ごめんなさいね、いつも」

スポンジを洗剤で泡立てながら伊都子は言った。食器を洗いはじめると、珠美はフライパンの中身を大皿に移し、

「これ、持っていっちゃうわね」

伊都子に声をかけてキッチンから出ていった。

油や乾燥した食べかすのこびりついた皿を、伊都子は無言で洗う。リビングから歓声が聞こえてくる。笑い声と話し声と、ちいさくかかったロック音楽が聞こえてくる。熱心に皿を洗ううち、リビングの喧噪は遠ざかる。薄く開いたキッチンの窓から、涼しい風が吹きこんでくる。

仲嶺出版にいた男。はったりで生きてるような。奥さんが食べさせてくれるから。できちゃった婚。絵描きの女の声が耳の奥でくりかえされる。

あの下品な人、恭市をだれかと間違えているんだ。伊都子は思う。フリーになる前の恭市のことを伊都子は何も知らないが、恭市は断じてはったりで生きているような人で

はない。私の口にした人のことを、全員知っていないと気がすまないから、あの人、でたらめで適当なことを言ったんだ。中村さん、と適当な名前を言ったときも、知ったようなことを言っていたし。そんなにまでして、顔が広いことを誇示したいなんて。

「イッちゃん、私洗うから、いいわよ、あっちでパスタ食べてきなさいよ」

珠美がキッチンに戻ってきて、オーブンをのぞいている。

「ううん、もうすぐ終わるし。何を焼いてるんですか?」

「ラムなの。ブロックで買って、焼いてから切り分けるつもり。これはイッちゃんも絶対食べてよね」

「タイマー切れたら、呼びますから、珠美さんこそ、あっちで飲んでてくださいよ」

伊都子は言うが、珠美はキッチンから出ていかず、腕組みをして流し台に寄りかかり、伊都子の手元をじっと見ている。

「ねえイッちゃん、芙巳ちゃんと最近、しょっちゅう連絡とっている?」

黙っていたかと思ったら、そんなことを訊いてくる。

「あんまり。私も自分のことで忙しいし、母って、いろいろうるさいから、敬遠してるとこもあるし」

洗剤を洗い流しながら、伊都子は笑って答えた。

「そっか、そうね。昔は一卵性双生児みたいに仲のいい親子だったけど、イッちゃんももう、自分の仕事があるんだもんね」

背後で珠美はしみじみと言う。珠美が何を言いたいのか、伊都子にはよくわからなかった。けれどそんなことより、恭市のことが気にかかった。珠美の言葉を聞き流し、あとで恭市に電話をしてみようかと伊都子は考える。

「でもさ、ときどき、様子見にきてあげてよ。私もきてるけど、限度があるし、イッちゃんちだって、そう遠くないんでしょ」

煙草に火をつけ、換気扇のスイッチを押して、珠美はそんなことを言う。水道の蛇口をしめて伊都子は珠美をふりかえった。

「母、どこか具合が悪いって言ってました？」

「そうじゃないのよ。そうじゃないんだけど」珠美はあわてて言い、白い煙を天井に向けて吐き出すと、「ほら、もう、若いって年じゃないじゃない。私も芙巳ちゃんも」笑って言った。珠美の言いたいことがわからず、両手から水滴をしたたらせて伊都子は珠美を見つめた。

「芙巳ちゃんに最初に会いにきたときは、イッちゃん、まだ中学生だったんだもんね。ずっといっしょにいるからさ、私たち、どっか年をとり忘れてるようなところがあるけど、でもイッちゃんももう三十代でしょ？　私たち、おばあさんになったんだって自覚しなきゃいけないのよねえ」

早口でそんなことを言うと、流し台に置いてある灰皿に、珠美はまだ半分も吸っていない煙草を捨てた。


土曜日の夜に恭市から電話があった。どう、進んでる？　と受話口の向こうの声は言う。久しぶりに聞く声だった。

「進んでるわ。私、一日じゅう家にこもってパソコンと向き合ってるの。外に出たのは三日前。信じられる？」

伊都子は、ほとんど文字の書かれていないパソコン画面を見つめて、明るい声を出す。

「一段落したら、無理矢理にでも連れ出して、いやっていうほど連れまわすよ」

伊都子は携帯電話を耳に押し当てて、受話口を通る声に神経を集中させる。

「連れ出してくれないと、頭がおかしくなるかもしれない」

恭市は短く笑い、それから黙った。伊都子も黙った。

「できたものだけでいいから、メールで送ってくれるかな」

「わかった」伊都子は答え、ほんの短いあいだ迷って、それから口にした。「ねえ、恭ちゃんって、フリーになる前はどこかの出版社にいたの？」

否定して、何それと笑って。祈るように伊都子は思ったが、しかし恭市は、

「ああ、すげえ弱小出版社にいた。四年くらい勤めたかな。なんで？」

さらりと言った。

「仲嶺出版っていうところ？」

心臓は気味が悪いくらい激しく鳴っているのに、電話に出たときとまったく同じ、陽気な声がきちんと出るのが、伊都子には不思議だった。

「え、なんで？　仲嶺のだれかに会った？」

「じゃあ」伊都子は大きく息を吸いこんだ。止める。ゆっくりと吐く。「赤ちゃんができてうんと若いころに結婚したってのもほんと？」

ざらついた沈黙があった。携帯電話の向こうからちいさくクラクションが聞こえた気がした。

「え、何それ」

恭市の声が聞こえた。

「何それって、質問しているのは私」

「何、だれかに会ってなんか言われたわけ？」

って」

「絵を描いている人。恭ちゃんのこと、知ってるって。フリーになるとき、止めたんだって」

「ええ？　そんなやつ、いたっけなあ。フリーになるとき、たしかに十人中九人が反対したんだよな。でも反対したやつらって、おれとはなんの関係もない、第一おれのことだってよく知らないやつばっかりだぜ。そういうやつらって、こっちがうまくいってるの嗅ぎつけると、さもよく知ってるようにあれこれ言うんだよな。有名になった人を、自分が育てたって言いたがる無能って、どこにでもいるんだよ」

そう、本当にそう、あの人、本当にそんな人だった、私の母にも言われてたもの、私も下品だって思ったの、本当にそういう人っているわよね、でも、でもね恭ちゃん、話題がずれてる。質問したのは私で、その質問にあなたはまだ答えていない。そう言うかわりに、

「会いたいんだけど」伊都子はそう言った。「今からきて。こられないのなら、私がそっちにいくわ」

「ええ？　今から？」

「そう。今から。こっちにくるか、私がいくか、どっちか」

「ちょっと待って。今ちょっと仕事してるから……」

「じゃあ、私がいく。仕事してるってことは築地の事務所ね？　それとも東中野の自宅？」

「じゃ、遅くなるけど、一段落ついたら電話するよ。それでそっちにいく。それでいい？」

「電話、待ってるから。かならずちょうだいね」

伊都子は言って、通話終了ボタンを押した。携帯電話をパソコンのわきに置き、じっと窓の外を眺める。雨が降っている。銀色の糸のような雨が、部屋から漏れる明かりに照らし出されている。

だいじょうぶ。最悪のことがあったとしてもだいじょうぶだと、この前思ったばかりだ。今までだってうまくやってこられたんだし、これからだって、仕事がある。それに、恭市に対する気持ちははっきりしている。何かに揺さぶられるような、そんな頼りない気持ちでないことを、私がいちばんよく知っている。伊都子は大きく息を吸い、止め、ゆっくりと吐く。レントゲン室にいるような気分になる。白く無機質な部屋で、冷たい機械に胸を押し当て、心のずっと奥底を何かに写される気分。

整理しよう。うまく話ができるように。恭市は嘘はついていない。結婚していない、子どもはいないと彼が言ったことはない。私が訊かなかっただけだ。だから恭市を責めるつもりもないし、そんな権利も私にはない。そうじゃなくて、私は私の気持ちを伝えよう。私にはあなたが必要で、どうしても離れるわけにはいかないのだと。伊都子は立ち上がり、静まり返ったキッチンにいき、やかんをガスにかける。コーヒーを飲もうと思ったのに、気がつけば片手にスープ缶を握りしめている。戸棚を開ける。スープ缶を元に戻し、戸棚の中身を伊都子は見つめる。何をしようとしていたんだっけ。何もわからなくなる。やかんだけが、しゅんしゅんと勢いよく湯気を吐き出している。

どうやら、ひどく取り乱していると伊都子は気づく。

携帯電話が鳴り出す。伊都子は体をこわばらせ、キッチンを走り出る。

「もしもし」電話に出た声が震えていた。

「ああ、イッちゃん?」

てっきり恭市からだとばかり思っていたのに、聞こえてきたのは麻友美の声だった。

「ああ、麻友美」

伊都子は深くため息をついた。

「なあにー、やあねえ、ため息なんて。私からの電話でがっかりしてるみたい。さては、あれね? ダーリンからの電話を待ってたわね」

高校生のときとまったく変わらない麻友美の声に、伊都子は安堵し、同時に苛つく。

「なあに、どうしたのこんな時間に」

泣き出しそうだった。麻友美、聞いてと、言ってしまいたくなる。もちろん、伊都子の口からは、ふだんと変わらない素っ気ない声しか出ない。

「明日のこと、忘れちゃってるんじゃないかと思って電話したの。さっきちーちゃんにもかけたところ。日曜日の夕方、五時から、『ぼうけんごはん』、覚えてる?」

「ああ、ルナちゃん……」

「そう、ルナのデビューなんだから、見逃さないでね。確認の電話なの」

「だいじょうぶ、明日は家にいるから、見るわよ」

「あーよかった。ごめんね、遅くに電話して。ちーちゃんも見てくれるって言ってたから、ほっとしちゃった。じゃあ、またね。見たら、メールでもいいから感想教えてね」

「うん、わかった。またね。おやすみ」

麻友美、聞いて。切らないで、聞いて。そう叫ばないためにあわてて伊都子は電話を切る。

雨はまだ降り続いていて、キッチンではやかんが騒々しい音で湯気を出し続けている。

母の言ったことが本当になった。のろのろとキッチンに向かいながら、伊都子は思う。やっぱり母に恭市のことを話すのではなかった。話したから、こんなことになった。

妻と子どもがいるんじゃないかと、冗談のように母が言ったから、その通りになった──伊都子はそう感じていた。その論理がおかしいとは、もちろん伊都子は考えもしない。

夕方五時からはじまるテレビのために、四時から伊都子はテレビの前に座っている。騒々しいテレビを見るともなく眺めている。なんだか考えることがいろいろありそうな気がするが、しかし考えないほうがいいような予感がしている。なんにも考えずにいると、昨日のことが思い出される。

きっとこないだろうと思っていた恭市は、昨日の十一時過ぎにやってきた。伊都子の聞きたかったことを、恭市はあっさりと告白した。絵描きの女が言っていたことは本当だった。恭市は、赤ん坊ができて二十三歳のときに結婚したのだと言った。どうして教えてくれなかったの、と伊都子が問うと、だって訊かれなかったから、と当然のことのように答えた。

まるで面接の試験のように、テーブルに向かい合わせに座り、伊都子と恭市は一問一答をくりかえした。お子さんはいくつになるの？　今度の十二月で六歳になる。ひとりだけ？　いや、三歳のがもうひとり。奥さんに養ってもらっているの？　なんだ、それ。

フリーになりたてのころは助けてもらったこともあるけど、向こうが仕事していないときはこっちが養ったよ。奥さんは何をしている人なの？　何って、ふつうの会社員だよ。なんの会社？　何って輸入家具を扱ってる……はは、なんか、面談みたいだな。彼女は私のことを知っているの？　いや、知らない。おれ、家にあまり帰らないし、話もあまりしないから。

自分でも呆れ返ったことに、恭市のその言葉は、自分の心に明かりを灯したように、伊都子には感じられた。うれしかったのだ、そんな言葉が。

どうして？　もう愛していないってわけ？　あのさ。ここで言葉を切って恭市は背をのけぞらせ、天井を見上げた。愛とか、そういうのと、なんかもう遠いところにいるんだよな。

心に灯った明かりは強さを増した。伊都子はもっと聞きたかった。もっともっと聞きたかった。奥さんを愛していない、そこに愛はない、会話もない、家にも帰っていない、別れたい、本当に愛している人といっしょにいたい……そんな言葉を伊都子は聞きたかった。恭市に対する怒りが、不思議なくらい消滅していた。

聞きたい答えを引き出すのに有効な質問を考えるため、口を閉ざした伊都子に、もういい？　と恭市は言った。訊きたいことはそれで全部？

まだあった。まだまだあった。けれど、そう訊かれると、もうなんにもないような気もした。伊都子が黙っていると、恭市は立ち上がった。伊都子に近づき、両脇に手のひらを差し入れて立たせ、テーブルに押しつけるようにして伊都子の口に舌を差し入れた。

最後にひとつだけ。ブラウスのボタンを外されながら、伊都子はか細い声で言った。

私たちはどうなるの？

　どうって？　と恭市は訊き返した。ブラジャーをずらし、あらわになった伊都子の胸に舌を這わせながら、きみがどうにかなりたいのなら、その通りにするよ、とくぐもった声で言った。

　我に返って伊都子はテレビを凝視する。四時から待っていたのに、かんじんのテレビはもうはじまっていた。芸能人といっしょに、子どもたちが野外で料理をする番組だった。伊都子は、なんの解決にもならなかった昨日のことを頭から追い出し、画面に目を凝らす。子どもたちはきゃあきゃあと騒ぎながら芋や茸（きのこ）をアルミホイルに包んでいる。いくら画面に目を凝らしてみても、どれがルナなのか伊都子にはわからなかった。甲高い声をあげ、不器用な手つきで食材をさわる子どもたちが、みな恭市の子どもに思えた。質問がまだあった、と伊都子は思った。子どもは男の子か女の子か、訊くのを忘れた。本当に訊きたいことはもっと別にある気がしたが、しかし伊都子はその別のことを頭から閉め出し、今度会ったら子どもの性別を訊かなくちゃと、テレビの前で座りなおした。

第三章

まったく許しがたい。

憤然として麻友美はソファに腰を下ろす。ビデオを巻き戻し、再生する。静まり返った部屋のなかに、するするとテープが巻き戻される音が響く。

再生ボタンを押す。ぼうけんごはん、と子どもがクレヨンで書いたようなテロップが、木々の緑を背景にあらわれる。今日は、秋川渓谷にやってきましたー。にぎやかな声でタレントが言う。紅葉にはまだ早かったねえ。べつのタレント。今日はみんなで、秋の味覚をホイル焼きしまーす。

子どもたちが走り出てくる。淡いもも色のブラウスに、デニムのスカートを合わせたルナは、いちばん端っこだがちゃんと画面に映っている。同じスクールに通う、小学三年生の真辺瞳ちゃんがいちばん目立つところにいる。親子揃って目立ちたがり屋なのだ。まだ五歳のルナは、目立とうという意識がない。すぐに瞳ちゃんに隠されてしまう。

それでもちゃんと映っている。

なのに、みんな口を揃えて言うのだ。

どれがルナちゃんだったのか、ぜんぜんわかんなかったわ。

幼稚園ママたちがそう言うのはわかる。おもしろくないんだろう。養成所なんてすごいわね、テレビに出るなんてすごいわね、と言いながら、彼女たちがなんとなく鼻白んでいるのを麻友美は知っている。伊都子やちづるが言うのも、まあ、わかる。彼女たちがルナに会ったのは二年以上前なのだから、きっとルナの顔もよく覚えていないのだ。

許せないのは、自分の両親、夫の両親、ともに同じことを言ったのだ。義父母にはさすがに言えなかったが、

「孫の顔くらいちゃんと見つけてよ！」と、両親に対しては麻友美は怒鳴った。

「だってあんなに人数がいたらわからんよ」というのが父の答えで、「ほら、いちばん前にかわいい子がいたじゃない。あの子、おっかしいのよね、真剣にやればやるほど、失敗しちゃって……」というのが母の答えだった。

母が言っているのは、べつの事務所から参加した、津田怜奈ちゃんのことである。実際、怜奈ちゃんはかわいかった。大人びた表情と、子どもっぽさが同居した不思議な顔立ちをしている。瞳ちゃんと違って、目立つことはまったく考えていないようなのに、

動きがどことなくコミカルで、つい目がいってしまう。カメラマンも同じことを考えたのだろう、画面はつねに、怜奈ちゃんを中心に動いている。だから麻友美も名前を覚えている。母親の顔も覚えている。平凡な顔立ちの女だった。どうして子どもを芸能事務所に入れたんだろう、と不思議に思えるような、顔も格好も地味な人だった。

怜奈ちゃんはルナと同じ五歳である。祖母である麻友美の母親が、自分の孫ではない、よその五歳を見ているなんて、まったく頭にくる。

画面がコマーシャルに切り替わる。麻友美は台所にいき、冷蔵庫を開ける。缶ビールが二本、賢太郎の飲みさしのジンがある。

「ビール、飲む？」

ふりむくと、賢太郎がリビングに立っていた。

「ああ、ルナ、寝た？」

「寝た寝た。ぼくも一本、もらおうかな」

麻友美は缶ビールを二本取り出し、一本をグラスとともに夫に手渡す。

「なんだ、また見てたの。しかもビデオで。ＤＶＤのほうがきれいに見えるよ」

ソファに座り、賢太郎はビールをグラスに注いでいる。麻友美はクラッカーを皿にのせ、ビールを手にソファに戻る。

「いいのよ、ビデオだって映るんだから」

コマーシャルが終わり、また番組がはじまる。麻友美はDVDの操作方法が未だによくわからない。ルナの番組を見損ねたという友人のために、賢太郎に頼んでCD-Rに落としてもらった。その仕組みもじつはよくわかっていない。

クラッカーを囓り、ビールをすすって麻友美は画面を凝視する。ルナが瞳ちゃんに隠れてしまうたび、「ああ、もう」と声が漏れる。賢太郎はく、く、とのどを鳴らすようにして笑った。

「ルナ、かわいいと思う？」

麻友美はビデオを見たまま賢太郎に訊いた。

「何言ってんの、かわいくないわけないだろう」

賢太郎は即答する。

「そうじゃなくて。親だから、とかそういうんじゃなくて。もっと一般的に、よ。この、瞳ちゃんより怜奈ちゃんより、かわいいと思う？」

「そりゃかわいいよ。ルナはかわいい。ほら、アップになった」

賢太郎はうれしそうに画面を指さす。ルナは一瞬アップになるが、次の瞬間には、べつの男の子が映っている。

「井坂麻友美の娘が、かわいくないはずないだろう」

賢太郎はそう言って、麻友美の肩に手をまわし、ふざけるように肩を揉む。麻友美はソファに膝をたて、画面の端にいる自分の娘をじっと見つめる。番組が終わり、ふたたびコマーシャルが流れ出す。

「お風呂に入っちゃおうかな。これ、飲んでいいよ」

言い残して、麻友美は風呂場に向かう。

ルナは、一般的な意味合いで、あまりかわいくないのではないだろうかと、最近になって麻友美は考えている。たとえば津田怜奈ちゃんのようなわかりやすい魅力はルナにはない。それから幼稚園の同じクラスにいる、吉田まりんちゃんのような、アイドル顔でもない。しかし、つぶらな一重の目も、丸い鼻も、ずいぶん大きな口も、黒くてまっすぐな髪も、ほかの子どもにはない魅力だ、と麻友美は思っていた。思っていたのだが、ああして画面で見てみると、ルナの外見がいかに地味であるかがよくわかる。どこにいるのかぜんぜんわからなかったとみんなが口を揃えたことに麻友美は憤慨したが、しかし気持ちのどこかでは、それもそうだ、とも思う。

ルナは、自分には似なかった、と麻友美は思っている。成長するにつれ確信する。女の子は男親に似る、なんて迷信だと思っていたけれど、実際、ルナは賢太郎によく似ている。細くてちいさな目、大きなくちびる。賢太郎は鼻筋が通っているが、賢太郎の母は顔のパーツすべてが丸い。丸顔、丸い目、丸いおちょぼ口、低くて丸い鼻。ルナはこともあろうに、鼻だけ義母に似ている。

麻友美は自分の容姿に自信があった。バンドを組んでいたとき、レコード会社の人間が、中央位置のボーカルに伊都子を指名したときは、深く失望したのだが、しかし男の子に人気があったのは伊都子ではなく自分だ、と麻友美は思っていた。伊都子は美人だが、男受けする顔じゃない、冷たく見えてしまうから。自分のように、美しいよりかわいいという形容が合う女のほうが、男の人にはもてるのだ、と、高校生のときから麻友美は思っていた。実際、中学時代から麻友美はよく声をかけられた。他校の生徒から手紙をもらったこともある。「ひなぎく」が解散になったあと、モデル業をしていたのも自分だけだった。賢太郎と結婚してからも仕事はあった。やめたのは、干されたのではなく自分の意思だ。あのときは、どうしても子どもがほしかったから。

どうしてルナは私に似なかったんだろうと、湯船に浸かって麻友美は真剣に考える。生まれたばかりのころは、耳が似てる、ほっぺたが似てると、友人も親戚も、夫ではなく自分との類似点を数多くあげた。まあ、パパにそっくり。見知らぬ人にもそう言われるようになったのは、三歳のころからだ。パパにそっくり、と言ったあとに、笑い出す人もいる。あまりにも似ているから笑ってしまうのだろうということは麻友美にもわかるが、ルナの容姿が笑われているようで、おもしろい気分ではない。

乳白色の湯船を見下ろす。浮かんだ乳房を麻友美はまじまじと見てから、立ち上がる。風呂場の鏡に全身を映してから、風呂を出る。体を拭き、洗面所の棚を開け、保湿クリームを全身にのばす。かかとと肘には、べつのクリームをたっぷりと塗る。寝間着を着て、寝室に向かう。賢太郎は、サイドテーブルにビールをのせて、ベッドで本を読んでいる。麻友美はドレッサーに腰かけ、鏡に向き合う。

化粧水をはたき、べつの化粧水を時間をかけてパッティングし、乳液を塗り、クリームを顔にのばしてマッサージする。その様子を、賢太郎は鏡越しにじっと見ている。賢太郎は、麻友美が化粧をしたり基礎化粧品を塗るのを見るのが好きで、いつも子どものような表情でじっと見る。結婚して、もう十二年になるというのに、飽きることなく眺めている。鏡越しに目が合うと、賢太郎は恥ずかしそうに笑う。二歳年上のこの男性は、未だに自分に恋をしているのだと、そんなとき麻友美は思う。

え、まじで「ディズィ」の人？　似てると思ったけど、本物だなんて、すごいことだな。

はじめて岡野賢太郎に会ったとき、彼は麻友美にそう言った。大学生だった彼は、高校時代からその少女バンドの熱心なファンだったらしい。女の子のバンドなんてなかったろ？　アイドルとも違うし、曲はしっかりしていて詞も文学的だったし、迫力があったし、こういうバンドがちゃんと出てくる時代になったかって思ってたんだよな。賢太郎は夢中でしゃべり、井坂麻友美をいい気持ちにさせた。大学四年生だった賢太郎は、すでに起業していた。自分の大学にかぎらず、あちこちの大学でコンサートや講演会を企画実行するイベント会社だった。好景気の時期だったからだろう、学生サークルの延長みたいな会社に違いないと麻友美は思っていたのだが、親しくなるにつれ、一般的なサラリーマンよりも学生の賢太郎のほうがずいぶんと高収入であるらしいとうすうすわかった。

賢太郎は、まるで自分をスターのように扱ってくれるので、麻友美は気分がよかった。ディズィなんていんちきバンドが本当に一瞬で世間に忘れられたのち、だれもふりかえらない、だれもサインを求めない、だれも興味を持たないふつうの二十歳の娘になってしまったというのに、この大学生には、自分はいつまでも特別な存在なのだと、麻友美は思った。

お遊びではじめたバンドは、自分たちの思惑を超えて、大人たちの思惑通りにそこそこ有名になった。高校生でなくなったら自分たちに商品価値がなくなるとは、麻友美は思っていなかった。放校処分で話題になった三人は、高校二年の二学期から、他校に転校した。麻友美とちづるは都立高校へ、伊都子は私立高校へ。大人がすべてコンセプトを決めた女子高生バンドは、三人が三年に進級するころはまだかろうじて人気があった。大学受験をどうするかと真剣に悩んでいる伊都子とちづるが、麻友美には不思議だった。そのままずっと芸能活動をするつもりでいたからだ。

高校を卒業したら、まただれかが自分たちにコンセプトを与えてくれるんだろうと麻友美は思っていた。制服のコスチュームのかわりにべつの洋服が与えられ、言うべきせりふが与えられると。しかしディズィの人気は、彼女たちの卒業が近づくにつれ低下し、事務所も明らかに力を入れなくなった。麻友美が不満だったのは、しかしそんなことより伊都子とちづるだった。二人とも、お遊びは終わったとばかり、バンドに興味をなくしたからだ。伊都子とちづるはそれぞれ受験をした。すべて落ちたが、大学にはいくつもりだと意思表明した。

いきなり仕事がなくなったわけではない。高校を卒業してからも、三人は何曲か録音した。もう高校生ではないというのに制服姿で、地方のイベントに参加したこともある。伊都子もちづるもいやいややっているのがはたから見てもわかった。ただ、どのように手を引けばいいのかをわかりかねている様子だった。

いちばん最初に、ディズィは活動停止、そして今後いっさい関わらない、と決めたのは麻友美だった。麻友美には耐えられなかったのだ、地方のイベントや、売れないCDや、いや、それより何より、周囲の大人たちからちやほやされなくなったことに。伊都子とちづるは受験勉強に専念しはじめた。麻友美は、所属していた事務所に仕事を紹介してもらった。おもに雑誌モデルとして麻友美は活動するようになった。

だれに知ってもらったかも定かではないのに、忘れられていく、ということを麻友美は恐怖した。高校を卒業して役割がなくなったように、このまま年老いてモデルの仕事もこなくなったらどうしよう、と麻友美は始終考えるようになった。自分が特別な何かを持っているか否かはべつにして、特別な存在でなくなることを麻友美はおそれた。平凡とは何であるのかわかっていたか否かはべつにして、平凡に埋没していくことを麻友美は嫌悪した。岡野賢太郎に会ったのはそんなときだった。

この人といれば、ずっと自分はスターなのかもしれない。二十歳の麻友美はそう思った。結婚しちゃおうか、と麻友美が自分から言ったのは二十二歳のときで、二十四歳の岡野賢太郎はぽかんと口を開けて彼女を見た。あの井坂麻友美が自分と結婚してくれるなんて思っていなかったんだ、と、ずいぶんあとになってから彼はそのときのことを説明した。

幼稚園の先生に挨拶をし、ルナの友だちにバイバイと手をふり、麻友美は幼稚園を出る。停めてある車の助手席のドアを開けるが、ルナは乗りこまない。抱っこして乗せようとしても、ルナはぐっと足を踏ん張る。

「ほら、ルナちゃん、乗るよ、遅れちゃう」

ルナはしかしその場にしゃがみこみ、

「お熱があるみたい」と、か細い声で言う。

「ええ、熱？」

麻友美はあわててルナの額に手をあてる。手のひらでわかるような高熱は感じられない。

「どうして？　暑いの？　それとも寒いの？」

ルナは少し考えてから、「暑い」と答え、「おなかも痛い」とつぶやいて、アスファルトからのびている草を握りしめたりしている。

「おなか痛いの？　じゃあ、おトイレいってくる？」

「そういうんじゃない」

ルナは言って、ぺたりとその場に座ってしまう。

「お稽古にいけないくらいおなか痛いの？」

しゃがみこんでうつむくルナをのぞきこみ、麻友美は訊いた。ルナは麻友美と目を合わせず、こくりとひとつうなずいた。

「じゃあ、今日はお休みしようか。ワンコのいるアイスクリーム屋さんいって、ルナのだーい好きなピンクのアイス食べて、ワンちゃん撫(な)でて帰ろうか」

「うん、そうする」

ルナはぱっと立ち上がり、自分から助手席に乗りこんだ。ドアを閉め、麻友美は運転席に乗る。車を発車させ、ルナの好きなアニメの歌をうたう。チャイルドシートに座ったルナも、声を合わせてうたいはじめる。

目黒通り(めぐろどお)を抜け環七(かんなな)にさしかかったところで、ルナが不安げな顔になった。窓の外を見、ふりかえり、ちらちらと麻友美を見上げる。どうやら母親が、約束通りアイスクリーム屋に向かっているのではないと気づいたようだ。しかし麻友美はなんにも言わず、上機嫌でうたい続け、環七を走った。

仮病を使うようになったんだから、ずいぶんと大人になったものだと麻友美は感心するが、しかし易々(やすやす)とアイスクリームにだまされて車に乗りこむところはやはり子どもだ。

最近のルナが、スクールにいきたがらないのは、薄々麻友美も気がついている。先々週はブランコから落ちて足が痛いと言った。実際、先生もそう報告をしていたし、右足の膝に痣ができていたから、大事をとってスクールは休ませた。それで味を占めたのか、その次のレッスンには、頭が痛いと言い、先週は、気持ちが悪いと言った。

仮病を使うくらいいやがっているのに、無理矢理連れていくなんて。と、ちづるたちなら非難するだろうかと、ハンドルを握る麻友美は考える。でも、先週もその前も、連れていったら連れていったで、けろりとしてレッスンをしているのだ。スクールのお友だちとも仲良くしていた。私にも覚えがある、と麻友美は考える。ちいさいころは、ピアノを習いにいくのがいやでしょうがなかった。ピアノが、というよりも、今やっていることを中断して、べつの場所にいくのがいやなだけなのだ。それでも麻友美の母親は、レッスンを休むことを許さなかった。本当に熱があるときもいかされた。しかしだからこそ、自分はあのとき、キーボードも弾けたのだと麻友美は思う。いかに素人バンドとはいえ、全員が楽器も弾けなかったらディズィはあり得なかった。あのバンドがちゃんとデビューも果たし、いっときとはいえきちんと認知もされたのは、ピアノを休ませなかった母のおかげである、と麻友美は思っていた。

麻友美がどんなにうたっても、ルナはもううたわない。不安げな顔で窓の外を眺めているだけである。

子どもってなんにもわかんないのよ。麻友美は心のなかでだけ思う。あとあと何が役にたつかなんて、子どもにはわかんないのよ。だから親がある程度コントロールしてあげるしかないの。押しつけることはないけれど、選択の幅はせめて広げておいてあげなくちゃ。三十歳になってダンスをやりたいって思ったって、そうそう身につくものじゃない。だから私は、この子のために心を鬼にしてスクールに連れていくわけ。

心のなかの自分の口ぶりが、言い訳口調になっていることに気がついて麻友美は苦笑する。どういうわけだかわからないのだが、麻友美はいつも、そんな具合に伊都子やちづると会話している。言い訳をし、説明をし、自慢をし、悩みごとを打ち明けている。実際には、もう三十代の彼女たちに悩みを打ち明けることはないし、また彼女たちも、こちらに意見をするようなことはないのだが。

「ねえルナちゃん、今日のごはんはルナの好きなあつあつグラタンにしようか」

麻友美は明るい声でルナに言う。窓の外を見たまま、ルナは泣き出しそうな声で、うん、と答える。ルナは言いたいことがあってもはっきり言わない。ときどきそれは麻友美を苛立たせもするが、こういうときはものごとを進めやすい。スクールに連れていってしまえば、お友だちと楽しく時間を過ごせるのだから。麻友美はディズニーのCDをセットして、鼻歌をうたう。

ちいさなころから、何になりたいと考えたことが麻友美はなかった。ただ何不自由なく暮らしたいと思っていた。それには何不自由なくさせてくれる男と結婚するのがいちばんいいのだろうと思っていた。バンドが冗談みたいに売れたときは、自分を知った思いだった。なんだ、何不自由なくさせてくれる男なんか見つけなくても、何不自由なく暮らせるほどの何かが私にはあるんだと麻友美は思った。高校を卒業してのち、バンドがさっぱり売れなくなったとき、麻友美はそれが錯覚だったとは思わなかった。ただ、急いで軌道修正した。

岡野賢太郎は、実際、麻友美に何不自由ない暮らしを与えてくれている。賢太郎のイベント企画会社は、バブル崩壊後傾きかけたが、彼の両親がすぐさま出資し、賢太郎はイベント企画会社にも籍を置きつつ、友人とコンピュータ関係の会社を立ち上げた。まだ一般家庭にコンピュータがさほど普及していない時期で、業務内容を聞いても麻友美にはさっぱりわからず、うまくいくのだろうかと不安だったが、今のところ麻友美も娘のルナも不自由は強いられていない。

ウールのスーツの、パンツとスカートを交互に試着し、どちらも捨てがたく迷っている麻友美に、両方買ったらいいよと賢太郎は言う。

「でもセーターもほしいんだもの」

「セーターも買えばいいじゃない」

ルナを抱いた賢太郎は言い、スーツ一式を店員に預け、麻友美はセーターを物色しはじめる。

「グレイと白と、どっちがいいかなあ」

麻友美はセーターを交互に胸にあててみる。

「どっちも似合うよ」

賢太郎はうれしそうに言う。

「じゃあこれも両方買ってくれる」

「しょうがないなあ、いいよ」

「やった」麻友美はちいさく跳びはねて見せ、二着のセーターをレジに持っていく。隣でセーターを見ていた女が、ちらりと麻友美を見、それから何気なさを装って賢太郎を盗み見ている。こういうとき、麻友美は優越感を覚える。賢太郎はルナを麻友美に預け、レジに立つ。財布を手にして、店員が必要以上のていねいさで服を包むのを黙って見つめている。

「ママ、のどかわいた」

つないだ手の先でルナが言う。

「お買いもの終えたら、上でなんか飲もうか。そのあとルナのお買いものしよう」

「うん、じゃあルナ、絵本がほしい」

「絵本なんかいっぱいあるじゃない、お洋服を買おうよ」

「お洋服はいっぱいある」ルナは頑固に食い下がる。

この子は本当にだれに似たんだろうと麻友美は不思議に思う。麻友美はルナくらいのときすでに、買いものにいくたびあれを買えこれを買えと駄々をこねた。ほしかったのは服か人形だった。買ってもらえることはほとんどなかったけれど。

両手に紙袋を抱えた店員を従えるようにして賢太郎が戻ってくる。テナントの出口で賢太郎は荷物を受け取り、歩き出す。ありがとうございましたと言う店員の声を聞きながら、麻友美は小走りで賢太郎に追いつき、

「パパー、すんごいうれしいー、ありがとうー」

大げさに言う。賢太郎は照れくさそうに、しかしどこか自信ありげに笑いながら、ずんずん歩く。

かすかな違和感を麻友美は覚える。ちくりと指を刺す、植物の棘みたいな違和感だ。

「ママ、のどかわいたの」

手をつないだルナが言い、

「はいはい、パパー、上の喫茶店で何か飲みたいって、ルナが」

前を歩く夫に言い、麻友美は急いで違和感に蓋をする。

夫とともに買いものをするたび、いつもこの感覚が麻友美を襲う。

何か買ってやったときの、得意げな大人の顔。媚びを売るようにはしゃいでみせる自分。自分が今も子どもであるような錯覚を麻友美は抱く。実際、気前よく服やアクセサリーを買ってくれたときの賢太郎は、やけに堂々とした態度をとる。自分がいなきゃおまえは路頭に迷うんだと言いたげだと麻友美は感じる。たしかに自分では、二十万を超える買いものなどできない。だからこそ媚びるように礼を言う。

伊都子やちづるは——また麻友美は彼女たちを引き合いに出す。彼女たちはどうなんだろう。伊都子もちづるも働いているから、こんなふうな気持ちを味わうことはないのだろうか。それとも、伊都子は恋人や母親に、ちづるは夫に、やっぱりどことなく屈辱的な気分を抱きながら何か買ってもらうのだろうか。今度訊いてみよう、と思うが、どんなふうに訊けばいいのか、麻友美にはよくわからない。

「ルナの買いもの先にして、それから夕食のほうがよくないか？　今ジュース飲んだら、ルナ、おなかふくれちゃうぞ」

エレベーターに乗った賢太郎が、ふりかえりしゃがみこんでルナに言う。

「どうする、ルナ、それでいい？」

ルナは不満そうな顔をするが、こくりとひとつうなずく。ジュースが飲みたいなら飲みたいって言えばいいのに。八つ当たりだとわかりながら、言いたいことをはっきりと言わない自分の娘に麻友美は苛つく。

ひょっとしたらうちは貧乏なのかもしれない、と麻友美が思ったのは中学に上がったときだ。小学生のときはそんなことを考えたこともなかった。しかし受験して通いはじめた女子校は、小学校と何もかもが違った。クラスメイトは遅刻しそうになると平気でタクシーに乗る。ブランドものの時計や鞄（かばん）を持ち歩く。誕生会もケタが違った。自宅で行われればまだいいほうで、高級レストランやホテルのスイートルームを貸し切る者もいた。誕生日プレゼントにはやはりブランド品が行き交った。自宅だからと安心して出かけていくと、テニスコートやプールのある豪邸のガーデンパーティだったこともあった。

サラリーマンの父とパートタイムの仕事をしている母と自分のお下がりを着ている妹、

家族四人で団地暮らしをしているのは自分だけらしいと麻友美は徐々に理解した。実際にお金がなかったのか、それとも倹約家だったのか、たぶん両方だと思うが、ほしいと思うものをほしいだけ買ってもらった記憶が麻友美にはない。両親がお金をかけるのは、習いごとや勉強に関することだけで、それ以外はどんな要求も通らなかった。本はいくらでも買ってもらえたが、服は好きなだけ買ってもらえなかった。ピアノはいやがっても続けさせられたが、外食に連れていってくれることはめったになかった。

中学高校は別世界だった。まるで駅でもらったティッシュみたいにお金を使うクラスメイトとつきあうのはたいへんだった。アルバイトは禁止されていたから働くこともできず、親に無心しても小遣いの上限はついぞ引き上げられることはなかった。財布にお金がない、ということを隠すのに麻友美は必死だった。幸運だったのは、経済的に豊かな家のお嬢さんであればあるほど、なりが質素で、お金に無頓着だったことだ。彼女たちとともに休日に繁華街に出向いても、自分の格好を恥じる必要がなかったし、タクシーに便乗させてもらっても支払いは彼女たちがした。

それでも麻友美は誕生会はできなかったし（まさか団地には呼べない）、クリスマスパーティや文化祭の打ち上げ時には、祖母に電話をかけお小遣いを無心しなければならなかった。エクスカーションや修学旅行、夏の林間学校は苦痛だった。所持金の額が違

う し、遊び方も買いものの仕方も違う。中学の修学旅行の自由行動で、彼女たちは祇園で古着の着物をおもしろがって買い、料亭を予約して一万円のコース料理を食べるのだ。公立校にいけばよかったと悔やんだこともある。小学生のころのまま、自分の家はみんなと同じだと思って成長したかった。

女子校を勧めたのは両親だった。「人は学歴で判断される」というのが父の口癖だった。高卒の父はそのことで苦労を強いられているらしいと麻友美は薄々理解した。「あの学校はうちには分不相応だけど、無理してでもいっといてよかったってあとで思うわよ」と、母は幾度も麻友美に言った。実際に両親は無理をしているようだった。父は帰宅が遅くなり、母は休みの日もパートをはじめた。麻友美だけでせいいっぱいだったのか、妹の不由美は姉より成績がよかったにもかかわらず、公立中学にいかせられた。おねえちゃんはずるい、と妹が言うたび、じゃあかわってくれよと麻友美は心のなかで毒づくのだった。

年に一度、クリスマス近くに、家族でデパートにいくのが恒例行事だった。この日、みな好きなものを買ってもらえる。父はやけにえばりくさっていた。コートやセーターをさんざん迷って選びレジに持っていくと、父がもったいぶった仕草で財布を出す。店を出たあと、母はみっともないくらい深く頭を下げて、おとうさんありがとう、と言う。

つてもらうものの額が違う、父と夫は違う、夫はそれと交換に何か命令するようなこときあがる違和感は、子どものころと今が、あまりにも似ているためである。もちろん買

夫と買いものにいき、好きなものを好きなように買ってもらうたび、ちらりと心にわいか。ただ「そこ」からの脱出を願うだけで、脱出した先の目標を定めなかった。

かった。何不自由なく過ごすためには何をすべきなのか、何になるべきか、何になりたびなくともほしいものを手に入れられる大人に。しかし麻友美は、その先を深く考えな

そのとき麻友美は決意した。何不自由なく好きなものを買える大人になろう。父に媚ばりまーす。笑顔でそう言い続けた。高校一年のクリスマスまでそれは続いた。

とはわかっていたから、はしゃぎ続けた。わーいおとうさんありがとうー。はーいがんち腹がたった。しかし麻友美は、そんなことを口にすればたちまち険悪な空気になるこ思えた。一万円もしないセーターやスカートと交換に、何か命令されることにもいちい

この恒例行事が、成長するにつれて苦痛になった。母が哀れに見え、父が恥ずかしく麻友美と妹ははしゃいで答えた。

しろよ」だの「片づけを手伝えよ」だのと命令口調で言う。はあーい、がんばりまーす。を下げて同じせりふを口にした。父はそれを聞き、やっぱり重々しくうなずき、「勉強そのまねをしないと母に怒られた。だから麻友美も妹も、何か買ってもらうと、深く頭

はしない、けれど私はあそこを抜け出して、どこにたどり着いたんだろう？　と麻友美は思うのだ。いや、抜け出したつもりの場所にまたきたのだろうか。そう思いそうになると麻友美はあわててその気分に蓋をする。ああ、しあわせ、と心のなかで言ってみる。隣でセーターを見ていた女を、給料と三万数千円のセーターの値段を比較しているのであろうだれかを、気の毒に思ってみる。そうすると違和感はきれいさっぱり消えてくれる。自分が思い描いた通りの暮らしを手に入れたのだと信じることができる。

幼稚園の園庭に足を踏み入れた麻友美は、そこで遊んでいる数人の子どもたちのなかにルナの姿をさがし、ぎょっとする。隅で友人の香苗ちゃんと遊んでいるルナが、見たこともない服を着ている。駆け寄ろうとして、麻友美はブランコの列に並んでいるまりんちゃんに目をとめる。ルナに着せた新品のセーターをなぜか彼女が着ている。麻友美はルナではなく、まりんちゃんに駆け寄った。気がついたら腕をつかみあげ怒鳴りつけていた。

「あなたどうしてルナの服を勝手に着てるのっ、そういうの泥棒っていうんだよっ」

まりんちゃんはおびえた顔で麻友美を見上げ、今にも泣き出しそうに顔を歪める。このあいだ夫に買ってもらったばかりの、黒地に控えめな刺繍のついたセーターは、ルナよりもこの子のほうが似合うと、頭の隅っこで考えている自分に気づき、麻友美は顔を赤くする。

「これはルナのものでしょっ！　脱ぎなさい！」

麻友美はまりんちゃんのセーターを引っ張って怒鳴った。先生が飛んでくる。まるでそれを確認したかのようにまりんちゃんが勢いよく泣き出す。子どもを迎えにきた母親たちが遠巻きに見ている。

「どうしたんですか」若い先生があからさまに迷惑そうな顔で麻友美を見る。かちんときた麻友美は、さらに声を荒らげた。

「この子がうちの子の服を着てるんです。これ、買ったばかりなんです。無理に脱がせたに違いないわ。ここでは勝手に人のものを盗むようなことを奨励してるんですか」

「盗むなんて……」髪を三つ編みに結った先生は眉間にしわを寄せる。「お昼ごはんのときに、暑いってルナちゃんが脱いじゃったんです。それでまりんちゃんが寒いからって言って、貸してってちゃんとルナちゃんに断ったんです。それじゃあ取りかえっこしようって、本人たちは楽しんで取りかえっこしてるだけです」

ああ、こんなに騒ぐほどのことじゃなかったんだと麻友美は気がついているが、しかしあとに引けない。

「じゃあ子どもたちが了解すればなんでも取りかえっこしていいってことなの？　この子がこれを着て帰りたいって言って、ルナがいいわよって言えば、この服はこの子のものになるわけ？」

「だから……」先生は顔をしかめわざとらしくため息をつき、泣いているまりんちゃんの前にしゃがみこむ。「まりんちゃん、ルナちゃんが先に帰るから、お洋服、元に戻そうね」猫なで声で言い、まりんちゃんがセーターを脱ぐのを手伝っている。「ルナちゃーん、取りかえっこごっこは終わりだよー」先生に呼ばれ、ルナがこちらに向かってくる。「さ、二人ともお着替えしようね」しかしルナはうつむいたまま、服を脱ごうとしない。麻友美はルナの着ているトレーナーを見る。色あせた黄色地に、大きく熊のプリントがある。「NICE　DAY　NICE　FRIEND」と背中に白地で書いてある。ださい服。麻友美は毒づくように思う。へんな熊。しかも意味不明の言葉。

「ルナ、自分のお洋服着なさい」

麻友美に言われ、ルナはしぶしぶそれを脱ぎはじめる。頭のところでもたもたしているので、麻友美が引っ張って脱がせてやった。それを押しつけるように先生に渡し、黒いセーターをルナに着せる。

「パパがルナにって買ってくれたんだから、勝手に取りかえっこなんかしないの」

みっともない、と麻友美は思った。私はみっともない、と。たかが服、たかが子どものお遊びに、こんなに取り乱している。大人びたセーターが自分の子どもよりよその子に似合っていると思い、そのことにかっとして、馬鹿みたい。パパが買ってくれたんだからなんて、みっともないせりふまで口にしている。しかし自分のみっともなさに気づけば気づくほど、麻友美は自分の非をその場で認めることができない。

「取りかえっこもいいんですけど、他人のものと自分のものの区別がつかないようになったら困りますから、ちゃんとしていただかないと」

まだ泣いているまりんちゃんにトレーナーを着せている先生に投げ捨てるように言い、麻友美はルナの手をとって歩き出す。

「岡野さん、車でのお迎えは遠慮してほしいって前にも言いましたけど」

背後で先生が言ったが、無視して歩いた。ルナはふりかえってまりんちゃんにバイバイと手をふっている。自分の服を着たまりんちゃんは、まだめそめそと泣いている。隅でじっとこちらを見ていた母親たちが、麻友美を避けるようにさっと道を空けた。非難がましい目で見られていることが麻友美にはわかった。

「さようならー」麻友美はわざと明るく声をかけ、すたすたと園庭を出る。

門を出たところでもう一度ルナはふりかえり、バイバイと手をふる。つられてふりかえった麻友美は、先生の隣でぽつんと立っているまりんちゃんを見た。まりんちゃんはまだべそをかきながらも、ちいさくルナに手をふった。

帰りに、ルナの好きなアイスクリーム屋に寄った。店先で黒いラブラドール犬を飼っているジェラートの店で、歩道にテーブルがいくつか並んでいる。風が少し冷たかったが、ルナがワンコのそばがいいと言うので外の席に座った。ルナは自分の顔ほどもある苺のジェラートを真剣な顔でなめている。自分はクリームチーズのジェラートをなめながら、麻友美は晴れた空を見上げる。幼稚園ではとうぶん母親たちに話しかけてもらえないな、と思う。年末に向けて、秋の遠足、ハロウィンパーティ、クリスマスと、行事が目白押しなことを思うとため息が出る。

「べつにいいんだけどさ」ちいさくつぶやいてみる。べつにいいのだ。幼稚園の母親たちが友人だとは思っていない。友人になりたいとも思っていない。自分にはちづるや伊都子がいるし、スクールに仲のいい母親もいる。

「何がいいの、ママ」口のまわりをピンク色にしたルナが訊く。ウェットティッシュで口のまわりを拭いてやりながら、

「お天気がよくて気持ちがいいなーって言ったの」麻友美は答えた。

「気持ちがいいねーママ」ルナも調子を合わせるように言う。

「ルナちゃん、もうお洋服の取りかえっこはやめようね」麻友美は笑顔でルナをのぞきこむ。

「うん、でも……」

「でも、何？」

「かわいかったから……」消え入りそうな声でルナが言う。

何がかわいかったの？　熊さんの絵が？　それともその服を着たまりんちゃんが？　訊こうとして麻友美は訊かなかった。さすがに馬鹿みたいだと思った。

「小学校、どうしようかなあ。どうしようか、ルナ」独り言のように麻友美はつぶやく。あの幼稚園の子どもたちと、というより母親たちと、さらに六年も関わっていくなんてぞっとする。私立に入れればいいだろうか。服の取りかえっこで目くじらたてることはなくなるだろうか。あるいは私立なら、服の取りかえっこなんてつまらないことはしないのではないか。麻友美は自分が過ごした中学時代を思い出す。ルナは自分のような思いはしないだろう。今の私と同じく、この子も何不自由ないことが約束されているのだから。しかし私立に入れるとなると、学校もさがさなくてはならないし、受験のための勉強もさせなければいけないのではないか。スクールのほかに塾まで通わせて、この子は大丈夫だろうか。せわしなくあれこれ考えて、麻友美は憂鬱な気持ちになる。

「そんなの、ずっと、ずっと、ずーっと先だよ」ルナがませた口ぶりで言うので、麻友美は笑い出した。

「そうだね、ずーっと先だね」と答え、その通りだと思い、麻友美は考えるのをやめてしまう。順序立てて考えて、考えを煮詰めて、結論を出したり理解をしたりすることが麻友美は苦手だった。何不自由なく暮らしたい、のその先を考えられなかったように。

ボウルに入れた卵をかきまわしながら、麻友美はキッチンカウンターからリビングを見遣る。ルナは気に入りの熊のぬいぐるみを抱いたままソファに座り、絵本を広げている。どうやら熊に読み聞かせをしているようだ。とはいえ、まだすべての文字が読めるわけではないルナが小声でささやいているのは、本の絵にもとづいた創作物語らしい。

問題なのは性格だ、と麻友美は胸の内でつぶやく。

九月、十月とこの二カ月間で、計五回、ルナはオーディションに落ちている。だから子どもたちがごはんを作るというバラエティ番組以来、仕事は入っていない。高校時代の麻友美の活躍をかろうじて知っているスクールのマネージャーは、麻友美母子に目をかけてくれている。ルナの魅力は、大輪のひまわりやガーベラといった派手さではなく、いってみればたんぽぽやれんげのような、素朴さや身近さにあると麻友美は思っていて、それはマネージャーもわかってくれているらしく、ルナに合うようなオーディションを率先してまわしてくれる。うたって踊るようなコマーシャルはルナには勧めないが、時代劇の子ども役だとか、ストーリー性の強いコマーシャルのオーディションがあるときには、麻友美の携帯にまで電話をかけてきて知らせてくれる。それなのにルナはいつも選ばれない。

引っ込み思案、内弁慶、自己主張がない、マイペース、あきらめが早い、ルナのそんな性格が、オーディションに受からない理由だと麻友美は思う。乞われてもいないのにうたいだす五歳児のかたわらで、ルナはうつむきスカートの裾をいじっている。何をするのが好きかと訊かれて、タレントのものまねをする女の子の次に、ルナは「犬の……」と言ったきり黙ってしまう。それでいて、帰りの車のなかでは、麻友美相手にほがらかに流行歌をうたってみせたりするのだから、麻友美はいつも歯がゆくなる。

どうすればルナの引っ込み思案はなおるのか。といた卵をこし、だし汁と混ぜ合わせる。卵液をお碗に流し入れていると、ルナがぱっと立ち上がる。

「パパー」大きく叫びながら、玄関へと向かう。玄関の戸が開くかすかな音を聞き逃さなかったらしい。

「ただいまー。これ、きみにおみやげ」

ルナを抱いて部屋に入ってきた賢太郎は、黒い紙袋をカウンター越しに麻友美に手渡す。

「何、これ」

受け取って中身をのぞくと、リボンのついた箱が入っている。

「チョコレート。新しい店ができたんだ」

賢太郎は言い、ルナをおろして着替えるために寝室にいく。

「ルナ、パパがチョコレート買ってきてくれたよ。あとでママと食べようね」

「わーい、ルナ、チョコレート大好きー」

ルナはリビングでくるくるとまわって見せる。こんなにかわいいのに、どうして同じことを知らない人の前でできないんだろう。麻友美はこっそりため息をつき、チョコレートの箱を冷蔵庫にしまい、茶碗蒸しの続きに取りかかる。

その電話がかかってきたのは、食事を終え、チョコレートを皿に並べているときだった。キッチンカウンターに置いた携帯電話を見ると、スクールのマネージャーの名が表示されている。てっきりまた新たなオーディションだと思い、麻友美は陽気な声で電話に出た。

「岡野さんって、バンドやってたよね？」

マネージャーの平林恭子(ひらばやしきょうこ)は四十歳間近の女性で、レッスンを受け持つのではなく、スクール生たちのマネージメントをしている。入学手続きの面接で、「あなた、どこかで見たことがある」と麻友美に言ったのも彼女だった。

「ええ、まあ、やってましたけど……」

皿に並べかけたトリュフを見下ろし、なんの話かと麻友美は不思議に思う。ダイニングテーブルでは賢太郎がウイスキーのグラスをルナの鼻先に近づけている。

「それでね、一日だけ前のバンドを再結成してテレビに出ない？」

ルナがあやまってウイスキーを飲んでしまうのではないかとはらはらしながら見ていた麻友美は、思いもよらぬ恭子の言葉に、

「へっ」

素っ頓狂な声を出した。賢太郎とルナがふりかえる。賢太郎と目を合わせたまま、麻友美は受話器の向こうの恭子の声に真剣に耳を傾ける。

リバイバル大作戦という懐メロ番組が企画されているのだが、そのなかのコーナーで、今はもう音楽活動をしていない人たちに登場して持ち歌を披露してもらいたい、知り合いのプロデューサーが出てくれる人をさがしているが、連絡先を彼に伝えてかまわない

かと、恭子は口早に言った。

「え、でも、あの……」

「返事は今じゃなくていいの、とにかくその人に連絡先を言ってもいいかしら？　あやしい人ではないから安心して。もちろん断ってくれてもかまわないのよ」

恭子の声の背後には、酒場らしい喧噪（けんそう）が広がっている。

「連絡先はかまいませんけど……」

麻友美は賢太郎を見つめたまままつぶやくように言った。

「じゃ、携帯と自宅と、両方伝えておくわね。神原（かんばら）って男性だから。悪い人じゃないから。近いうち連絡いくと思うから、よろしくね」

恭子はあわただしく言うと電話を切った。酒場のにぎわいがすっと遠のく。

「どうした？」

賢太郎が訊く。

「ううん。なんでもない。チョコレート今持ってくね。パパ、コーヒーいれてよ」

麻友美は笑顔で言い、チョコレートを手早く並べて皿をダイニングテーブルに運ぶ。

賢太郎はおとなしく席を立ち、コーヒーメーカーの準備をしている。

「ルナ、好きなの選んでいいよ」

麻友美が言うとルナはテーブルに両肘をついて身を乗り出し、チョコレートを真剣に選びはじめる。しかし選べないらしく、困ったように顔を上げ、「ママが先に選んでいいよ」とちいさな声で言う。

いつもだったら、ルナのこういう言葉にも苛立つ麻友美だが、ルナに言われるまま皿に並んだトリュフを見下ろした。恭子のハスキーな声が耳に残っていた。

「なんで二人でのぞきこんでるわけ？　そんなに真剣な顔して」

賢太郎が笑いながら戻ってきて、ルナを膝にのせる。

「ママは選んでるのよ」

ませた口調でルナが言う。トリュフから麻友美はがばりと顔を上げた。

「聞いてよ、おっかしいの、マネージャーの恭子さんったらね、ルナばかりか私まで売り出そうとしてくれてるの。なんとかって歌番組があって、昔のバンドでそれに出ないか、だって。こんなおばさん引っぱり出してどうしようっていうのかしらね、やんなっちゃうよね」

一気にしゃべって、天井を向いて笑った。

「へえ、すごいじゃない、出たら？」

賢太郎を見ると、真顔で言っている。

「本気でそんなこと言ってるの？　いい年したおばさんが、もうだれも覚えてないような歌うたったって、恥ずかしいだけじゃないかなあ」

「そんなことないよ、だいたいきみはおばさんには見えないし、ディズィにファンはたくさんいたんだからみんなうれしいと思うけどなあ。おれは会社のやつに自慢しちゃうよ。ルナもママがテレビに出たらうれしいよな？」

麻友美が選ばないせいでなかなかチョコレートを選べないルナが、

「うん、ルナとってもうれしい」

チョコレートを見据えたまま答える。

「やーだ、ルナまでそんなこと言っちゃって。二人ともなんていうか、身内びいきよねえ」

麻友美は笑いながらトリュフをひとつつまみ、口に放りこむ。それを見届けてルナが、そろそろと皿に手をのばした。

メールの送受信ならば麻友美は難なくできるようになった。賢太郎が書斎にしている部屋のスタンドライトだけをつけ、キーボードを続けざまに打っては思案し、削除キーで書いた文を消し、またキーボードをたたき続ける。

メールは、ちづると伊都子宛だった。ルナの通うスクールのマネージャーからディズィ再結成の話があったと、麻友美は二人に宛てて書いた。

笑っちゃうよね、あんなマイナーバンドでもお声がかかるなんてね。

最初はそんなふうに、笑い飛ばすように書いていた。実際笑い飛ばすつもりだった。しかしルナについて触れはじめると、キーボードをたたく手が止められなくなった。

ルナはだれに似たのか引っ込み思案で、幼稚園の友だちに洋服をとられてしまってもなんにも言い返せないの。歌も踊りも好きで私の前では得意になってやってくれるのに、知らない人の前だとてんでだめ。無理に芸能人にしたいわけではないのだけれど、このままだと、小学校に上がってもたいへんなのではないかととても心配しています。それで、ふと思ったの。テレビなんて出たくないし、歌なんて今さらうたえないけれど、ここで私が恥ずかしいって気持ちをおさえてがんばったら、ひょっとしてルナの殻を破るいいチャンスになるんじゃないかって。がんばっている母親を見たら、ルナにも勇気がわくんじゃないかって思ったの。

手を止め、読み返し、これではなんだか自分がテレビに出たがっているみたいだと思い、ほとんど全文を消し、また書きなおす。そうしているうち、次第に麻友美は、自分がテレビに出れば本当にルナを救えるような、そんな気になっていた。

ねえ、ちづる、伊都子、どう思う？

幾度も書きなおした文面のあとにそうつけ足し、麻友美は送信ボタンを押した。

ルナの服を着ていたまりんちゃんを怒鳴った日の夜、まりんちゃんの母親から抗議の電話があった。子どもの遊びに首を突っ込むだけでもどうかと思うのに、うちの娘を泥棒呼ばわりしたと聞いた、謝罪するべきだと、まりんちゃんの母親は電話口でまくしてた。その件に関しては自分が悪かったと思っていた麻友美だが、断じるように謝罪を迫られると、謝罪なんかしてたまるかと意地になった。子どもの遊びだから、なんでもかんでも交換していいと言うんですか、人さまの、ひょっとしたら大事なものを借りてなくしたり汚したりしても、遊びだから気にするなと教えるべきなんですかと食ってかかった。電話を切ったあとでは、あああ、言いすぎた、と後悔するのだが、しかし激昂(げきこう)

されると相手より激昂せずにはいられないところが麻友美にはあって、騒ぎがおさまってみないとどうしても冷静になれない。

翌日から、案の定母親たちは麻友美をあからさまに避けた。「何をきっかけに文句言われるかわからないから」と、聞こえるように言って近づかない母親もいた。そんなことはしかし、中学から高校の途中まで女子校だった麻友美には些末なことだった。女同士が群れ、スケープゴートを見つけ出す図には慣れきっている。あのころに比べて、経済が絡んでいない今のほうがよっぽど楽だとも思えた。中学生の麻友美は、お金を持っていないということで仲間内からはじき出されるのをいちばんおそれていたから。しかも女たちの連帯は長期間続かないという特徴があることも麻友美は知っている。女は男よりもよほど飽き性なのだ。無視を決めこんでもこちらが動じなければ、女たちはすぐに飽きてべつの刺激をさがしだすものだ。

ただ、自分のとばっちりを受けてルナまで仲間はずれにされるとは計算外だった。以前からルナはひとり遊びが多かったけれど、その日から、何か隅に追いやられているように麻友美には見えた。前はいっしょに遊んでいた香苗ちゃんもルナから離れるようになった。先生にそのことを申し立てると、「ルナちゃんは前からひとりで遊ぶのが好きだったし、子どもたちが仲間はずれにしているとは思っていない、クラスの時間も何も問題はない」という返答を受けた。

最近では、迎えにいくといつもルナは室内で絵本を開いている。一度、ルナの絵本に興味を持ってべつのクラスの子が近づいてきたことがあった。するとあわててその子の母親が呼び戻しているではないか。「ルナちゃんの絵本を借りたらものすごく怒られちゃうんだよ」その母親は、麻友美に聞こえよがしにそう言って、自分の子どもの手を引いて廊下を去っていった。

女子校で鍛えられている自分なら何をされてもかまわないが、まったく免疫力のついていないルナを傷つけるなんて許さない。麻友美は毎回鼻息荒く幼稚園を出た。マイペースでおっとりしたルナは、仲間はずれという概念もないらしく、スクールにいく日以外は機嫌よくその日にやったことを麻友美に報告した。けれどルナのその無邪気な態度は、麻友美の母親たちに対する怒りをよけいに募らせた。フェアじゃない、と麻友美は思う。親が気に入らないなら親を徹底的にはじくべきだ、子どもなんかなんの関係もない。そもそも子どもの遊びに首を突っ込んだのが自分だということを忘れて麻友美は憤怒を覚えるのだった。

それでも新たに幼稚園をさがして転園させるよりは、今のまま卒園まで過ごさせたいという気持ちが麻友美にはあった。だからあと一年と数カ月、状況が変わるのを待ちつつ通わせ続けるしかない。

私たちはあなたたちとは違うのよ。麻友美はそう思うことで、あと一年と数カ月を乗り切ろうとしていた。ここにしか居場所がないわけではない。こんなところのちまちました仲間ごっこに興じているひまはない。

ルナのオーディションがうまくいってくれればと、だから麻友美はすがるように思っていた。テレビに出れば人気者になれる。親になんと言われようと子どもたちは好奇心からルナに近づいてくるにちがいない。そして、自分たちには幼稚園以外に世界があると、無視だの仲間はずれだのが通用する相手ではないのだと、親たちにもわからせることができると考えていた。

しかしそのルナがオーディションに受かってくれない。親として何ができるか。ルナの引っ込み思案や内弁慶を、どうすれば崩せるか。日夜そう考えていたところに舞いこんできたテレビ出演の話を、麻友美はすべての問題と結びつけようとしていた。

パソコンの電源を切るときには、ちづると伊都子をなんとしても説得して、出演依頼を受けるしかないのではないかと考えていた。

明くる日もその次の日も、ちづるも伊都子もなんの返答もしてこない。神原という男からも連絡はないが、焦れったくなった麻友美はちづるに電話をかけてみた。

「メール、読んでくれた？」勢いこんで訊くと、

「なんのメールだっけ」とちづるはのんきな声を出す。

「ほら、歌番組に出てくれっていう依頼の」

「ああ、やだ、あれ冗談でしょ？」

ちづるは笑い声をあげる。

「冗談じゃないんだって。ねえ、出ない？　出ようよ」

「やだ、麻友美ったら、それどんな冗談？」

「冗談じゃなくて、本気なの。べつにいいじゃない、一日だけなんだし、うたうのがいやだったら口パクでテープ流してもらってもいいし」

ちづるは黙り、麻友美は沈黙に耳をすませる。晴れた平日の午前、ちづるは家で何をやっているんだろうとふと思う。掃除をしていたのか洗濯をしていたのか、料理本を眺めていたのか絵でも描いていたのか、麻友美にはちづるの生活がまったく想像できない。

「麻友美、ことあるごとにあのころのこと言うけど、ひょっとしてテレビに出たいの？」

からかうようなちづるの声に麻友美はかちんときた。

「テレビなんかべつに出たくないわよ、そうじゃなくて、私、ルナのこと考えてるの。メールにも書いたけど、がんばってる母親を見たらルナも何か変わると思うの。ルナを連れていっていっしょにうたわせるっていう手もあるし。今の私に何ができるかって考えたら、そのくらいしかないような気がしたの」

「ルナちゃんのこと考えるのはよくわかるけど、だからって私まで恥をさらす気にはなれないな」

ちづるははっきりと迷惑そうに言う。

「恥？　恥って何よ、ちーちゃんは私たちがやったことは恥ずかしいことだと思ってるわけ？」

食ってかかるように麻友美は言った。

「恥ずかしいよー、私なんかビデオもCDも全部捨てたもん。あのころはなんにもわかってなかったのよね。なんか自分の記憶じゃないみたいな気がする」

ちづるに言われ、麻友美は絶句する。麻友美はあの高校からの一時期を恥ずかしいと思ったことなどただの一度もなかった。むしろ誇りですらあった。自分のまわりに、かつての活躍を知らない人が増えていくのがたまらなく悔しかった。ビデオもCDも、記事の掲載された雑誌もポスターも、麻友美は大事にとってある。

「じゃあイッちゃんがやるって言ったらちーちゃんもやる？」

甘えるような口調で麻友美は訊いた。

「イッちゃんがやるって言うはずないでしょ。それにあの子、今忙しいみたいだし」

「なんで忙しいの？　仕事してたっけ」

「写真集を出すらしいわよ。その準備で駆けまわってるみたい」

麻友美は子機を耳にあてたまま、朝食の皿が残るダイニングテーブルをぽかんと眺めた。伊都子が写真集を出すなんて知らなかった。

「でも訊いてみなくちゃわかんないわ」駄々をこねる子どものように言うと、

「じゃ訊いてみたらいいわ」さらりとちづるは言った。

電話を切り、伊都子の携帯番号を押していく。麻友美は子機に耳をつけ、くりかえされる呼び出し音を聞く。遠くで、洗濯が終了したことを告げるブザーが聞こえている。


「ねえ、麻友美、時間あるの？　あるんだったら遊びにこない？」

電話に出た伊都子は開口一番、そう言った。

「イッちゃん、メール読んでくれた？」

「メール？　えーとなんだっけ。あはははは、いいわよそんなの、会って話せば」

電話の向こうで伊都子は笑い転げている。麻友美は壁の時計を確認した。あまりにもとってつけたような陽気さなので、酔っぱらっているのではないかと思ったのだ。しかし、伊都子は昼間から酔っぱらっているような人ではなかったはずだ。

「いってもいいけど、でも洗濯物を干したり片づけたりしてから出たら、お昼過ぎちゃうし……お迎えもあるし……」

「じゃあ、ルナちゃんとくればいいじゃない？　私は今日は一日部屋にいるから」

「忙しいんじゃなかったの？」

「忙しいわよ。もう何日人としゃべってないかしら？　ってくらいよ。だから、たまにはいいじゃない。ねえ、いらっしゃいよ」

「そうね」麻友美はもう一度意味もなく時計を見上げた。「じゃ、メール読んでおいてくれる？」

「電話でメールを読んでって言うなんて、なんかへんね」

伊都子はそう言うと、また馬鹿笑いをした。徹夜でもしてハイテンションなのか。人と会っていないから人恋しかったのか。疑問に思いながら電話を切り、麻友美は洗濯物を干すためユーティリティルームに向かう。伊都子の家に何を着ていくべきか、すでに考えながら。

考えてみれば、伊都子の部屋に麻友美はいったことがなかった。というより、伊都子がひとり暮らしをしているなんて思わなかった。もちろん親元から引っ越したことは聞かされていたし、住所だって知らされていたのだが、伊都子というと必ず麻友美はあの母親がいっしょに思い浮かんだ。化粧もしておらず、派手に着飾っているわけではないのに、華やかさがにじみ出てしまう伊都子の母親。麻友美の記憶のなかで伊都子は、いつも母親にぴったりと寄り添って笑っていた。姉と妹みたいだと麻友美は二人を見るたび思った。おとうさんありがとうと、深く頭を下げる母親を嫌悪するようになってからは、伊都子の母は麻友美の理想でもあった。

「ママ、だれに会いにいくの？　ルナのお友だち？」

エレベーターのなかでルナが訊く。ルナが最後に伊都子に会ったのは三歳になるかならないかのときだったから、もちろんルナは覚えていないだろう。

「そうよ。ママのお友だちだから、ルナのお友だちよ」

「香苗ちゃん？　まりんちゃん？」

「ううん。イッちゃんっていうママのお友だち。ルナともすぐ仲良くなれるよ」

「ルナと仲良くしてくれるかなあ……」

うつむきちいさな声で言うルナが、さすがに不憫（ふびん）に思えた。最近だれも近寄ってきてくれないことで、このちいさな娘も彼女なりに傷ついているのだろうと麻友美は考える。

インターホンを押す。ドアが開き、伊都子が顔をのぞかせる。電話のときとは打って変わって、むくんだ青白い顔で、むっつりと黙っている。

「寝てた？」

「うん、寝ちゃった……」ぼんやりした声を出す。

「きてって言われたからきたけど、ひょっとして迷惑だった？」

あまりの変化にとまどいながら麻友美は笑いかける。

「ううん、迷惑なんてことないわよ。上がって」

伊都子は大きくドアを開け放つ。

「あ、この子、ルナ。覚えてないよね？　ルナもイッちゃんも。おじゃましまーす。ほら、ルナもご挨拶なさい」

「おじゃましまーす」

ルナは麻友美をまねて、しかし消え入るような声で言い、麻友美の背後にまわってスカートの裾を強く握りしめている。奥へ進む伊都子に続いて歩きながら、麻友美は目を見張った。

「ちょっとイッちゃんどうしたの……」

思わず言ってしまった。あまりにも部屋が乱れていたからである。段ボール箱やデパートの袋が散乱している廊下はまだいいとしても、つきあたりのリビングはすさまじかった。テーブルの上には書類、雑誌、写真、お菓子、ペットボトル、ペンと色鉛筆、菓子パンの袋が散乱し、ノートパソコンが置かれている部分のみ、四角く空洞になっている。ソファは洋服やタオルやストッキングで埋められ盛り上がっており、床にはCDケースや新聞や、リボンや封筒や、何かわからない書類がやっぱり散乱している。移動するにはどれかを踏むか、足でよけるかしなければならないくらいだった。

「麻友美、何飲む？　ビールとジンとウイスキーと赤ワイン」キッチンにふらふら入っていく伊都子は、まだぼんやりした声で訊く。

「なーにそれ。バーじゃあるまいしアルコールしかないの？　私、車だから」麻友美は笑った。ルナも部屋の異様さを感じているのか、スカートの裾を握ったまま、麻友美のふとももに抱きついてくる。

「あ、ねえ、あなたがルナちゃん？　へえ、前はまだまだ赤ちゃんみたいだったのに、おっきくなったのねえ。ルナちゃんもお水でいい？」

キッチンから出てきた伊都子は、缶ビールとミネラルウォーターを両手に持っている。ようやくルナに気がついたのか、しゃがみこんでルナに訊くが、ルナは麻友美の脚に顔を押しつけ返事をしない。

「そこ、座って。そのへんのもの、床に置いちゃっていいから」

伊都子はミネラルウォーターを麻友美に渡し、ソファの上のものをばさっと床に投げ捨て場所を作る。麻友美はおそるおそるそこに腰かけた。ルナを隣に座らせる。

「どうしちゃったのよ、こんなに散らかして」

あらためて麻友美は言った。想像していたよりもずっと立派なマンションだった。大きな窓からは新宿の高層ビルがくっきりと見え、リビングは二十畳はあるだろうか。あの母親がいるのだから当然かもしれないが、ひょっとしたらちづるの言っていた写真の仕事が、自分の思うよりはるかにうまくいっているのかもしれないと麻友美は想像する。こんなにいい部屋を、なぜこれほどまでに散らかして平気なのか麻友美にはわからない。しかも遊びにこいと言ったのは自分なのに。

伊都子とつきあっていていちばんわからないのが、彼女の見栄のありようである。自分だったら、友だちを招いたら恥ずかしくないように部屋を掃除する、と麻友美は考える。できるかぎり生活のにおいを封じこめる。こんなにすてきなマンションでこんなにすてきな暮らしをしているのだと見せつけなければ気がすまない。

そういうところが伊都子にはない。数カ月に一度のランチにも、ジーンズであらわれることもあるし化粧をしていないこともある。おまけにこの荒れ放題の部屋を取り繕うこともしない。二十年来の友人に心を開いているというよりは、やはり、見栄がないとしか麻友美には思えない。こんなとき、ちらりと麻友美はコンプレックスを覚える。誕生パーティに気後れした経験が、伊都子にはないのだと思ってしまう。お金がないと言えない気持ちが伊都子にはきっとわからないのだろうと。

「なんかねえ、私、いろんなことがいっぺんにできないみたい。部屋のなかをちゃんとすると仕事ができなくなるし、仕事をやろうとすると部屋がこんなふうになるし」

麻友美たちの向かいの、ひとり掛けのソファに、のっていたシャツや靴下を押しつぶして座り、ビールに口をつけ伊都子がやっと笑う。

「じゃ、今は仕事期ってわけね」

「仕事……うんまあ、そうね」

ソファに膝をたてて座り、伊都子はベランダの外に目をやる。

「ママ、帰りたい」

麻友美に貼りつくように座るルナが、かすかな、しかし駄々をこねるとき特有の粘りけのある声を出す。麻友美はそれを無視して、キャップを開けないミネラルウォーターを手のひらで転がし、

「で、メール読んでみてくれた？」と訊いた。

「えーと、なんだっけ……ルナちゃんのテレビ……」伊都子は爪をかむ。

「やあね、それいつの話よ？　ディズィでテレビに出ないかって話じゃないの」

「ええ？　テレビに？」

麻友美はいらいらと恭子の話を要約して伝えた。どうしてちづるも伊都子もちゃんとメールを読まないのだろう。なんだか彼女たちが自分の仕事で忙しくて、自分だけがひまを持て余した主婦であり、テレビ出演に浮き足立っているようで腹立たしかった。

「私はそんなの出たくないわよ、けどね、ルナのためになるんじゃないかと思って」

ソファに横向きに座り、アームに両脚をかけてぶらぶらさせながら、伊都子はじっと麻友美を見る。なんにも言わずじっと見つめているので、麻友美は居心地が悪くなってあまり飲みたくもないミネラルウォーターのキャップを開け、一口飲む。伊都子が口を開く。

「ルナちゃんのためルナちゃんのためって麻友美は言うけど、自分のためでしょ？」

「えっ、何よそれ」麻友美はむっとして口を開いた。「だから、何度も言ってるように私はテレビなんか出たくないって。私がテレビに出ることでルナが……」

「ルナちゃんが自分の殻を破ってオーディションに受かるようになれる、それで自己顕示欲を満たされるのはルナちゃんじゃなく麻友美でしょ？　ねえ、違う？」

唖然(あぜん)として麻友美は伊都子を見る。

「どうしたの、イッちゃん」

思わずそう言ってしまったのは、めずらしく伊都子が攻撃的だったからだ。伊都子はなぜだかわからないが今、自分を激しく責めていると麻友美は感じた。中学生のときからつきあっていて、そんなことははじめてだった。

「ルナちゃんは本当にタレントになんかなりたいの？　ママが言うから、仕方なくあれこれやってるだけよね？　本当は、本を読んだり絵を描いたりしているほうが好きなのよね」

伊都子は硬直したように麻友美に貼りついているルナに顔を近づけ、言った。

ルナの話を伊都子にしたんだっけ。スクールにいくのをいやがっているとか、ひとりで絵本を開いているとか、話したんだっけ。めまぐるしく麻友美は考える。話した記憶はしかし、ない。

「やめなさいよ、そんなこと。今はいいかもしれないけど、あとからそりゃ信じられないくらいルナちゃんに恨まれて憎まれるから。自分がやりたいことは麻友美自身でやればいいじゃないの。今からはじめたって遅いことなんかないんだから。子どもと親はべつの人間なのよ」

「何よ、それえっ」

麻友美はソファから勢いよく立ち上がった。ルナがびくりと体をこわばらせ、あわてでソファから下り麻友美の脚にしがみつく。

「イッちゃんが遊びにきてって言うからきたんだよ。なんで人を呼んでおいてそんないやなことばかり言うのよ」

「いやなことって思うのは私の言ってることが図星だからじゃないの」

伊都子は負けずに冷ややかに言う。どうやら喧嘩を売られているらしいと麻友美は理解する。なぜだかこれもわからないが、伊都子は自分を呼びつけて、しかも喧嘩を売っているのだ。

「私、帰るわ。酔っぱらいと話したって仕方ないし。もっとイッちゃんがまともなときに相談する」

麻友美は飲みさしのミネラルウォーターを床に置き、ルナの手を握り、足元に落ちている雑誌や新聞を踏みつけてリビングを出ようとした。服を踏んだつもりが、その下にある何かかたいものを踏んでしまい、

「いたっ」思わずよろける。服をめくってみるとセラミックの大根おろし器が落ちてい

た。「ちょっと信じられない！　なんでこんなところに大根おろし器が落ちてんの！　踏んじゃったじゃないのっ」麻友美が大声を出すと、きゃははは、と聞こえる声で伊都子は笑った。絡んだり喧嘩を売ったり笑い出したり、不安定な変化がさすがに薄気味悪くなり、麻友美はおそるおそる伊都子をふりむく。ソファに横向きに座った伊都子は天井を見上げて笑い、背を丸めて肩をふるわせ、次に顔を上げたときには頬が涙で濡れていた。

「帰らないでよ、麻友美。きたばっかりじゃないの」

片手でごしごしと目元を拭い、つぶやくように伊都子は言った。

「なんかあったの、イッちゃん」

ようやく麻友美は言った。

すっかり暗くなった道に車を走らせながら、麻友美は伊都子と交わした会話を反芻する。おなかが空いたとさっきまで駄々をこねていたルナは、チャイルドシートで眠ってしまった。

仕事がうまくいっていないのか、それともべつの悩みがあるのか、伊都子は詳細を語らなかった。絡んだり笑ったり泣いたり、せわしなかった伊都子は、缶ビールを三本飲んでやっと落ち着きを取り戻し、いつも通りに麻友美と言葉を交わしたのだが、ぽつりぽつりと彼女が言うのは、麻友美にしてみれば観念的なことばかりで——何かをすればするほどなんにもしていないような気持ちになる、とか、これでいいんだといくら自分に言い聞かせてもなぜか前に進めない、とか——、いったい何がどうしたのか、具体的に説明してもらわないと麻友美にはてんでわからない。「仕事のこと？」「部屋が片づけられないこと？」と、その都度麻友美は質問したのだが、伊都子は「そういうんじゃない」と言うだけで、いっこうに話が見えてこない。

けれど伊都子の話が具体性を欠いているせいで、逆に麻友美は伊都子の言葉を勝手に解釈することができた。きっと、自分の抱いている漠然とした不安と同じ種類のものを、伊都子も抱いているに違いないと思った。日々の雑事に追われるだけで時間がどんどんたっていくこと。たくさん歩いた気がするのに、ふりかえっても自分の足跡が見つけられないように思えること。たとえば四十歳になるまでに何かしなくてはと思うものの、その「何か」のとっかかりすら見つけられないこと。

「ねえ、やっぱりテレビに出ない？」それで麻友美は言ったのだった。ルナのため、というよりは、自分たちのためにそのほうがいいような気がした。四十歳になるまでにしなくてはならない「何か」が、テレビに出ることではないにしても、しかしあえて自分たちの最盛期を再現してみることで、「何か」のとっかかりがつかめるように、麻友美には思えたのだった。伊都子も、また自分も。しかし伊都子は薄く笑うだけだった。

「いいわね、麻友美は」そんなことまで言うので、なんだか馬鹿にされたような気分になり、麻友美はむっつりと黙りこんだ。

帰ると言ったら、また伊都子が泣き出すのではないかと心配で、席を立てずにいたのだが、しかし夕方を過ぎて日が暮れはじめても、伊都子はぼんやりとソファで酒を飲んでいるだけで、夕食の用意をする気配はもちろんなく、また食べにいこうともしない。ルナがちいさい声ながら「おなか空いた」と主張しだし、それでようやく、麻友美は伊都子のマンションを出てきたのだった。

自分のマンションに戻ると七時過ぎだった。めずらしく賢太郎は帰ってきていて、玄関まで麻友美を迎えに出てきた。しかしいつもの笑顔はない。

「夕ごはんは？」と訊く。

「ああ、ごめん、忘れてた」冷蔵庫の中身を思い返しながら麻友美が答えると、

「忘れてたって、なんだそれ。ひどいな」めずらしく賢太郎は不機嫌に言った。

「おなか空いてるならどこか食べにいく？　それともお寿司か何か、とろうか」ルナを寝室に寝かせ麻友美はそう言いながらリビングに戻る。

「疲れて帰ってきて、また出かけるのも億劫だな。出前でいいよ、しょうがないから」

ソファに腰かけ、新聞を広げ賢太郎は言う。

麻友美はため息をつき、引き出しから数枚の出前表を出した。私っていったいなんなんだろ。ふいにそんなことを思い、麻友美は手にした出前表をぼんやりと見下ろした。

神原という男から携帯に電話がきたのは、夕食のあとだった。賢太郎はルナを風呂に入れている。脱衣所のドアを開け放しているらしく、ルナに合わせてうたう賢太郎の声がリビングルームまで聞こえてくる。

「恭子ちゃんから話、聞いてくれました？」電話の向こうの男は軽い調子で訊く。

「ああ、ええ、あの、バンドの……」

「そうなんすよ、そのことについて詳しくお話しさせていただきたいんですが、お時間作ってもらえますか？　できれば近々に」

「あのう、それって……」麻友美はそこでいったん言葉を切り、大きく息を吸いこんだ。そして思い切って口を開いた。「私ひとりじゃだめでしょうか？　っていうか、私と、私の子どもと二人じゃだめでしょうか」

「はあ？」

神原は間の抜けた声を出した。数秒の沈黙が行き交う。電話の向こうは、ずいぶんにぎやかだった。大勢の笑う声、女性が叫ぶような声、音楽。そういえば恭子の電話の向こうもにぎやかだったことを麻友美は思い出す。世のなかの全員はこの時間、もっとも楽しい場所にいるのではないかと麻友美は思う。自分以外の人はすべて。

「二人ってのは、えーとどういう……」神原が困ったような声を出し、麻友美は話し出した。

「ほかの二人に訊いてみたんですけど、いやだって言うんです。だからあの、私と私の子どもが二人で出るっていうのはどうかなと……」

「お二人の連絡先ってのは教えてもらえない？」麻友美を遮って神原は言う。この男が電話をかけたからって二人の意思が変わるとは麻友美には思えなかった。

「ええ、あの、ちょっと……」

「そうですかあ。じゃあ、また少し詳細決めてから連絡しますね。夜分にすみませんでした」

神原はまたしても軽い調子で言い、電話を切った。

部屋は静まり返る。廊下から、ルナと賢太郎の笑い声がすべるように入りこんでくる。私っていったいなんなんだろ。携帯電話を握りしめたまま、麻友美はもう一度思う。私って、なんでもないじゃないの。電話から漏れ聞こえた喧噪が耳の奥によみがえる。自分がいるここ以外の場所では、だれもが楽しげに笑い、意味のある会話をし、明日以降のスケジュールを確認し合い、何か目に見えるものを作り上げている、そんなような気がした。自分以外の人が、ひとり残らずすべきことを持った何ものかであるように麻友美には思えた。

テーブル席に座り、肩を寄せ合いメニュウをのぞきこむ女たちを見て、中学一年生になったときのことを井出ちづるは思い出す。附属小学校からの進学だったから、クラスわけされた教室に何人かは知っている顔があった。けれど半分以上は知らない顔で、ちづるは上目遣いに教室を見まわしていた。だれと仲良くなれるか、だれが仲良くしてくれるか。自分はどんな役割をするべきか。小学校と同じく姉御役？　それとも、もの静かな女の子でいようか。机のニスのにおいを嗅ぎながらめまぐるしく考えたことが、鮮やかに思い出される。

やっぱりランチがいちばんお得なんじゃないかしら。そうよね、そうしましょう。ねえ、お肉、お魚？　前菜はこのなかから三品選ぶのね？　女たちはいっときも口を閉ざさない。引きずるような長いエプロン姿の店員が注文をとりにくると、彼女たちはかしましく注文をし、店員が去れば去ったで、またべつの話題でにぎやかさを取り戻している。

ひとりでいることに倦んだちづるが、外に出ようと決意したのは四カ月前、十月のことだった。ちづるはまず、隣駅にあるスポーツクラブに入会した。それからネットで検索をくりかえし、表参道で月に二度開かれるワインスクールに申しこんだ。じつのところ、フラワーアレンジでも長唄でも、ホットヨガでも料理教室のおせちコースでも、なんでもよかった。ただ、家にひとりでいる、という状況を壊すことができればよかった。

スポーツクラブでもワインスクールでも、お茶を飲んでいかないか、食事をしていかないかと言われれば、ちづるは二つ返事で参加した。名前もまだ覚えていない人たちとテーブルを囲み、笑顔で彼女たちの話に加わる。

「私、もっとワインをたくさん飲めるのかと思ってたわ」ちづるの向かいのひとりが言う。

「私も。おいしいお料理を食べながらワインを飲んで、木の実がどうとかカカオがどうとか言い合って、それでいい気分で帰れるのかと思ってた」

「なあに、木の実とかカカオとか」

「ほら、表現するじゃない、そんなふうに」

「このあいだ夫と出かけたお店、中華なんだけど意外にワインが充実してたわよ。ワインを選べば中華にも合うのね」

「どこ、それ」

「名前は忘れちゃったけど麻布十番(あざぶじゅうばん)の……」

「あ、知ってる、それって……」

女たちは身を乗り出して店名を言ったり場所を言ったりする。それからしばらくは、どこそこの何がおいしかった、どこそこの雰囲気がよかったと、レストラン情報が飛び交う。

ワインスクールは今日で四回目である。受講生はすべて女性で、しかもみな揃(そろ)って、ひまを持て余したような主婦だった。一回目の授業のあとで、ひとりが声をかけ、六人ほどで食事をした。ちづるももちろん参加した。料理どころかワインを一滴も味わうことなく、おもな産地とブドウ品種の板書に終始した授業についてきて、みんなが嘆いているのを見てちづるは苦笑した。私みたいな人って、こんなにも多いんだ。そう思ったのだった。ちづるも、ワイン銘柄に詳しくなりたかったわけではないし、ソムリエの資格がほしかったわけでもない。おいしいワインを教えてもらえるのではないかと思っただけなのだった。

　女たちはおしなべてプライバシーを詮索し合わない。もちろん、うちの夫は外資系で、娘はどこそこの幼稚舎で、自宅はどこそこの戸建てだと、訊かれもしないのに自慢たらしくしゃべる勘違い女はいたが、二回目からは誘われなくなった。彼女たちが語るのはせいぜい自宅の場所と名前と年齢、既婚か未婚かくらいで、まるで見えない立入禁止区域があるかのごとく、ある程度プライバシーに抵触するとあうんの呼吸で話がそれる。だから、授業のあとで交わされる会話は、ただの情報である。レストラン。エステ。ネイルケア。ブランド店のセール。旅館とホテル。深みもなく、発展もない話題。

　それはちづるにとって、心地よくもあったが、しかし苦痛なほど退屈でもあった。しかも、つねに自分自身と向き合わされているようで、いつも帰り道は軽い自己嫌悪を覚えるのだった。問題の存在を知りつついっこうに直視しようとしない自分自身。

　また来月ね、またね、約束したあれ、持っていくわね。レストランの前で華やかな声をあげながら女たちは別れていく。ちづるも彼女たちに明るく手をふって、地下鉄乗り場へと向かう。

　地下鉄はめずらしく空いていて、ちづるは椅子に座る。正面の窓ガラスに映った自分と向き合うような格好になる。ちづるは暗い窓に映る淡い自分の姿を凝視する。

　四十歳になるまでに、なんかこう、充実感というか達成感というか、そういうのを心底実感できるようなことがないかしら。

ふいに、ずいぶん前に聞いた麻友美の言葉が思い出された。何かというと高校生のころを持ち出し、あのころが人生のピークだったという麻友美の考え方を、ちづるはあまり好ましく思っていないのだが、しかしあのとき麻友美が何を言ったのか、空いた地下鉄のなかで、ほとんど正確にちづるには理解できた。

ああ、こういうことね。こういうことを言っていたのね。

ちづるは自分と向かい合ったまま、心のなかでそっとつぶやいた。四月には誕生日がきて、ちづるは三十五歳になる。そうすると四十歳まであと五年。五年後にもこうしているのだろうかと思うと、頭がぼんやりした。夫の恋愛を知りながら見ぬふりをして、スポーツクラブで意味もなく体を鍛え、ワインスクールの女たちと情報をやりとりしながら食事をしているとしたら。

たぶん、なんの悩みもなさそうな麻友美も、私と同じような日常を暮らしているんだろうとちづるは思う。夫に愛され、かわいい子どもがいて、せわしなく日々が過ぎていくとしても、きっと私とおんなじようなんだろう。だから懐メロ番組に出たいなどと素っ頓狂なことを言い出したのだろう。

地下鉄は轟音(ごうおん)をあげながら灰色の闇を突き進む。ちづるは自分自身を見つめたまま、夕食の献立を考える。たぶん作ることはないだろう数々の料理を。

仕事部屋にこもり、ワインを片手にパソコンをいじっていると、玄関が開く音がした。ちづるは反射的に体をかたくする。最近、十二時前に玄関の戸が開く音がすると、ピッキングではないかとちづるはひやりとしてしまうのだった。いつものように耳をすませていると、スリッパを引きずる夫の足音が聞こえてくる。そういう夫婦になってしまったことに、ちづる自身がいちばん驚いている。ドアの開く音で、夫ではなくピッキング犯を思い浮かべてしまうような、そんな夫婦。

ちづるがまたパソコン画面に目を戻したとき、部屋のドアが遠慮がちにノックされた。そんなこともめずらしいので、ちづるはおそるおそるドアを開ける。寿士が立っている。

「どうしたの」と訊くと、

「ごはん、食べちゃったかな」笑顔でそんなことを訊いてくる。

「食べちゃったけど……何か用意しようか」

「何かある？」

「お蕎麦（そば）を茹（ゆ）でるか、サンドイッチなら作れるけど……」

「ああ、サンドイッチ、いいな、お願いできるかな」

ちづるはワイングラスを持ったまま部屋を出、台所に立つ。冷蔵庫からハムやレタスを取り出し、鍋を火にかけ卵を茹でる。いったい何があったというのだろうと考え、そう考えていることにため息をつく。夫婦なのに。寿士は台所に入ってきて冷蔵庫からビールを取り出し、食卓に着いて飲んでいる。

「明日から二泊で、研修いくことになったから」

なんでもないことのようにさらりと言った。

「ああ、そう」

ちづるはレタスをちぎりながら言った。じつのところ、なんだそういうことか、とちづるは早くも腑に落ちていた。結婚して七年、研修なんて聞いたことがない。出張したこともない。だいたい技術翻訳の事務所の人間が、泊まりがけで何を研修するというのか。明日金曜日は有休を使って、新藤ほのかとはじめて旅行をするのだろう。寿士は寿士なりに罪悪感か気遣いかわからないがとにかく妻に対して思うところがあって、仕事部屋をノックし笑いかけ、こうして今、テーブルに着いているのだろう。しかし驚いたことに、まったく怒りがわいてこないのだ。失望もない。パンの耳を落としバターを薄く塗りながら、ちづるは、今この瞬間、妙に満たされていると感じていた。夫がテーブルに着き、自分が夜食を作っている、この静かな時間が。

「箱根(はこね)でね。著名な翻訳者の講義があって。イギリスの技術専門の人もきたりして」

寿士が一文節以上話すのを久しぶりに聞いたと思いながら、ほほえんでいる自分にちづるは気づく。

「ああ、そうなの。箱根なんだ。温泉？」

「まあ、温泉はいくだろうな。外国の人もくるわけだから。日本文化紹介っていうかね」

「昔ドライブいったね、温泉卵食べたよね」

「ああ、そうだったな、紅葉の季節だったな。本当はあれくらいがいいんだろうけど」

「そうね、でも、温泉だから、うんと寒い今ごろもいいと思うよ」

ゆで卵をみじんにし、手早くマヨネーズで和(あ)え、パンの片面に塗りながら、ちづるはおかしくなる。本当に、この恋愛は夫にとってはじめての浮気なんだなあと、以前感じたほほえましささえ思い出す。はじめての旅行で、高揚と罪悪感を同時に味わって、ことさらにやさしい夫と、それを知りながら妻らしくふるまう自分。このような状況下で、久方ぶりに夫婦らしい会話を交わしている自分たち。

「はい、できた。どうぞ」キッチンカウンターにサンドイッチののった皿をのせる。お、うまそう、と顔をほころばせ、寿士はそれをテーブルに運ぶ。

「支度、手伝うことがあったら言って」ちづるはそう言った自分が心から笑っていることに気づく。

「ありがとう。えーと、何かあるかな」

サンドイッチを食べながら寿士は天井を眺める。ちづるは向かいに座り、そんな夫を眺める。夜は静かだ。

「靴下の替え、新しいのがあったかな」

「ああ、あるよ。あとで出しておく。アイロンかけるものもあれば今日じゅうに出しておいてね」

寿士はちらりとちづるを見、目が合うとさっとうつむいて、ありがとうともう一度言った。

「明日、晴れるといいね」

結婚後、いっときもとどまることなく体重増加を更新し続ける夫に、ちづるは笑いかける。

翌朝、コーヒーを飲んで出かける寿士を見送ったのち、ちづるは朝食もとらずパソコンにかじりついて検索をくりかえした。都心にあるギャラリーを片っ端から調べるつもりだった。最寄り駅と地図を調べ、賃料を調べ、過去に個展をやった顔ぶれを調べ、平米数を調べ、壁の色や照明の具合を調べ、上半期のスケジュールを調べた。銀座の老舗を何カ月も待って借りるよりは、都心から外れても自由な雰囲気の場所で、できるだけ近いうちに借りられるところがよかった。クリックをくりかえすうち、今まで描きためてきたもののなかの、どれをどんな配置で並べるかがおもしろいように頭に浮かんだ。コンセプト、個展タイトル。案内状のデザイン、配布先。考えなくとも、あふれるように頭に浮かぶ。

それからの行動は早かった。目星をつけた数軒に連絡すると、ちづるは化粧をし髪を整え着替えをすませ、作品コピーの入ったファイルを抱えてマンションを出、一軒ずつまわって歩いた。

コートのポケットから入れたり出したりしすぎたせいで、ぐしゃぐしゃになったプリントアウト用紙を片手に、降り立ったこともない町を歩きながら、ちづるは、不思議とすがすがしい気分を味わっていた。本来の自分を取り戻したような、そんな気持ちだった。もちろんちづるには、何が本来の自分で何がそうではないのか、わかってはいない。ただ何か、ずっと不当に奪われていたものを、今自分の手で取り戻そうとしている、そんな高揚感がぴたりと寄り添っているのを感じていた。

夫の知り合いのコネに頼るのではなく、細々とした仕事の依頼を待つのではなく、自分から動き出そうとちづるが決意し、その決意のあと数時間もしないうちに物理的に動き出したのは、寿士の旅行のせいだった。ゆうべの久しぶりに夫婦らしい時間は、図らずもちづるには心地よかったし、見え見えの嘘には腹もたたなかったのだが、しかし「馬鹿にされている」という思いは拭えなかった。あの人は私を馬鹿にしている。いや、それだけじゃない、ひょっとしたら私も私自身を馬鹿にしているのではないか――とちづるは思った。だって、明日からよその女と箱根にいきますと無言で伝えている夫に、笑顔を見せながらサンドイッチを作ってやり（夫の苦手な辛子はちゃんと入れずに）、新品の靴下を用意してやり、晴天を願ってやっているなんて、まったく私は私を馬鹿にしている。すべて自分でしたことなのに、ちづるはそんなふうに思うのだった。そうして今、ちづるは自分に馬鹿にされないために、躍起になってギャラリー巡りをしている。もう何カ月も前に伊都子に話した架空の話を、実現するために。

五軒目が「N」という素っ気ない名前の場所だった。千駄ケ谷で降り、地図通りに歩き、てっきりそれがギャラリーだとばかり思っていたちづるは、気づかぬままに「N」とちいさく描かれた看板の前を幾度も往復し、地図に顔を近づけ、顔を上げ標識を確かめたり番地を確かめたりしていた。あまりにも見つからないので、お茶でも飲んで休憩しようかと目を向けた先に「N」と出ていて、ちづるは思わず「ええっ？」と声を出してしまった。外苑西通りから少し入った場所にあるその店は、ギャラリーというよりはむしろカフェに見えた。おそるおそる店内に足を踏み入れると、雑貨屋のようにものが陳列されている。絵本や写真集、アンティークふうのおもちゃや北欧の食器。天然木を生かしたカウンターがあり、同じ素材のテーブルが無秩序に置かれている。そうして壁に視線を移してみると、はっとするほど鮮やかな色彩の写真が、これもまた色鮮やかな額におさまって、並んでいた。なるほどここはカフェであり雑貨屋であり、同時にギャラリーでもあるらしいと、壁に並ぶ写真を眺めながらちづるは納得する。写真は、みなごたごたとした光景ばかりだった。隙間なくパラソルの並ぶ夏の砂浜、大テーブルにごっちゃりと並んだ食べかけの料理、蠟燭の立ったケーキに顔を近づけるとんがり帽の子どもたち、狭い玄関にびっしり並んだ派手派手しい無数のハイヒール。ただでさえごたついている上に、これでもかと原色を強調したプリントになっているので、見ていると目がちかちかした。しかも額は黄色や赤や緑色。きっと若い写真家だろうとちづるは思う。主張が強すぎてめりはりがない。派手なだけで余韻がない。それでも、ほとばしるような力があった。あまりに強すぎて、ときに方向を間違えてしまいそうな、あやうさを含んだ力があった。そうしてそれは、無秩序なフロアの雰囲気ととてもよく似合っていた。

ここに自分の描いた絵を並べることはできないだろうか。写真を眺めながら、ちづるはそんなことを考えていた。ひょっとしたら、色彩をあまり多く使わない自分の絵は、ここでは周囲の雰囲気に埋もれてしまうかもしれない――けれどここならば、自分の描く絵のつたなさや自信のなさを、等身大のまま認め受け入れてくれるかもしれない。何より、今自分を鼓舞している奇妙な力――私に馬鹿にされてたまるかという、他人には説明しがたい高揚感――を、この無秩序でごたついた感じは、さらに盛り上げてくれるかもしれない。

カウンターの奥に座っているスタッフを、ちづるはちらりと見る。ニットのキャップをかぶった若い男の子で、サービス精神がまったくないらしく、店内を見まわすちづるにかまわず、熱心に本を読んでいる。

「あの」カウンター越しにちづるが声をかけると、男の子は文字通り飛び上がって驚いた。開いていた本が床に落ちた。あまりにも典型的な驚き方なので、ちづるはつい笑ってしまう。

「あ、すみません、なんすか」本を拾い、男の子はちづるに訊く。

「ここって、スペースとしても貸し出してますよね。個展をやりたいんですけれど、申しこむことは可能でしょうか」

男の子はぽかんとした顔でちづるを見ている。何か間違ったことを言っただろうかと不安になり、続けて、ひょっとしてこの子は頭が悪いのだろうかと不安になる。

「だから、あの、ここで個展をやりたいんですけど……」

ちづるは子どもに話しかけるような口調でもう一度言ってみた。

「あ、ああ、コテン。個展のことですね。ちょっと今、オーナーがいなくてですね……あ、携帯、いや、かけるなって言われてんだ、えっとだから」男の子は口のなかでぶつぶつ言い、「連絡先、書いておいてもらえれば、こちらから連絡します」と、手にしていた単行本から包装カバーを外し、カウンターに置いた。

やっぱりこの子は頭が悪いのかもしれない、と思いつつ、ちづるは薄茶色のカバーに、自宅と携帯の電話番号、それからメールアドレスを書き連ねていく。

「ここでお茶も飲めるんですか？」書きながら、ちづるは訊いた。

「ええ、あの、飲めます」男の子は答える。

「それじゃあ、コーヒーをもらえますか。飲んでいきます」

「あっ、はいっ」

男の子はやけに威勢よく返事をすると、背を向ける。カウンターの椅子に腰かけ、カバーに並んだ数字とアルファベットを眺め、ちづるはいちばん最後に自分の名前を書いた。井、と書いて、それを棒線で消し、片山ちづると旧姓で書きなおす。そうだ、はじめての個展をこの名前で開こうと、自分の書いた文字を眺めてちづるは決める。今請け負っている数少ない仕事も、いっそのこと名前を変えよう。片山ちづるという名前ではじめてみよう。

静まり返った店内に、コーヒー豆を砕くモーター音が響く。コーヒーの香りが漂う。コーヒーをいれる男の子の背中をちづるは眺める。トレーナーの背中に、色あせた骸骨が描かれている。

「ここ、いいところですね」ちづるは骸骨に話しかけるように言った。

「えっ、ああ、ありがとうございます」男の子は後ろ姿のまま、壁に向かって律儀に頭を下げた。

自称箱根の出張から帰ってきた夫を迎えるときも、ちづるはまったく不快な気分ではなかった。日曜日の夜九時過ぎに帰宅した夫を迎えるために玄関の戸を開けるとき、笑みさえこぼれた。

「どうだった、温泉」

「ああ、久しぶりでよかったよ」機嫌のいい妻につられて笑顔を見せながら寿士は言い、紙袋を差し出した。

「これ、おみやげ。蕎麦とわさび漬け」

「あら、ほんと？　じゃあ今いただこうかな」

「夕食食べてないの？」

寝室に向かう寿士は笑顔のままだが、どことなくいぶかしむように訊いた。十二時前の解錠音に自分がピッキングを思い浮かべてしまうように、この人も妻の笑顔を嵐の前触れのように思ってしまうんだろうと、ちづるはひとごとのように思い、なんとなく寿士を気の毒に思った。自分を気の毒に思うのと同じように。

「ひょっとしたらあなたもまだなんじゃないかと思って」

それで、できるだけいやみに聞こえないように注意して言ってみた。

「悪い、食べてきちゃったんだ。でもビールくらいならつきあおうかな」

たぶん寿士も、慎重に笑顔で言っているのだろうことが、ちづるにはわかった。

蕎麦を茹で、葱(ねぎ)を刻み、何かかんたんに用意できるものはないかと冷蔵庫のなかを調べていると、シャワーを浴びた寿士が台所に入ってきて、缶ビールに手をのばした。

「おつまみにできそうなものがなんにもない」

グラスを差し出しながらちづるが言うと、

「いいよそんなの。蕎麦、食べちゃいなよ」

それを受け取って寿士はテーブルに着いた。

静まり返った食卓に、ちづるが蕎麦をすする音が響く。寿士はぼんやりした顔で窓の外を見たり、蕎麦を食べるちづるを見たり、グラスのなかの液体を見たりしていた。数日前の夜と同じく、平穏な時間だった。ちづるは寿士が過ごした三日間のことを思い浮かべてみた。星の王子さまの博物館を見たり、宮ノ下の骨董屋を冷やかしてみたり、箱根登山鉄道に乗って大涌谷に向かう寿士と新藤ほのかの姿は、たやすく思い浮かべられた。星の王子さまにも骨董品にも絶景にも、きっと二人はさほど興味なんかないのだろうとちづるは思う。なんにもしないわけにはいかないから、そんなふうにして時間をつぶすしかないのだ。

寿士と会ったころのことが続けて思い出される。デートの場所を提案するのはいつもちづるだった。寿士はデートスポットどころか地理にもあまりくわしくないうえ、自分でものごとを決めることができない。映画を見よう、中華街にいこう、水上バスに乗りにいこう、伊豆まで足をのばそう、そんなふうに言うのはいつもちづるで、寿士はおとなしくついてくるものの、じゃあなんの映画を見るか、中華街で何を食べるか、水上バスを下りたらどこへいくか、伊豆のどこを観光するか、やはり何を決めることもしない。ちづるは寿士とデートを重ねながら、早く倦怠（けんたい）期になってしまいたいと願っていた。二人とも部屋着のまま、ソファやベッドでごろごろして、どこへいくか何をするか、そんなふうに時間をつぶさなくてもいい関係に早くなってしまいたいと。それはちづるにとって結婚を意味していた。寿士と結婚し、週末のデートの場所を決めなくてよくなったときはほっとした。

だからちづるは、会ったことのない新藤ほのかを気の毒にすら思う。新藤ほのかの前でだって、きっとこの人はなんにも決められないのだろう。年若い新藤ほのかが、雑誌やガイドブックをめくり、興味もない博物館や美術館の名を口にしている光景が目に浮かぶようだった。昼食の場所さえも、きっと彼女は彼の手を引くようにしてさがし歩いたのだろう。

「あのね」

ちづるは声を出した。華やいだような声が自分の耳に届いた。うん、何？　と寿士はちづるを見る。

個展をやることにしたの、と言うつもりだった。けれど言葉が舌先にのった瞬間、言いたくなくなった。この三日間の高揚と興奮を、夫に教えたくなくなった。教えてなんかあげるもんか、というような、どことなく意地の悪い気持ちだった。それでちづるは言った。

「お蕎麦、おいしいよ、すごく」

「それはよかった」

寿士は笑顔で言い、グラスのビールを飲み干した。グラスの内側をゆっくりと下降する白い泡をちづるは見つめ、「天気よくて、よかったね」とつけ足して笑ってみせた。

中村泰彦（なかむらやすひこ）の第一印象は、ちづるにとってあまりいいものではなかった。ちづるが雑貨屋兼カフェ兼ギャラリーである「N」を訪ねた三日後、オーナーであるという彼から電話があった。一度作品を見せてほしいと言われ、翌日の火曜日、スポーツクラブの帰りに、ランチの誘いを断って千駄ヶ谷に向かった。

中村泰彦は、ちづるの会ったことのない種類の男だった。ニット帽をかぶり、両耳にピアスをし、右手の中指にごつい骸骨のシルバーリングをはめ、袖口のほつれたトレーナーを着て、だぶついたジーンズにはところどころ穴が開いていた。その穴が、お洒落（しゃれ）で開いているものなのか、ぼろくてそうなっているものなのか、ちづるにはよくわからなかった。格好だけは若いが、ニットキャップの下の顔はどう見ても四十代後半か五十代に見えた。

店内には若い女の子の二人連れがいた。このあいだも飾られていた、ごたついた色合いの写真を熱心に眺めている。天然木のカウンターの内側では、このあいだの男の子が、またもやスツールに腰かけて本を読んでいる。カウンターに座った中村泰彦は、ひっきりなしに煙草(たばこ)を吸いながら、ちづるの持参したファイルをせわしなくめくり続ける。煙草の灰が落ちてファイルに焦げ穴を開けるのではないかと、抗議の意味もこめて、泰彦の顔と煙草を挟んだ指先をちづるは無遠慮に眺めた。

「悪くはないんじゃないかなあ」泰彦は独り言のように言う。「ちょっと弱いけどね。なんとなく腰が引けてる感じでね」煙草を揉(も)み消し、すぐさま新たな一本をパッケージから抜き出す。

「あの、審査があるんですか」

「ううん、そんなのないよ。スケジュールが合えば貸してる」ファイルから目をそらさないまま、泰彦は答えた。「強い色をひとつ使うと、もっと強くなるかもね。いや、そういうことじゃないかな。なんかこう、タイムセールで肉のパックをつかみ取るときみたいに描けばいいかもね」

「はあ?」ちづるは不快をあらわにした声を出した。審査がないのなら、何ものかわからないこの男に批評される筋合いなどないと思ったのだった。しかし泰彦は顔を上げないまま続けた。

「主婦なんでしょ？　主婦の人って、タイムセールで肉のパックをつかみ取りするように群がったりするじゃない。ああいう感じよ。おれが言っているのはね」

そこで泰彦はようやく顔を上げ、ちづるに向かってにっと笑いかけた。顔にあらわれている年齢とは不釣り合いの、妙に邪気のない笑顔だった。

「つまりタイムセールで肉のパックを奪い合うような気持ちで描いてみたらいいと、アドバイスしてくださってるんですね？」

ちづるはいやみを言ってみた。そ、と笑顔のまま泰彦はうなずく。

「じゃあ今度、挑戦してみます、絵よりまず、タイムセールのほうに」

ちづるは笑みを浮かべず、できるだけ冷ややかに聞こえるように言った。しかし泰彦はまるで動じず、

「あっ、タイムセールとかと縁のない奥さん？　だったらなおさらだなあ。ほんと、今度、対象商品を奪い合ってみ。わかるから、あのわけのわからんパワー」

泰彦がしゃべると煙草の煙がドライアイスのように口から流れ出た。ここで個展をすると決めたのは失敗だったのかもしれないと、早くもちづるは後悔しそうになっていた。

いや、べつにオーナーであるらしいこの不躾な人と関わるわけではないのだ、今日予約をすませたら当分会うこともないだろうし、搬入や設置では顔を合わせなくてはならないが、この男に見せるために絵を飾るわけではない、とちづるは思いなおす。ここはいい、ここは自分の絵を、自信のなさも含めて受け入れてくれると思った最初の気分をこわさないようにしよう、と。

「すみませーん」写真を見ていた女の子が、カウンターの内側にいる男の子に声をかける。「これ、お願いします」と、木製のおもちゃをカウンターに置く。

「みきちゃん、お客さんよ」本に没頭している男の子に泰彦は声をかける。

「あっ、はい」今日もキャップをかぶった男の子は立ち上がり、レジを打ち、女の子に釣りを渡し、品物を袋に詰めている。「ありがとうございましたっ」と律儀に頭を下げる。

女の子たちが出ていくと、店内は静まり返った。男の子は本に戻り、泰彦はファイルをめくり続ける。もう何度も見ているのに、最初のページに戻ってはせわしなくページをめくることをくりかえしている。人差し指と中指に煙草を挟んだまま。

忌々しげに煙草の灰を見ていたちづるは、ふと、自分が見つめている泰彦の指が、思いの外、美しいことに気がつく。節が太くごつい手であるのに、指がすらりと長く、奇妙に優美な雰囲気を放っている。指だけ見ているとまだ二十代の青年であるようにも見えた。その指は煙草の灰を灰皿に落としてはファイルに戻ってくる。今までだれかがこんなふうに熱心に自分の絵を見てくれたことがあっただろうかと。

彼の指からおそるおそる目を上げ、ファイルに目を落とす泰彦の顔を見る。目を細めたり見開いたり、顔を近づけたり遠ざけたりしながら、泰彦はファイルをめくり続けている。主婦といえばタイムセールを思うその思考回路の単純さはともかくとして、タイムセールの比喩で絵を批評するその語彙の貧困さもともかくとして、それでもこの人は信頼に値するのではないかとちづるはこっそり思った。この年齢不詳の、品がいいとは言いがたい男は、きっと絵や写真やそういうものが、子どものように好きなのだろう。絵や写真や、小説や映画や、音楽やおもちゃや、そういう、人の創り出す何ものかが。決して合理的ではないものが。ファイルを見続けている泰彦の顔から目をそらし、雑貨や写真集のごちゃごちゃと並ぶ店内をぐるりと見まわし、ちづるはそんなことを思う。

「そんで、スケジュールなんだけど」泰彦はやおらファイルから顔を上げ、カウンターに置いてあるシステム手帳を手にした。

四月の中旬と、五月の連休以降が空いていた。ちづるは五月下旬の十日間を予約した。

自分も手帳に書きこみながら、ちづるはほっとしていた。五月の連休は準備で忙しくなるだろう。寿士がまた「出張」に出かけたとしても、「休日出勤」に出かけたとしても、よけいなことは考えずにすむ。

「そんじゃあさあ、前祝いにちょこっと飲んでかない？」

ファイルをちづるに返しながら、泰彦はさっき見せたのと同じ、邪気のない笑顔でさらりと言った。

ええ、喜んで。第一印象がよくなかったのにもかかわらずちづるがそう即答していたのは、風変わりな男をすっかり信用していたからだった。正確にいえば、信用したいからだった。

総武線から山手線に乗り換え、混んだ電車に三十分近く揺られる羽目になったので、てっきり泰彦が連れていってくれるのは穴場の有名店だろうとちづるは思っていた。泰彦の身なりからいって高級店ではないだろうが、わざわざ電車を乗り継ぐぐらいなのだから、隠れメニュウがある焼き肉屋とか、情緒的な風情のある居酒屋とか、あるいは隠れ家ふうのエスニック料理屋とか。

しかし泰彦がちづるを従えて入っていったのは、ガード下の焼き鳥屋だった。店内には煙が充満し、カウンターはスーツ姿の男たちで埋まり、外に出されたテーブルは若者のグループが埋めている。ちづると泰彦は、若者グループが座ったテーブルの隅に相席させられることになった。ビールでいい？　と泰彦が訊くので、ちづるはうなずいた。注文をとりにきた金髪の店員に、泰彦はビールと料理を手早く注文した。頭上の高架を電車が通るたび、ものすごい轟音が響き、テーブルがかすかに振動した。コートを着たまま、マフラーも外さず、ちづるはきょろきょろと客や店の奥を見まわした。

「ちーちゃんはさ、なんになりたいわけ」

ビールを半分ほど飲んだ泰彦がいきなりそんなことを言った。

「え、だれがなんですって？」

泰彦がだれのことを言っているのかわからず、ちづるはテーブルに身を乗り出して泰彦に顔を近づけた。

「だから、ちーちゃんよ」泰彦はちづるを指し、ビールに口をつける。「なんになりたいっていうのもへんだけど、ほら、絵はただ趣味で描いてるだけなのか、それともファイルにもあったけど、挿画なんかの仕事をもっとやりたいのか、広告方面でやってみたいのか、個展を中心にやっていきたいのか……とか、いろいろあるじゃない」

いきなりちーちゃん呼ばわりをする男をしげしげと見つめ、ちづるはちいさくふきだした。なんだかもう、怒る気にはなれなかった。

「べつに、そういうの、ないんです」運ばれてきた串盛りの、焼き鳥を串から外しながらちづるは答えた。

「絵を描いてどうしたいっていうのがわからなくて。わからないことに、でも自己嫌悪を覚えるっていうか。それでギャラリーをさがしたんです。個展を自分の力でやってみれば、ひょっとしてわかるかもしれないって思って。ただ趣味で描いていたいとわかるだけでも、やる意味はあると思ったんです」

すらすらとしゃべっている自分がちづるは不思議だった。そんなふうに考えていたんだ、ともうひとりの自分は驚いていた。

「あ、外さないで」泰彦が急に真顔で言い、ちづるは驚いて手を止めた。「外しちゃうと、ただの焼いた肉みたいでおいしくないでしょ。やっぱ焼き鳥は、こう、串でがーっといかなきゃ」泰彦はそう言うと、串を横にして歯をたてた。

「ああ、そうですね、すみません」ちづるはあわてて、肉片を串に戻そうとする。

「ああっ、いい、いい、一回外したのは戻さなくていいよ」それもまた泰彦は制し、それから笑い出した。「あんた、へんな人だなあ」

あまりにもおもしろそうに笑うので、ちづるもつられて笑い出した。真横のグループも何かの話題で笑い転げていた。頭上では轟音が響き、テーブルがかたかたと揺れ、まるで小火のように店からは白い煙がもうもうと流れていた。

泰彦は、「どうしたいっていうのがわからない」というちづるの言葉に、意見を挟むでもなく、説教をするでもなく、あれこれととりとめのない質問を続けた。好きな画家はいるかと訊いたかと思えば、好きだったアニメは何かと訊き、焼き鳥の種類では何が好きかと訊いたかと思えば、耐震強度偽装問題についてどう思うかと訊いたりもした。本当にとりとめがないと、そのひとつひとつに答えながらちづるはおかしくなった。

「Nって、なんの略なんですか」

会話の途切れ目にちづるは訊いてみた。すると泰彦はきょとんとした顔でちづるを見る。「あの、あそこの、雑貨屋さんっていうかギャラリーの店名です」とちづるはつけ足す。てっきり、ノワールだとかノエルだとかあるいは単純にノーだとか、洒落た答えが返ってくるのかと思っていたのだが、泰彦はつまらなそうに、

「ああ、中村のN」と短く答え、ちづるは思わず笑い出した。

笑い出すと笑いはいつまでもおさまらなかった。名字の頭文字なんて、なんて色気のない、なんて馬鹿馬鹿しい命名。笑いは次第にほとんど馬鹿笑いに近くなり、しかし轟音と喧噪の響くガード下では、だれも馬鹿笑いをするちづるを気にとめていなかった。

ビールと日本酒のせいで酔ったのだろうかと笑いながらちづるは思ったが、そうではないとすぐに気づいた。馬鹿笑いができるほどに楽しいのだということに。涙が目尻をつたい、それを拭き取ってちづるはなおも笑った。

「え、何、なんで笑ってんの」

不思議そうに泰彦はちづるをのぞきこんだ。そう訊きながらちづるの答えを待たず、手を挙げて店員を呼び、日本酒のおかわりを頼んでいる。

混んだ小田急線(おだきゅう)のなかで、なおもこみあげてくる笑いをちづるは懸命にこらえなければならなかった。泰彦とは駅で別れた。ともに改札をくぐるのだとばかり思っていたが、泰彦はちづるに向けてちいさく手を挙げると、そのままくるりと背を向けて歩き去った。まだどこかに飲みにいくのか、人でごった返す駅の構内にすっと消えていった。

まだ笑い足りないような自分が、不思議なような気がする。思い返してみても、特別おもしろいことは何もなかった。楽しかったという余韻は残っているが、じゃあ何が楽しかったのかと考えてみても、よくわからない。自分のことは語らず、質問ばかりしていた泰彦がどんな人となりであるのかも、今ひとつよくわかっていない。

コートにもマフラーにも、しっかりと焼き鳥のにおいが染みついてしまっている。クリーニングに出さなければだめだろうと、いつもなら忌々しく思うはずなのに、自分が発している焼き鳥のにおいもなんだかおかしく思えた。

東北沢の改札を出るとき、ホームの時計をふりかえった。暗闇のなか、白い文字盤が十一時半を告げている。寿士はきっとまだ帰っていないだろう。ちづるはコンビニエンスストアに寄った。牛乳とビールを数本取り出しレジに持っていく。飲み足りないというよりも、楽しかった余韻をまだ味わっていたかった。

レジカウンターで眠たげな青年に紙幣を渡しているとき、自動ドアが開いてコート姿の会社員らしき男が、携帯電話を耳にあてながら入ってきた。目の端に映った男に、ほとんど意識しないまままちづるは同情を感じていた。さっき降りた満員電車の三分の二は、彼のような男だった。重たい色のコートにスーツ、格好はきちんとしているのに中身はなんだか崩れた豆腐みたいで、すがるように携帯電話をいじっている。楽しいと思うことなど、笑い転げることなどないような毎日を送っている無数の男たち。ちづるは青年から釣りを受け取り、品物の入った袋を受け取り、出口に向かって歩き出し、そうして何気なくふりかえった。携帯電話で何か会話しながらスナック菓子の陳列棚を眺めているスーツ姿の男が再度視界に入り、そうしてちづるはちいさく息をのむ。寿士だった。

なぜか逃げるように出入り口に向かったちづるは、自分の行動がおかしいことに気づほんと、同じところに住んでるんだから」口のなかでもそもそ言いながらドリンクコーナーへ向かう。

「酔ってる？」こわごわと寿士は訊き、「まあ、そんなに驚くほどのことでもないよな、買う？　いっしょに飲もうよ」言いながらも、けらけらと笑いは止まらない。

ちづるは笑い出した。「なーに、そんなにあわてて。私ビール買ったの。あなたもる。ちづるは笑って言った。さっきの、笑い出したい気分がおさえようもなくあふれてくに帰ろうよ」

「すごい偶然――ってこともないか、おんなじところに住んでるんだもんね。いっしょ言い訳をする。

のことで電話してて気づかなかった」わかりやすくあわてた表情のまま、わかりやすい「あ、何、いや、ああ、びっくりした。どうしたのこんな時間に。いや今、明日の会議りやすくあわてた表情をし、急いで携帯電話を切っている。

くと、寿士は面倒そうにふりかえり、そこに立っているのがちづるだと認めるや、わかじょうぶ？　と電話に向かってしゃべる、寿士の甘やかな声が耳に入る。そっと肩を叩映る自分をちらりと見やってから、ゆっくりと寿士に近づいた。ああそう、じゃあだいとは何もないし私たちは憎み合っているわけでもない。ちづるは出入り口のガラス戸にく。コンビニエンスストアで夫を見つけて逃げ出すなんてふつうじゃない。やましいこナーに歩き出す。右手で寿士のコートをそっとつかんでついていき、ちづるは左手のコートの袖口を鼻先にあて、そこに染みこんでいる焼き鳥のにおいをすんとちいさく吸いこんだ。

たとえば半年前と、自分を取り巻く状況は何ひとつ変わっていないのに、呆れるほど気持ちが晴れやかであることにちづるは驚いてしまう。こんなにかんたんなことだったんだ、と思うと、空を仰いで馬鹿笑いしたくなる。今まで、何かを変えるにはそれに見合った投資が必要だとちづるは思いこんでいた。スポーツクラブに通って考える余裕もなくなるほど体を疲れさせるとか、ワインスクールに通って時間つぶしにつきあってくれる新しい友人を得るとか、そういうことをしなければ自分は、もしくは自分の抱えた気分というものは変わらないと思っていた。しかしながらスポーツクラブもワインスクールも、憂さ晴らしにもならなかった。

それらが、投資に見合った何をも自分にしてくれない、と気づくと、ちづるはやっぱり寿士を憎んだ。彼の恋愛を、ではなく、自分に鬱々とした気分を押しつけてくる彼を、憎んだ。その気持ちを伝えることのできない、改善に向かってなんら働きかけない自分をも、また。

個展の日程が決まってからというもの、毎日のいろんなことががらりと変わった。朝起きるのも面倒ではなくなったし、近所のスーパーマーケットにいくだけでも気持ちが華やいだ。冷蔵庫の余りものとアルコールを夕食にするのが惨めに感じられるようになり、十二時過ぎにそっと帰宅する寿士がたてる物音にも苛つかなくなった。ちづるはまだ半年残っているワインスクールもやめてしまった。スポーツクラブは会員のままだが、最後にいったのは一カ月以上も前のことである。

ごぶさたしています。もうずいぶん集まってないわね？　久しぶりにまたランチでもしませんか。みんなに報告したいこともあるし。

以前だったら返信するのに一瞬躊躇した麻友美からの誘いのメールにも、ちづるはすぐさま返事を書いている。いつでもいいよ、イッちゃんと決めてくれれば合わせるから。と、前はとうてい書けなかったことをすらすらと書き、迷うことなく返信ボタンを押し、押したそばから二人と会うのが楽しみになっている。返信ボタンを押して思い浮かぶのは、いつものように十代の二人の顔ではなく、三十代半ばの伊都子と麻友美だ。

携帯電話が短く鳴る。ちづるはパソコンを離れ携帯を手にとる。中村泰彦とディスプレイに表示されているのを見た瞬間、体がふわりと軽くなるのをちづるは感じる。

「今日、ひま？」

携帯電話を耳につけると泰彦の声が飛びこんでくる。声の背景はざわついている。路上に立って話している泰彦の姿を思い浮かべる。泰彦はいつも突然だ。突然電話をかけてきて、「今日、ひま？」とくる。来週とか来月という、約束の概念がそもそもないのではないかとちづるは思っている。なんだか小学生みたいだ。来週や来月なんて、気が遠くなるほどの未来だった小学生のころをちづるは思い出してしまう。今日しかなかったころ。

「ひまでもないけど」答えながら笑みがこぼれる。「ひまを作ってあげてもいいよ」

「じゃあ作って。ぜひ作ってちょうだいな」泰彦が言い、ちづるはおさえきれず笑い出す。

ちづるが泰彦と寝たのは三月のはじめだった。

見せたい写真展があるんだけど、と泰彦に電話で呼び出され、ちづるは表参道まで出かけていった。泰彦がちづるを連れていったのは、泰彦のギャラリー「N」とてもよく似た店だった。とはいえ、「N」よりはずっと広く、写真集をおもに並べた洋書売場、アルコールと軽食も出すカフェ、そしてギャラリーと、仕切られてはいるが広々とした気持ちのいい空間だった。

展示されていた写真は、淡いカラーの人物写真ばかりだった。被写体はみな同様に若かった。モヒカン刈りだったり、鼻にも口にもピアスを開けていたり、肩にタトゥーを入れていたり、髪をピンクに染めていたり、そういう種類の若者たちだった。ほとんどアップかバストアップの写真で、四角い枠のなかで彼らは、アイスクリームをなめたり、わざと白目を剝いていたり、鼻にポッキーを突っ込んでいたり、笑い転げていたり、あるいは鼻を赤くして泣いていたりした。見ているうちにちづるは落ち着かない気分になった。自分とは縁のない若者、目立つ化粧や格好をしてそれを個性と疑わない彼ら、もし同い年だったとしても接点のまるでないだろうひとりひとりが、妙に強く心に入りこんできた。彼らが持っているであろうつまらない悩みや不安が、ある切実さを持ってちづるの心に広がった。とうに捨て去ったはずの、いやひょっとしたらそもそも持ち合わせていなかったかもしれない悩みや不安、それとそっくりなものが自分の内にあるような気になって、写真を見れば見るほどちづるは不安になった。

ちづるがひと通り見終えてしまっても、泰彦は熱心に写真を見ていた。ちづるの絵にそうしていたように、近づいたり遠ざかったりして、まじまじと一枚を見、次の一枚に移っても、はたと何か思い返して元の一枚に戻ったりしていた。自分のなかに広がる落ち着かなさにたじろいだちづるは、そう何度も写真を見返す気持ちにはなれず、ギャラリーを出てカフェに向かいテラス席でコーヒーを飲んだ。

三十分ほど待たせたあとで、泰彦はようやくちづるの向かいに座り、どうだった、と訊いた。野球観戦にきた母親に、自分の活躍を確認させる野球少年のような訊き方だった。

「好きな写真ではないけれど、なんだかへんなふうに目に焼きつく写真だと思う」

ちづるが答えると、泰彦は身を乗り出して、「どこがどんなふうに好きじゃないの、どんなふうに目に焼きつくの」となおも訊いた。わくわくするような顔で。

「なんだか生々しい感じが好きじゃない。現実よりさらに現実味を帯びた感じが強すぎるというのか……見てると落ち着かない気持ちになるのよ。目に焼きつくのはたぶん、写真の前に立ったとき、彼らが私ひとりに向かって何か強く語りかけてくるように思うせいかな」写真を見たときの、言葉にならない感想をなんとか言葉にすると、泰彦はさらに「どんなところが生々しいの？　落ち着かなくなるのはなんでだと思う？　何を訴えかけられているように思うわけ？」と、畳みかけるように訊き、「それはうまく言葉にできない」などとちづるが答えると、「そこをなんとか聞かせてよ、お願い」としつこく食い下がり、なおもちづるは不器用に言葉をつないだ。

不思議な感覚だった。なんでそんなことをいちいち説明しなくてはならないのかと苛立ちながら、それでも、自分の心に分け入って、襞という襞をすべて広げて観察しているような気がちづるはした。襞の奥に隠れていた気持ちをつかまえ、それが言葉に変換されると、今までに感じたことのない種類の快感があった。「ああそれ、わかるわかる」と泰彦が相づちを打つとき、ちづるはちいさく叫んでしまいそうなほどうれしかった。

気がつけば日が暮れかかっていた。腕時計を見、三時間も写真について話していたことに気がついてちづるは唖然とした。自分とも自分の生活ともまったく関わりのない、どちらかといえばどうでもいいようなことを、熱に浮かされたように話していたことが、それより何より、もっと話していたいと思っているらしい自分が、信じられない気持ちだった。とうに空になったコーヒーカップを呆然と見下ろしていると、

「このあと、ひま？」

と泰彦は言い、またガード下の焼き鳥屋だろうかと思いながら、ちづるは泰彦とともに席を立った。そうして泰彦がちづるを連れていったのは、ラブホテルだった。

「なんか、あんたともっと仲良くなりたくなっちゃって」

と、ラブホテルの前で、照れたように泰彦は言った。「ちょっと寄っていかない？」

と屈託のない笑顔で言った。

寿士の恋愛を知ってしまったとき、自分も夫以外の男と恋愛をしてやれと、捨て鉢のように思ったことがある。しかし夫以外の男との恋愛というのは、ちづるにとって途方もなく分厚い壁の向こう側にあることだった。何かよほどのアクシデントか、よほどの強い感情か、よほどの決意がなければ越えられない壁があるとちづるは思っていた。そしてそのどれも、自分は持っていないことをちづるは認めざるを得なかった。

しかし実際に夫ではない男と寝てしまうと、そのことのかんたんさにちづるは呆気(あっけ)にとられたほどだった。

なんだこんなことだったの。こんなにかんたんなことだったの。漏れ聞こえてくるシャワーの音を聞きながら、キングサイズのベッドに横たわりちづるはちいさくつぶやいた。アクシデントも強い恋情も決意もなく、まして壁も存在せず、ひょいと足を踏み出すだけで向こう側にいってしまった気がした。数時間前より格段に体が軽くなった気が、ちづるはしていた。

あんたともっと仲良くなりたくなっちゃって。泰彦の、幼稚で率直な誘い文句を思い出してちづるはひとり口元をゆるめた。たしかに、それくらいかんたんなことなのかもしれない。私を閉じこめていたのは寿士ではなくて、私自身だったのだとちづるは思った。

ベッドの隅に投げ出された、脱ぎ捨てられた泰彦の衣類にちづるは目を移す。ズボンのポケットから携帯電話と財布が飛び出していた。ちづるはシャワーの音の絶えない風呂場にちらりと目をやると、そっと携帯電話を取りあげフラップを開いてみた。長方形の画面には、犬を抱いた女の子の写真が使われていた。中学生くらいだろうか。ちづるはあわててフラップを閉じ、携帯電話を元の場所にそっと戻した。

娘の写真らしいことは理解できた。そのことはちづるにとってさほどショックなことではなかった。まあ、そうだろうなとちづるは考えた。子どものような人だけれど、ごくふつうに家庭があって、ごくふつうに娘がいるんだろうな。たった一度寝たからといって、激しく恋をしてしまうような年齢ではなくなったことにちづるは気づき、そのことに安堵(あんど)した。

「あのさ、軽く飲んでいかない」風呂場のドアから顔をのぞかせて泰彦が言い、寝転がって天井を見上げていたちづるは起きあがり、「うん、いこう」と答えた。

麻友美が指定したのは四谷(よつや)にあるイタリア料理店だった。駅から徒歩十二分と、またしても不便な場所の地図をメールに添付してきた。プリントアウトした地図を見ながら、ちづるは静かな住宅街を歩く。まだ肌寒いが、ぴんと張りつめたような冷たさはなくなって、花のような土のようなやわらかなにおいが通りに漂っている。歩いていると、わけもなく笑い出したくなった。そんな気分で町を歩いていることが、ちづるにはなんだか誇らしく思えた。

住宅街にぽつりとあるレストランのドアを開けると、店内はほとんど満席だった。自分と似たような年格好の女性グループでテーブルは埋まっている。ウエイターに麻友美の名を告げると、たったひとつ空いたテーブルに案内された。まだだれもきていないテーブル席に座り、ちづるはぐるりと店内を見まわす。

メイン料理を分け合っている女性たち。ワインで顔を赤くして夢中でしゃべっている女性たち。声高にメニュウを読み上げながらデザートを品定めしている女性たち。隙のない化粧を施しよそゆきの格好をして、アクセサリーを光らせている。女は貪欲だな、とちづるはこっそり思う。おいしいものを食べたくて、楽しい時間を過ごしたくて、きれいなものを身につけたくて、一分一秒でも幸せだと実感していたい。自分の周囲に空洞があることを許さない。空洞は幸せの対極にあるから。ひとつでも空洞を見つけると躍起になって周囲を見まわし、そこを埋めるべきものを見つけてまっすぐに手をのばす。きっと彼女たちから見た私も、そんなふうなんだろう——。

ちょうど出入り口に目を移したとき、扉が開いて麻友美があらわれた。

「ちょっと聞いてよ、イッちゃんたら、ドタキャンなの」真っ赤なスプリングコートを脱ぎながら近づいてきて、席に着くなりそう言った。「イッちゃん、仕事がたいへんなんて言いながら、違うのよ、へんな男にだまされてんの、そうは言わないけどそうに決まってるの」

「麻友美、ともかく何か注文しようよ」

そのまま伊都子の事情について話し出しそうな勢いの麻友美をなだめ、ちづるはメニュウを手渡した。

「あ、ああ、そうね、ごめんごめん、ちーちゃん久しぶり」

とってつけたように言い、麻友美はメニュウを開く。開いたら開いたで、伊都子のことなど忘れてしまったかのように、リゾットもいいけど蟹のパスタもいいわよね、やんばる豚と真鯛だったらやっぱり豚かしら、と真剣に悩みはじめている。ちづるは半年以上前に会ったきりの伊都子をちらりと思い出した。母親のことについて切れ目なく話し、突然泣き出した伊都子。

「ああ、もう話したいことがありすぎて、何から話していいかわかんない」

注文がすむと、麻友美はテーブルに身を乗り出し訴えるように言う。

「イッちゃんのこと?」

「それもあるわよ。私、前にイッちゃんちにはじめて遊びにいったの。そりゃすごかったわよ。片づけられない女ってテレビの取材がきてもちっとも不思議じゃない部屋なのよ」

飲みものが運ばれてきても、前菜が運ばれてきても、声のトーンを落とさず麻友美は話し続けた。要約すれば、散らかった部屋に住む伊都子が、「恋人とうまくいっていない」と麻友美相手に漏らしたという話だった。

「せっかくだから、乾杯でもしようよ」麻友美の話が一段落つくのを待ってちづるは言った。麻友美が持ち上げるペリエのグラスにビールの入ったグラスを軽く合わせ、「とりあえず、食べながら話そう」ちづるは麻友美に笑いかけた。フォークとナイフを手にとって、なおも麻友美は、伊都子がどんなに「へん」であったかをとうとうと話し続けた。

たしかに、うちにきたときの伊都子もへんではあったとちづるは思い返す。だいたい、自分のことなどめったに口にしなかった伊都子が、こちらの気が滅入るくらい話し続けたのだ、自分と母親との確執について。

「それでさあ、麻友美はどうなったの、テレビがどうのって言ってたけど、結局ルナちゃんは出たの？」

ちづるは話題を変えた。伊都子のことは心配でもあったが、しかし本人がいないところで、あれこれと興味本位の憶測をしゃべりたくなかった。

「あーあ、もうやんなっちゃう」麻友美は鯵（あじ）のマリネを食べながら、呆れたような顔でちづるをにらむ。「人の話、ぜんぜん聞いてないんだから。テレビの話はルナじゃなくて私たちじゃないの。すげなく断ってくれちゃってさ。私とルナで出ますってプッシュしたんだけど、断られたわよ。恥ずかしいったら。それであの話はおじゃん。だれも真剣に私の話を聞いてくれないんだもん、ショックだったわ」前菜の皿をフォークでつつきまわしながら麻友美はぼやく。

「よかったじゃない、恥をさらさないで」ちづるが笑うと、

「何が恥なのよ、だいたいね……」真顔で食ってかかってきた麻友美は、そこで言葉を切り、「ま、いいわ、そのことは。人はみんな、持ってる記憶も違うし。価値観も違うし」と、ため息交じりに言うとフォークを置いた。

もし近況を訊かれたら、どこまでしゃべろうか。ちづるはそんなことを考えていた。個展のこと、ギャラリーのこと、中村泰彦のこと。すべてしゃべりたいような気もしたし、話すのはもったいないような気もした。それは去年のランチのとき感じた、何をど

う話せばいいのかわからない、という気持ちとは、微妙に異なっていた。もっとわくわくするような、甘やかな何かだった。

「私ね、考えをあらためたの」

しかし麻友美はちづるの近況を訊くことなく、空になった前菜の皿をわきへよけ、またも身を乗り出して自分の話をはじめた。「ルナをね、芸能人にするのはあきらめたわ。イッちゃんにも言われたの。あなたとルナちゃんはべつの人間なのよって。それで私めずらしく真剣に考えてね、そうだ、ルナは私と違って派手なことや目立つことが嫌いなんだから、ルナの好きなことを優先してあげようって決めたのよ」

パスタの皿が運ばれてくる。麻友美は器用に話し続けたままでフォークを手にとり、皿を見ずくるくると麵を巻きつけている。

「好きなことってのはなんなの」と訊くと、

「勉強よ。あの子勉強が好きなの。だから、コース変更して、有名小学校に入れてあげようと思って」得意げに小鼻をふくらませて麻友美は言い、思わずちづるは笑い出しそうになるのを懸命にこらえなければならなかった。

「今度はお受験、てわけ？」

「ちーちゃん、私、その言葉大ッ嫌い。だからルナのことではそういう言い方はしないでね」

「あのタレントスクールみたいなところはやめるの？」

「ううん。レッスンは減らすけど、籍だけは置いておこうと思って。いざというとき、どっちにでもいけるように」

麻友美は答え、つんとすましてパスタを食べる。伊都子がこの場にいなくてよかったとちづるは考えた。芸能人にするのも有名小学校に入れるのもおんなじであると伊都子は断じるだろうし、また母親の話をはじめて泣き出しかねない。麻友美がなんにもしゃべらずパスタを食べ続けているので、ちづるもそれにならって静かに食事をした。くるりと店内を見渡すと、あいかわらずテーブルはみな埋まっている。化粧をしお洒落をし笑顔で料理をつついている女たちが、さっきと同じままなのか、それとも入れ替わっているのか、ちづるには判断がつかなかった。白いテーブルクロス、反響する女たちの声、その隙間を縫うようなフォークとナイフの音、ちづるは自分の皿に目を戻しながら、ふと思った。幸せであること、幸せであり続けることとって、なんてしんどいんだろう。けれど次の瞬間、そんな自分の内なる言葉にちづるはひそかに驚きもした。

「ねえ、ちーちゃん」

パスタの皿が下げられると、麻友美はテーブルクロスのしわをのばしながら、ちいさくちづるの名を呼んだ。ちづるは顔を上げ麻友美を見る。麻友美はうつむき執拗(しつよう)にテーブルクロスをのばしながら、言う。

「私、もう興奮するようなことも、おもしろいようなことも、この先なんにもないと思ってたわ。淡々と生活して、ちいさなことで喜んだり怒ったりして、それで年をとっていくんだと思ってた。でも、違うかもしれないね。十代のころとは種類は違うけど、でもおもしろいことや興奮することはきっとこれからもあらわれてくるわね」

ちづるは、ほかのテーブルの女たちと同様にきちんと化粧をした麻友美を見た。子どもを芸能人にすると言ったり、お受験だと言い出したり、あいかわらずちづるにとって麻友美は理解の外にいるが、しかし彼女の言うことは自分の言葉のように理解できた。子育てと、だれにも頼まれていないイラスト。日々用意する三度の食事と、ひそかに進行し続ける夫の恋愛。自分たちが日々悩み、追われていることにはなんの接点もないが、しかしまったく同じことを思いながら暮らしているのだとちづるは思う。

「私もそう思う。本当にそう思う」ちづるはテーブルクロスを撫(な)でる麻友美の手を見つめてつぶやいた。

幼稚園のお迎えがあるからと、またしても麻友美があたふたと去ってしまったあとで、ちづるはのんびり駅へ向かう道を歩いた。母である麻友美と、だれかの恋人である伊都子を思い浮かべる。しかし実際思い浮かんだのは、伊豆高原のリゾートマンションで、ひまつぶしに歌をうたったり衣裳のデザイン画を描いていたときの自分たちの姿だった。あのころ、私たちはいったい何になりたかったんだろう。ちづるはそんなことを考える。陽に焼けた手足をフローリングに投げ出して、ひとときも休むことなくおしゃべりをして、どんなふうに未来の自分たちを思い描いていたんだろう。

三杯飲んだビールが心地よく残っている。民家の塀から驚くほど鮮やかな赤い梅が咲きこぼれている。陽焼けした三人の少女たちは消えていき、かわりに泰彦の顔が思い出される。梅の前で立ち止まり、ちづるは大きく深呼吸する。携帯電話を取り出して、アドレス帳から泰彦の名をさがしだす。今までちづるから連絡をしたことはなかった。今日、ひま？　と訊いてくるのはいつも泰彦だった。自分から交際相手に電話をかけるのはなんだか負けみたいだと、二十歳のころのちづるは思っていた。未だにそう思っているわけではないが、自分から電話をかけないかぎり、巻きこまれていないと思うことができた。何に巻きこまれていないのか、よくわからないにしても。

ちづるはちいさく笑って発信ボタンを押す。呼び出し音を聞きながら空を見上げる。薄い青空に、刷毛で描いたような雲が幾筋も並んでいた。

「ねえ、今日はひま？」

電話に出た声に向かってちづるは問いかける。

ラブホテルにはじめていったときには、ないように思えた壁の存在を、今ごろになってちづるは感じていた。自分から電話をかけたことで、その壁をよっこらしょと越えてしまった気がした。しかし越えてみればその壁は、やっぱり分厚くも高くもないのだった。

このあいだのように、ラブホテルにいってからどこかに飲みにいくか、あるいはどこかで軽く飲んでからラブホテルにいくかするのだろうとちづるは思っていたが、泰彦は立ち上がる気配もなく、コップの底に残った焼酎を飲み干すと、「おかわり」とカウンターの奥に向かって言った。立ち上がる機会を待ってハンドバッグを膝に置いていたちづるは、ちいさくため息をついて、カウンターの下の棚にそれを押しこむ。

「あんた、どうする」

そう訊かれ、もう飲みたくはなかったが、じゃあ私も、とちづるはちいさく言ってコップに口をつける。

「そういうことをさあ、考えないと、うまくないと思うんだよ。よくならないし、意味がない」

すっかり冷めたはずのおでんに辛子を塗りたくりながら、泰彦は先ほどの話に戻った。

ひまだと答えた泰彦は、待ち合わせに四ツ谷（よつや）の駅を指定した。夕方から開いている店があると言い、ちづるを伴って細い路地をくねくねと曲がった。店頭に赤提灯（あかちょうちん）を下げた居酒屋に入ったのが四時過ぎで、もう三時間以上が経過しているのに、泰彦は席を立とうとしない。

「だから、考えるわよ。個展が終わってからじゃ遅いって言うなら、個展がはじまるまでには考えるって、もう何度も言ったじゃない」

うんざりしながらちづるは答え、割烹着（かっぽうぎ）の女将（おかみ）さんが手渡すコップを受け取って、そっと口をつける。芋焼酎のこもったようなにおいが鼻を突く。

「それがよくないんだって。考えるなら今考えなよ。今決めなよ。考えながら描くものなんてよくないに決まってる。決めてから描けば、だんぜん違うはずなんだ」

絡んでいるようではないが、しかし有無を言わさぬ強い口調で泰彦はくりかえす。カウンターに座っていたちづるは泰彦に向きなおり、しげしげと泰彦の横顔を眺めた。この男がまじめなのかふまじめなのか、よくわからなくなった。

好きなように絵を描いて、それでどうしたいのか自分でもわからないと、はじめて泰彦と飲んだときにちづるは言った。泰彦はそれについて何も意見をしなかった。ギャラリーを貸し出すにあたっても、審査のようなものは何もないと言っていた。要するに、そういう人なんだろうとちづるは了解していた。人が創る何かが好きで、それに関わる場所を提供し、それを芸術と呼ぶつもりもなく、かといって商売にするつもりもなく、好きなものを好きなように眺め、手に入れ、そういうことをただ楽しんでいるような人。場所を貸してくれる人がそういう人であることに、だからちづるは安堵していたのだった。

しかし今日、居酒屋のカウンターに腰を落ち着けた泰彦は、まずビールとおでんを頼み、ビールに口をつける前からちづるに向かって、「何がやりたいのか決めないと絵が混沌としたまんまだよ」と言い出した。

「だからこの前言ったように……」言いかけたちづるを遮って、泰彦はめずらしく長々としゃべった。

「個展が終わってからわかったんじゃ遅いと思うんだよねえ。これから描くわけでしょ、ありものばかりを飾るんじゃなくて。だったらさあ、方向性を決めて描いたほうが絶対いいよ。こないだ見せてもらったファイルは、デジタル処理したものが多かったけど、次のもデジタルにするわけ？　その理由は何？　かんたんだからとか、時間の短縮とかじゃなくて、デジタルを使わなきゃいけない理由を見つけないとだめよ。ボールペン、ダーマト、パステル、全部試した？　ところどころアクリルを使ってたけど、あれはなんでなの？　そういうの、考えてる？　たとえばさ、広告で使ってほしいのか、エディトリアルでいってみたいのか、それとも絵本なんかを目指したいのか、漠然とでいいから決めてみたら？　そういうの決めていかないと、素材だって決めかねる。それで結果、なんていうかチラシの裏に描いたようなさ、漠然としたものになっちゃうわけなんだから」

押しつけがましい言い方ではなかったし、説教くさいわけでも非難がましいわけでもなく、どちらかといえば親身な口調で泰彦は言うのだったが、言葉のひとつひとつがちづるをちいさく傷つけた。早くこの場を抜け出して、どんな部屋のどんな寝具の上でもいいから、今すぐ抱き合いたいのに、と思った。こんな話を延々聞くために、壁をひょいと乗り越えたわけではないのだ。ちづるは前のようにはぐらかしたり、あるいは茶化したりしてみたのだが、今回の泰彦はおだやかながら執拗に、方向性を決めろと言い続けている。三時間も。

ひょっとしたらこの人、ちゃらんぽらんに見えて、じつは面倒な人だったりするのかも。内心でちづるはそう思いはじめている。時計を確認する。七時半をまわったところだ。隣で何か話し続けている泰彦を無視して、「焼売（シューマイ）と、焼きおにぎりください」ちづるはカウンターの内側にいる女将さんに向かって言った。

「あ、焼売、いいね、食べたかったな、おれも」と顔をほころばせた泰彦が、ようやくいつもの泰彦に戻ったように感じられて、

「このあと、どうしようか」ちづるはほっとして言ってみたのだが、しかし返答はちづるの期待していたものではなかった。

「とにかくあんたが方向性を決めるまで、今日はここを動かない」と、泰彦は言った。

「なんでよ。審査はないって言ったじゃない。チラシの裏に描いたような絵でも、あなたはただレンタル料を受け取ればいいだけの話でしょう」

落胆のあまり、ちづるはとげとげしい口調で言った。

「そら、そうだけど」泰彦はうたうような口ぶりで言い、焼酎の入ったコップに口をつけ、ずずっと音をさせてすすり、「そらそうだけど、一回こっきりかもしれない個展をどうせやるんだったら、納得したものをやったほうがいいじゃない」そんなことをさらりと言い、そうしてさらに「おれがこうしてやいやい言わないと、ちーちゃん、なあんにも考えようとしないからさ」とつけ足した。

かっと耳が熱くなるのをちづるは感じる。自分の心の隅々まで、見透かされている気がした。泰彦がさっきから言っているのは、自分の絵のことではないように思えた。生活の隅々、夫との関係の隅々、自分というものの隅々に、言及されている気がした。考えることを、決定することを、解決することを放棄して、その場にうずくまり、考えることといったら隣に座る中年男と抱き合うことだけ。そんなふうに指摘された気が、ちづるはしていた。

「よく知りもしないくせに」ちづるは壁を張り巡らせるようにカウンターに肘をつき、焼酎のコップをのぞきこんで吐き捨てるように言った。「私のことなんか、知りもしないくせに」

「知りもしないから言えるのよ、知りもしないから関わりたいと思うわけだもん」

泰彦は軽い調子で言って、焼売を運んできた女将さんに、「おかわり」と、コップを持ち上げてみせた。

居酒屋は狭く、騒々しく、煙草の煙が充満していた。白木のカウンターは汚れて黄ばみ、ところどころにビール瓶のまるい跡や、醤油じみがついていた。右隣の男はくちゃくちゃとちづるに届くほどの咀嚼（そしゃく）音を出しており、背後のテーブルに陣取った若者たちはねじがいかれたような笑い声をあげ続けていた。目の前には、濁ったコップに半分ほど入った芋焼酎と、半分残ったおでんのちくわと、辛子と醬油にまみれた焼売と、てかてか光る焼きおにぎりと、泰彦の吸い殻で満ちた灰皿があった。

そんななかで、ちづるは目を閉じ、賢明に考えようとした。何がやりたいか。新藤ほのかと夫のことはとりあえずいい、自分と夫の未来についてもとりあえずいい、ほかのことは何ひとつ決めなくていい、考えなくていい、ただ今、絵を描くことでどうしたいのか考えよう。それだけ考えよう。泰彦の問いに答えるべきことだけ考えよう。今でなければ、泰彦の言う通り、私は何も考えず、何も決めないだろうから。

目を閉じてみると、妙に気持ちがしんとした。そのしんとした気持ちのなかに、ぽつんとひとつ問いが広がった。

私はいつからこんなふうになんにも考えなくなったんだろう。

ひとつひとつ、考えて決めてきたつもりだった。コンテストに出ようと思ったのも、タレント事務所と契約を交わしたのも、バンドをやめようと決意したのも、大学に進んだのも、いくつかの仕事をしたのも結婚をしたのも、すべて、選択肢をいくつも並べて考え、そのなかから最良のものを選び取ってきたつもりだった。自分の意思で。しかし今、考えろ、決めろと泰彦に詰め寄られていると、自分で考えて決めたことなど何ひとつないように思えた。

浮き輪にのって漂っているような気がすると、いつだったか麻友美が言っていたことをちづるは思い出す。何かが起きて、乗り越えるのも、方向を変えるのも、浮き輪まかせの毎日っていうかさ。

出張と嘘をついて寿士が外泊した日、ギャラリーを訪ね歩いていたちづるは、解放された気分を味わっていた。自分で考え、選び取るために手をのばしている興奮と快感があった。けれど今、この狭く騒々しい居酒屋で、どういうわけだかその気分は霧散していた。個展をするという、自身にしてみれば大それた決断も、浮き輪にのって波をひとつ乗り越えたようにしか思えなかった。

「なんなんだろうね」

カウンターに肘をついたまま、ぽつりとちづるは言った。

「いったい何をどうしたら、自分の腕でがしがしと泳いでいるような気がするんだろうね」

そうつぶやいて、隣の泰彦をちらりと見ると、泰彦は泣き出しそうな子どものような顔でじっとちづるを見ていた。なぜそんな顔をしているんだろうと、酔った頭でちづるはぼんやり考え、泰彦に向かって笑いかけてみた。泰彦も笑みを作ったが、しかしその笑顔はますます泣きそうな表情になった。

台所にいき、冷蔵庫から白ワインを取り出したちづるは、少し迷って、結局それを元に戻し、部屋に戻った。閉めたドアの前に立ってちづるは部屋じゅうを眺めまわし、それから窓辺の机に近づいて、雑然とした机を黙々と片づけはじめる。

何がしたいか。自分は何がしたいのか。

何もしたくない、ただ絵を描いていたい。

ちづるは胸の内で自問自答し、しかしすぐに、その答えは嘘であると気づく。何もしたくないのならば絵など描かないだろうし、ただ絵を描くだけでいいのならばギャラリーなど借りなかっただろう。

では何がしたいのか。絵を描くことで何をしたいのか。

散らばった筆記具をペンたてに戻し、必要なメモとそうでないものを仕分けし不必要なものは捨て、クリーニングの伝票や住民税の支払い通知はまとめてクリップでとめ、積んである雑誌は床に移し、一心不乱に机の上を片づけながら、ちづるは自分に問い続ける。

自分にまで馬鹿にされたくなかったのだと、見知らぬ町を歩きながら考えた。でもきっと、それだけではない。何がしたいのか、の答えは、そのずっと奥にある。ずっと奥にある本音はなんなの。本当のところ私は何がしたいの。

もので覆われた机の上にぽっかりとしたスペースが広がるころ、ぽとんと雨粒が落ちてくるように、心の内に本音がしたたった。

夫を見返したいのだ。自分にしかできないことをやって、有名になるのでもいい、ひとりで暮らせるだけのお金を稼ぐのでもいい、なんでもいい、きみってすごいんだねと夫に言われたい、敵(かな)わないと思わせたい、尊敬させたい。夫に尊敬されるような女であれば、私が私自身を馬鹿にすることもないのだから。

それが本音だった。何ものっていない机の上を眺め、ちづるはちいさくふきだした。何がしたいって、そんなことがしたいのだ。あの、なんでもない夫からの賞賛と尊敬。認めたくなくて自分自身にもずっとはぐらかしてきたけれど、本当のところ、自分がほしいのはそんなものだけなのだ。だから、何をしたいかが決められない。駅貼りのポスターに自分のイラストが大々的に使われるのでも、自分の名が印刷された絵本が出版されるのでも、有名作家の単行本の表紙を飾るのでも、なんでもいいのである。すごいね、と夫が言うのであれば。絵を描く目的はなんであるのかという泰彦の問いに、答えることができなかったわけだ。私って、私ってなんて、ちっぽけでいやらしい人間なんだろう。

「でも、それならそれでいいわ」笑いがおさまると、何ものっていない机を手のひらで撫で、ちづるはひとりつぶやいてみた。「そんだけなら、そんだけの絵を描けばいい」ちっぽけでいやったらしい自分が、いちばん身近な人間に、何ものでもない平凡なひとりの男に、認められたい、見返したいと渇望する、それっぽっちの絵を描けばいい。

　ちづるは椅子を引いて座り、大きく深呼吸をし、指先をペンたての上に踊るように這わせた。色鉛筆を抜き取ろうとして元に戻し、太いマーカーに触れてまたそこから離れ、ちびて先端だけ出しているチャコールペンシルを抜き出した。さっき片づけたばかりの大判のスケッチブックを開き、それに覆いかぶさるようにして線を引きはじめた。何を描こうという明確な意思がないまま線を引くうち、ちづるはどこかから自分をじっと見ている幾多の目に気づいた。それらは、かつて泰彦とともに訪れた写真展で、フレームのなかからこちらを見ていた若者たちの目だった。顔じゅうにピアスを開けていたり、肩にタトゥーを入れた若者たち。生々しく切実な彼らが、夫を見返すために絵を描こうとしている年上の女をじっと見つめている。ちづるにはそんなふうに思えた。彼らが持っているであろうつまらない悩みや不安、それはそのまま自分の内にある。それは錯覚ではなくて、実際にあるのだと、ちづるは知る。今も、たぶんあと五つ、十と年を重ねても。

スケッチブックいっぱいに、ちづるは人の顔を描いた。あの写真のように、じっとこちらを見るだれかの顔を描き続けた。彼らが写真のなかから訴えかけていた、ちっぽけな不安や怒りやかなしみや喜びを、スケッチブックに次第にあらわれつつある、見知らぬだれかに宿すように描き続けた。

耳鳴りがし、それを疎ましく思いながらチャコールペンシルを動かしていたちづるは、はたと顔を上げた。ずっと耳鳴りだと思っていた音は、電話の音だった。ちづるは顔を上げたまま、ぼんやりと鳴り響く電話の音を聞いていた。窓の外、橙（だいだい）の色を投げかけるようにして、ビルの向こうに陽が隠れている。電線にとまっていた雀（すずめ）がまるで知人のようにじっとちづるを見ている。電話の音はやみ、ちづるはもう一度スケッチブックに顔を戻す。椅子の上に膝をたて、机に広げていたスケッチブックを膝にのせ、もう一度描きはじめたとき、また電話が鳴り出した。

ちづるは立ち上がり、棚に置いてある子機を持ち上げ耳にあてる。井出です、と名乗るより先に、

「ちーちゃん？」

聞こえてきたのは泣き出しそうな伊都子の声だった。

「ああ、イッちゃんね」

そう答えながら、うんざりしていることにちづるは気づく。麻友美の話によれば「恋人とうまくいっていない」「ちょっとへん」である伊都子が、恋愛の悩みか愚痴を言うために電話をかけてきたのだととっさに思ったのだった。伊都子の抱えている恋愛事情にちづるは興味が持てなかったし、そんなことより描きかけの絵を早く仕上げてしまいたかった。そうして、そう思っている自分にちづるは驚く。私ってそんなに冷淡な人間だったっけ。泣きそうな声を出している友だちにうんざりしてしまうような。

「どうかした？」

あわててちづるは言った。そんな人間ではないはずだと主張するように。

えへへ、と聞こえる声で笑ってから、電話口で大きく息を吸い、

「ちーちゃんのおかあさまは元気？」

と伊都子は言った。ずいぶん陽気な声に聞こえたので、さっき泣き出しそうに思えたのは気のせいだったのかとちづるは思う。

「なあに、それ」何を訊かれたのかわからなかった。

「ちーちゃんのおかあさまは元気かって訊いたのよ。ほら、あの、ケーキを作るのがうまいおかあさま。サンドイッチもおいしかったわね」

「何、うちの母に何か用があった？　このところぜんぜん連絡してないけど……」

いぶかしみながらちづるは再度訊く。電話口の向こうで伊都子は黙る。部屋はしんと静まり返る。やがて、泣き出すのをこらえるときにかならずそうなるような、しゃっくりに似た音が聞こえてきて、「ちーちゃん、私のママ、死んじゃうらしいわ」やはり泣くのをせきとめているらしい震え声がそう言った。

「え、何？　何があったの？　どうしたの」

「ママが死んじゃうのよ。信じられないけど、そうなのよ」

そう言うと、今度はもう我慢せずに、伊都子は電話口の向こうで泣き出した。何があったのかとちづるがくりかえし訊いても、返ってくるのは泣きじゃくる声ばかりだった。遊園地で迷子になった子どものような、頼りなげなのにやけに強い泣き声を、ぽかんとしてちづるは聞いた。

第五章

写真集の出版が決まったのは、今年に入ってすぐのことだった。実際のところ、写真集ではなかった。二十歳の女性タレントが出す詩集に、伊都子の写真がのるというだけだった。しかし恭市ほどには伊都子はがっかりしていなかった。女性タレントの詩はひどかったし、詩集のタイトル「ラブ！　ラブラブ!!」もどうかとは思う。そもそも、自分の写真と言葉で本を出版する、という予定とは大幅にずれているわけだが、伊都子は恭市とともに仕事ができるだけでよかった。さらに、思い通りの仕事にもっていけなかったことに恭市が負い目を感じているらしいことが、伊都子にはどことなくうれしかった。ことあるごとに、「伊都子の本当の才能はこんなものじゃない」「わかっていないやつらが多すぎる」などと、伊都子を褒めるようなことばかり恭市は口にし、それが伊都子には心地よかった。恭市だけがわかってくれていればいいとすら思った。

一月は毎日のように恭市と出版社に赴き打ち合わせをした。タレントの詩に合わせてありものの写真を選んでいく。編集者と三人で額をつきあわせて詩を読み、どの写真が合うかあれこれ言葉を交わし合う。出版社から帰るとき、ほぼ毎日のように恭市は伊都子の部屋にきて、そして数時間前まで真剣な顔で読んでいた詩を諳(そら)んじては、馬鹿笑いした。伊都子も笑った。

伊都子はマンションの一室、廊下に面した窓があるきりの部屋を暗室に改造し、掲載写真が決まるとプリントをくりかえした。きてほしいと言えば恭市はきてくれた。出版が決まってから、恭市は編集者というよりマネージャーか何かのように伊都子に寄り添ってくれている。幸せだった。恭市が結婚していたこと、子どもまでいたことなんて、本当にどうでもいいことに思えた。彼と時間を共有しているのは、彼と共同作業をしているのは、彼の妻でも子どもでもなく、自分なのだ。十二時前に恭市が帰ってしまっても、子どもに戻ったような心細さを伊都子は感じずにすんだ。

二月に入っても伊都子の幸福は続いた。恭市とともに印刷所に赴き、色合いを確認し、刷りなおしを検討していく。だんだん恭市の機嫌が悪くなっていくのがわかった。写真選びの優先権は向こうにあり、写真集としてはまったく統一性がない上、印刷の段階になってもこちらの意見がほとんど通らないからである。赤がきつすぎる、全体的に色が鈍ってしまっている、細かいところがつぶれている、印刷されたページを見て恭市は熱心にクレームをつけていくのだが、そのほとんどは編集者によって無視された。「詩、ありきですから」と編集者は、遠慮がちに、しかし決まり文句のように言った。名のある写真家というわけではない伊都子の写真を熱心に見る人などいない、この本での写真はハンバーグに添えられた人参グラッセほどの意味もない、色合いを調整するためによけいな経費をかけることもない。慇懃な態度の裏に、編集者がそう言いたげなのはありありとわかった。

それで、打ち合わせのあとは、恭市は必ず伊都子を飲みに誘った。あるいは伊都子の部屋で飲んだ。楽しい酒ではなかった。飲んでいるあいだ恭市は愚痴を言いどおしだったし、この仕事に興味を失いかけているのが伊都子には理解できた。それでも幸せだった。恭市が隣に座っていることは幸せだった。

少し前までは停滞していた部屋の空気が、規則正しくまわりはじめたのを感じて伊都子は安心する。麻友美が呆れた部屋のなかは今やきちんと片づいている。大根おろし器は台所の棚に、ストッキングは脱衣所の引き出しに、ベッドのシーツは二日に一度取り替えられている。恭市がいつ訪ねてきても平気なように。

つまり恭市は私にとっての秩序なのだと伊都子は思った。恭市と出会う以前のことを伊都子は思い出そうとしてみた。そのころの自分には何が秩序であったのか。ああ——

苦々しい気分で伊都子は思い出した――ああ、母だ。母が長いこと私の秩序であったのだ。いや、母が自分の秩序であると思いこまされていたのだ。恭市と出会って、私はようやく母の世界から抜け出したのであり、自分だけの秩序を持って自分の世界を得たのだと伊都子は結論を出し、安心する。

そして、幸福だと感じれば感じるほど、伊都子は不安を覚える。まるで、陽の高い時間にできる影がいっそう濃いように。

この仕事が終わってしまったら、私たちの関係はどうなるのだろう。恭市は元来の仕事――草部伊都子の写真集に向けて、まだ動いてくれるのだろうか。ともに出版社を歩いてくれるのだろうか。今のように毎日会ってくれるのだろうか。

予定では、三月の半ばごろには、作業はすべて伊都子の手を離れる。あとは四月の出版を待つばかりである。

恭市は洗面所で髪を乾かしている。ぶいーん、というドライヤーの音が遠く聞こえてくる。飲み残したワインとグラスを片づけながら、伊都子は口にすべき質問を舌の上に転がす。この仕事終えたら、どうなるのかな。私、どうすればいいのかな。髪を乾かした恭市が戻ってきたら訊こう、と思いつつ、しかし本当に訊きたいのはそんなことではないと伊都子は気づく。

「ああ、悪い、おれ洗おうか」

戻ってきた恭市は、カウンター越しにキッチンをのぞく。

「いい、いい。グラスだけだし」

結局伊都子は、舌にさんざん転がした表面的な質問も本質的な質問も、錠剤をそうするようにのみくだしてしまう。

「もう十二時になるから、早く帰ったほうがいいんじゃない？　終電、なくなるよ」

伊都子は笑みを作って、いやみにならないよう慎重に、言う。

「ああ、そうだな、明日、一時だよな」

「ならお昼いっしょに食べる？　十一時半に赤坂で待ち合わせして、ごはん食べて出版社にいけばちょうどいいんじゃない」

「うん、じゃあそうしよう」恭市は鞄を手にし、さっと腕時計に目を走らせる。「なんか毎日毎食いっしょに食ってるな」笑って言いながら、玄関に向かう。グラスを洗っていた伊都子は、手を拭きながらあとを追う。

「ずっとこういうのが続けばいいのにね」

廊下を進む恭市にそっと言ってみるが、聞こえなかったのか、それとも聞こえないふりをしているのか、恭市から返事はない。

「下まで送ってく」

「いい、いい。ここで。明日も会うんだし」玄関先で恭市は言い、伊都子を抱きしめる。

「そうだね、明日も会うんだもんね」伊都子は恭市の肩に首をのせ、つぶやく。

ドアが開き、手をふる恭市の笑顔が、ふたたび閉まるドアで消される。閉められたばかりのドアを見つめ、伊都子はその場に立ち尽くす。毎晩日をまたいで帰る夫を、妻はどんな顔で迎えるんだろう、とそんなことを考えかけ、あわてて伊都子は寝室に戻る。よれた布団をどけ、シーツをはいで洗濯機へと運ぶ。よけいなことは考えないと決めた。目に見えるものしか信じないと決めた。見ないなら、それは存在しない。恭市の妻も子どもも家庭も存在しない。私の秩序だった世界には存在しない。伊都子はそう決めたのである。

作業が手を離れたあとの恭市との関係に伊都子は不安を抱いていたが、しかしそれより先に、伊都子自身の生活に否応なく変化が訪れた。

母親の芙巳子と長いつきあいである編集者、守谷珠美から携帯に電話がかかってきたのは、例のごとく出版社からの帰り道、恭市と赤坂の居酒屋で飲んでいたときだった。

「ああ、珠美さん」言いながら、伊都子はサラリーマンで混雑する店を出た。店の外の歩道で、背を丸め片耳をおさえ、携帯電話から流れるくぐもった声を聞き取ろうとする。

「え？　よく聞こえないんですけど」自然に大きな声になって訊くと、

「あのねえ、イッちゃん。芙巳ちゃん、ちょっと入院することになるかもしれない」珠美の大声が返ってきた。

「入院？　いつ？　どこか具合が……」伊都子の声を遮って、

「ちょっとまずいことになるかもしれない」またもや大声で珠美は言った。

それきり珠美は黙ってしまうので、その短い沈黙のなかで、伊都子は考えを巡らせた。珠美はものごとを大げさに言う癖がある。しかも去年会ったとき、芙巳子とあまり連絡をとらない私を、軽く責めるようなことを言っていた。きっと、もっと母親の面倒を見ろと説教するつもりなんだろう。伊都子はそう推測し、言った。

「あの、あとでかけなおしてもいいですか？　ちょっと今打ち合わせ中で……三十分か、一時間後にかけなおします」

「癌よ、芙巳ちゃん」

苛立たしげな声で、珠美は言った。「あなたのおかあさん、癌なのよ」聞こえていないと思ったのか、わざわざ声をはりあげるようにして珠美は言った。

「え」

伊都子はつぶやいてその場に立ち尽くした。何をどう考えたらいいのかさっぱりわからなかった。歩道を、着飾った若い女の子たちが通りすぎていく。甘い香りが鼻先をかすめてすぐ消える。

「ものがうまく飲みこめないってのは、ずっと言ってたの。病院にいけって私何度も言ったんだけど、ほら、彼女も連載があるし、夏に出版する翻訳物の予定もあるから、あとまわしにしてたんだけど、このところ吐くようになっちゃって、それで私、無理矢理連れてったのよ、検査に」

珠美は勢いこんで話した。電柱の上に飾られた、ビニールの花を見上げて伊都子は珠美の声を聞いた。しかし言葉のひとつひとつはまるで意味を持たず、乾いた砂のようにさらさらと耳元をかすっていく。

「そうしたら、イッちゃん」珠美はそこで言葉を切る。息をひそめて続きを待つ伊都子の耳に、ふえふえと頼りない呼吸が聞こえてきた。珠美は泣いているらしいと気づくのに、しばらくかかった。「そうしたらイッちゃん、胃癌だっていうじゃないの……」珠美はしぼりだすような声で言い、ふえふえとまた泣いた。ふえふえは大きくなり、しゃくりあげるような声が手のひらのなかの電話から聞こえてくる。

何か言わなければと思うものの、言葉が出てこない。何ひとつ出てこない。

「でもねイッちゃん」しばらく泣いたあとで、まるで泣いたのが伊都子であるかのように、なぐさめる口調で珠美は続ける。「詳しい検査をしないとまだなんとも言えないんだから。手術ですむことだってあるし、もしかしたら良性の腫瘍ってこともあり得る。だから気を落とすようなことじゃないの。ごめんね、私動揺しちゃって。だって不死身みたいな人じゃないの、芙巳ちゃんて人は」

「あの、私はどうすれば……」やっと言葉が出て、そのことに伊都子は、自分でも驚くほど安堵する。

「今、ベッドが空くのを待ってる状態なの。できるだけ最優先で入れることにはなってるんだけど、一週間はかかるかもしれない。それで、私もほら、仕事があるからね、すっ飛んではいけないし、芙巳ちゃんも私よりはイッちゃんのほうが安心すると思うんだ。でもあの人、心配かけることないってあなたに連絡しないつもりなの。だからイッちゃんから連絡をして、入院が決まったらいっしょにいってあげてほしいの。もし時間があるんだったらちょっと会って様子を見るとか、そういう……」

たしかに動揺しているのだろう、やけにしっかりした口調で話していると思ったら、またもやふえふえと珠美は湿った呼吸をする。

「あの、母は、知ってるんですか？　その……」

「癌だってこと？　知ってる。今、お医者さんってなんでもずけずけ言うのねえ。ステージはまだわからないけれどおそらく癌であると思われるって、本人の前で言うんだもの」

「わかりました。あの、いろいろ、すみませんでした」

「すまなくなんかないんだけど、とりあえず、本人に会ってやって。私の前ではいつも通りだし、気落ちなんかしてないふうを装ってるけど、本当のところは不安だと思うんだ」

「ありがとうございました。明日にでも連絡してみます」

まだ珠美は何か話したそうだったが、伊都子はそう言って電話を切った。

携帯電話のフラップを閉じ顔を上げた伊都子は、目を大きく見開き、息を詰めて周囲を見渡した。夜の赤坂の、飲み屋の並ぶ明るい通りが、ぐにゃりと歪（ゆが）んで異世界に見えたのだ。向かいの店の赤提灯（あかちょうちん）、メニュウの書かれた看板、花屋に並ぶ色とりどりの花、生ぬるい空気、行き交う女性たち、男性たち。みな不思議に遠く、歪み、はらはらとほぐれて次の瞬間消滅してしまいそうだった。伊都子は数回瞬（まばた）きして深呼吸をし、その場に立ったままぐるりと周囲を見渡す。なんだ、いつもとおんなじ、いつもの夜、いつもの赤坂じゃないの。言い聞かせるように胸の内でつぶやいて、店内へと戻る。

「どうかした？」

テーブルの向かいに座る恭市が訊く。

「ううん、なんでもない」

伊都子は笑顔で答え、半分ほど残ったビールに口をつけた。なんの味もしなかった。

店は混んでいて、にぎやかだった。あちこちから笑い声が起こり、その隙間からはみ出すように流行歌が聞こえる。紺色のエプロンをつけた女将さんが、両手に皿を持って狭い通路を行き来している。伊都子はテーブルに目を落とし、そこに並んだ食べかけの料理を見る。馬刺は毒々しい赤で、筍の煮物はやけにどぎつい茶色に見える。

「もっと何か、頼む？」

恭市は品書きを差し出しながら、訊く。伊都子は品書きを受け取り、手書きの文字を目で追うが、単語が意味を持って頭に入ってこない。もずくってなんだっけ。とりわさってなんだっけ。伊都子は懸命に、単語の意味を取り戻そうとする。

「それで交換条件として出た写真展のことなんだけど、あれ、どう思う？　結局タレントの握手会みたいなことだろ、あいつが言ってんのって。それでもやる意味はあるのかなとおれは思うけど、きみはどう？　いやならはっきりいやだって言えばいいんだし、なんたってきみはクリエイターなわけだから、へんな譲歩はしなくていいとおれは思うんだよね」

恭市は先ほどの話の続きをはじめる。伊都子は品書きから顔を上げ、向かいに座る男の顔に目を向けるが、うまく焦点が合わない。世界の秩序である男の顔が、薄ぼんやりとにじんで見える。ねえ、どう？　と訊かれ、伊都子は正面から恭市を見据える。

「ねえ、恭ちゃん」自分の声が遠くから聞こえた。「癌って死んじゃうの？」伊都子は言った。

「はあ？」恭市は話のつながりがわからないらしく、眉間にしわを寄せる。

「あのね、癌になった人はみんな死んじゃうの？」

「なんのこと？」話の腰を折られたと気づき、恭市は不機嫌そうな顔になる。

「癌になったら人は死ぬのかどうなのかが知りたいの」いつもだったら、恭市の不機嫌を察して話を元に戻す伊都子だが、譲らなかった。写真展とか写真集とか、そんなものはどうでもよかった。あるいは、恭市の機嫌など、どうでもよかった。

「死ぬとはかぎらないんじゃないの」恭市はさほど興味なさそうに、しかし答えた。

「知り合い、五年前に手術して、まだ生きてるし」

「知り合いってだれ？　どこの癌だったの？　どんな手術なの？　手術して助かるってことは、ふつうのことなの？　それともめずらしいこと？」

勢いこんで伊都子は訊いていた。恭市は驚いて伊都子を見ている。気圧されたかのように重々しい表情になり、慎重に言葉を選んで答える。

「めずらしいことではないと思うよ。癌だったけど克服したとか、余命一年って言われたけど五年も生きてるとか、手記であるじゃん。程度によるんだよ、程度に」

恭市の言葉を聞きながら、なんだか小学生の会話みたいだと伊都子は思う。これまで自分に、病や死というものがずっと遠い存在であったように、恭市にとってもそうだったんだろうと思った。

「そうだよね、みんながみんな、死ぬわけじゃないよね」

伊都子は言い、生ぬるいだけで味のしないビールを一気にあおった。

「何、なんかあった？　だれか癌になったとか？」

恭市が訊くが、伊都子はそれには答えず、通りかかった女将さんに、

「焼酎、お湯割りでください」

笑顔で言った。恭市はそれに続けて、料理を何品か頼んでいる。

みんながみんな死ぬわけではない。あの不死身のような人にたいそうなことがあるわけではない。恭市の言葉と珠美の言葉をごっちゃにして胸の内でくりかえすが、何かざわざわと落ち着かない。母が癌であるらしい、ということを、どのように受け止めてい

いのか、伊都子にはわからなかった。疎ましく思っていたのは事実だし、自分の目の前からいなくなってしまえばいいと思ったのも一度や二度ではない。けれど、でも、だからといって――。

「ええと、それでなんの話だったっけ。ああそうだ、写真展。しかし今回はひどい話だったよなあ。はめられたって言っても過言じゃないよ。詩人の詩集ならともかく、『貝殻に耳をあてて　思い出す人魚だったころ』だもんなあ」

恭市はタレントが書いた詩を諳じてみせる。伊都子は笑う。おかしくて笑うのではなく、それが二人のあいだの決まりごとになっているから笑う。この一カ月、恭市と伊都子は、くりかえしタレントの詩を読んで笑い転げた。二人で歩いているときも、ふと伊都子が詩の一部を諳じて、恭市が笑いながらあとを続ける、というようなことをゲームのようにやっていた。タレントの言葉は稚拙で、手垢にまみれていて、浮ついていて、無個性で、大げさで、ときに支離滅裂だった。そのことを今、伊都子は心底うらやましく思っていた。自分にもそんなころがあった。稚拙で、手垢まみれで浮ついていて無個性で大げさで、そんなことに気づかず自分を無敵だと思っていた時期があった。ちづると麻友美、三人でいっしょにいればこわいものなど何もないと信じられたころが。

「『私を愛していると　何度も言った　あなたのやさしいその声』」

決まりごとにならって伊都子は詩の続きを諳じてみせた。

「まる覚えだよな、おれたち」

恭市はそう言って笑い転げた。ほら、大丈夫だ、と伊都子は思う。なんにも変わらない。私たちも変わらないし、母もきっと変わらない。見えないものは存在しない。私の秩序を乱すものは私の世界に存在しない。伊都子もいつものように笑ってみるが、しかし向かいにいる恭市の笑い声が、ほかの客の笑い声に混じり、どれが恭市の声でどれが見知らぬ男のものなのか、どんどんわからなくなる。


編集者である珠美から電話を受けたあとも、伊都子はなかなか母に連絡をとれないでいた。電話をすることも、マンションを訪ねることもしなかった。こわかったのである。珠美の電話ができれば夢のなかのできごとであってほしいと、そんな子どもじみたことを伊都子は考えていた。

伊都子から連絡をとる前に、芙巳子から伊都子に電話がかかってきたのは、三月の二週目だった。電話の音で目覚めた伊都子は、ベッドサイドに腰かけて、橙(だいだい)色(いろ)に光りながら鳴る電話の子機を慎重に耳にあてた。

「あなた、今日ひま?」

朝の七時過ぎに電話をかけてきた芙巳子は、伊都子が出るなり居丈高に言う。

「午後から用があるけど……」

「じゃあ、午前中はひま？　ちょっときてほしいんだけど」

「どうしたの」何気なさを装って伊都子は言った。部屋はまだ暗く、寒かった。

「荷物を運んでほしいのよ」

「荷物を？　どこかにいくの」ベッドが空いて、今日入院するのだと伊都子は思った。けれどやっぱり、何も知らないふりをして、わざと不機嫌そうな声を出した。

「あとで話す。とにかくきてよ。なるべく早く」

いつもとまったく変わらない命令口調で言って、芙巳子は電話を切った。

ベッドから出、歯を磨き顔を洗い、着替えてかんたんに化粧をする。ふだんと変わらないことを機械的にしているだけなのに、伊都子は歯ブラシを落とし、コンパクトを落とした。出がけにもう一度鏡と向き合い、伊都子は両手で軽く自分の頬を叩く。両手はやけに冷たかった。

芙巳子のマンションに着いたのは、八時数分前だった。玄関の戸を開けた芙巳子は、数カ月前に見たときよりもずいぶん痩せたように思えた。いや、きっとそんな気がするだけだと言い聞かせ、

「なんなのよ、こんな早くから」文句を言いながら伊都子は部屋に入る。

いつも雑然と散らかっているリビングもダイニングも、驚くほどきれいに片づいていた。そればかりでなく、どこもかしこも磨きこまれて、モデルルームのように清潔だった。芙巳子が掃除などするわけがないのだから、業者に頼んだのか、それとも珠美たちに頼んだのか。どちらにしても、痩せたように思える芙巳子の姿より、片づけられた部屋のほうに、伊都子はよりショックを受けた。

リビングの隅に、旅行用のスーツケースとボストンバッグ二つが置いてある。

「これを、運んでほしいんだけど」

そう言う芙巳子をよくよく見れば、まるで旅行に出向くかのような、花柄のツーピースを着てつばの浅い帽子をかぶっている。

「だから、どこに」

「病院よ。入院するの」芙巳子はようやく言った。

「入院するのにこんな荷物が必要なの？」

「九時前には着きたいの。タクシー呼んでくれる」芙巳子は言い、点検するように部屋を歩きまわる。

「タクシー、呼ぶより下にいって停めたほうが早いと思うわよ」

「じゃ、運んで」芙巳子は言い捨て、コートを羽織るとちいさなハンドバッグひとつ持って「鍵も締めた。ガスも締めた。ストーブも消した。留守電もセットした」口に出して確認し、玄関へ続く廊下を進む。

スーツケースとボストンバッグを運びながら、急にあふれてきた記憶に戸惑う。女子高生バンド、ディズィが軌道に乗るまで、つまり高校一年のころまで、伊都子は芙巳子とよく旅行にいっていた。ロンドンにいたときはアイルランドやイタリアにいったし、東京にいるときは伊豆や箱根、沖縄や四国と遠くまで旅することもあった。ときには旅行のために伊都子に学校を休ませることもした。学校が休みのときの旅行はことのほか長く、最低でも一週間、長くて一カ月のときもあった。旅行にいくとなると、まず芙巳子は人を呼んで部屋じゅうを掃除してもらった。珠美のような、芙巳子のために動くことをまったく苦にしない編集者数人に頼むこともあったし、芸術家志望の若い男の子たちにアルバイトとして掃除をさせることもあった。だれも日取りが合わなければ業者に頼んでいた。そうして出発の朝、めずらしく化粧をしてめかしこみ、伊都子にもよそゆきの服を着せた。そんな芝居がかった支度をするせいで、伊都子はいつも高揚した。これからいいことずくめの旅がはじまるのだと、華やかな期待を持つことができた。

そうして出かける間際、ぴかぴかに磨きこまれた部屋をふりかえりもせず廊下を進み、芙巳子は決まって言った。「もう帰ることはないかもしれないからね」と。

それは、仰々しい旅立ちへの言い訳のようにも聞こえたし、旅した場所が気に入って、そのまま引っ越すこともあり得るのだという宣言のようにも聞こえた。そう言うときの芙巳子は、どこか得意げであったにもかかわらず、しかしその言葉は伊都子には不吉に聞こえ、高揚した気分を萎ませた。不慮の事故、災難、事件に巻きこまれ、本当に帰ってくることができなくなるような気がしたのだった。

母と旅行をしていたときの、母との日々がまったく苦ではなかったころのことが、一瞬にして色濃く思い出され、伊都子は重い荷物を両手に提げて、息苦しいような気分に襲われた。こっそり伊都子がため息をついたとき、暗い廊下の先で、芙巳子がつぶやく声が伊都子の耳に届いた。

「もう、帰ることはないかもしれないからね」

二十年前とたがわず同じせりふをうたうように言い、ふりかえりもせず、芙巳子の背中は玄関に向かう。伊都子は聞こえなかったふりをした。幾度も聞かされ、幾度も軽く失望させられた母の言葉は、以前よりずっと不吉で、重苦しく伊都子には聞こえた。

「入院って、どこか悪いの」

通りでつかまえたタクシーの後部座席で伊都子は訊いてみた。知らないふりをし続けるのは馬鹿みたいにも思えたが、今さら、癌なんでしょうと言い出すわけにもいかなかった。

「うん、ちょっとね、胃がもたれるの。検査入院だから心配いらないんだけど。あなた、あれこれうるさいからさ、今日も本当は珠ちゃんに頼むはずだったんだけど、なんだか今日は早朝会議があるとかで、会議休めなんて言えないしね。四人部屋ならもっと早く入れたの。でも知らない人とおんなじ部屋なんていやじゃない」

窓の外を見つめて芙巳子は言った。

癌の疑いがあることを、医者は芙巳子本人にも告げたと珠美は言っていたが、ひょっとして芙巳子は本当に検査入院であると信じているのだろうかと、ちらりと伊都子は思う。そんなような口ぶりに聞こえた。

「珠美さんにあんまり頼るの、よくないよ。私に電話すればいいじゃない」

「だから呼んだじゃない」

芙巳子はつまらなそうに言った。もし、今日、珠美の会議がなかったら、母はいつ私に連絡するつもりだったんだろうと伊都子は思う。

「どう、あなた、男は」

窓の外を見つめたまま急に芙巳子が言う。

「やめてよ、そういう言い方」伊都子は小声で注意するが、芙巳子は声のトーンを落とさず、伊都子の反応をおもしろがるように続ける。

「うまくいってるの？　もういっしょに暮らしてるの？　紹介しろって言ってるのに無視してくれちゃって。それとも、本当に妻子持ちだったの？　だから会わせられないとか？」

伊都子はフロントミラーを盗み見て、運転手に聞かれていないか確認する。聞こえているのかいないのか、運転手はまじめくさった顔で前を向いている。会わせたらあなたが文句を言うに決まっているから会わせないんじゃないの。胸の内で悪態をつき、

「そういうとこ、本当に下卑てると思う」

伊都子が忌々しげにつぶやくと、芙巳子は高らかな笑い声を響かせた。

すぐに病室に入れるのかと思っていたが、その前に内診やら採血やら検査が続き、外来患者とともに病院内を移動しなければならなかった。採血は緑のラインに沿って進んだ場所、エックス線は赤いラインに沿って進んだ場所と指示されるまま芙巳子は動き、ボストンバッグを提げキャスターつきスーツケースを転がして伊都子はそのあとを歩い

た。芙巳子が診察室に入ってしまうと、その部屋の前にあるベンチでぼうっと芙巳子が出てくるのを待った。

時間はあっという間にたち、病院に着いたのは九時十五分前だったのに、検査を続けているだけで、もう二時間も経過している。芙巳子が心電図をとっているあいだ、伊都子は携帯電話のコーナーに移動して、恭市に電話をかけた。印刷所にいくため、午後一時に待ち合わせをしていたのである。恭市の携帯は留守番電話になっていた。今日、いけませんとメッセージを吹きこんで、心電図室の前に戻ると、ちょうど芙巳子が出てきたところだった。芙巳子は伊都子に気づかず、ドアの前でさっと髪を整え洋服のしわをのばしている。病院の通路に立つ、めかしこんだ芙巳子は場違いに浮いていた。そしてそんな華やかな格好であるからこそ、疲れややつれが目立って見えた。ああこの人、本当に、底知れない何かにつかまってしまったんだ。その場に立ち尽くして、伊都子ははじめて実感した。

ようやく病室に入れたのは十二時をまわったところだった。芙巳子の病室は八階の個室で、窓が大きく、窓からは薄曇りの町が見下ろせた。パジャマに着替えた芙巳子はベッドに横たわり、スーツケースに花瓶が入っているから出して、だの、替えのパジャマとガウンをロッカーにしまって、だの、その前にロッカーを拭き掃除して、だの、伊都子をこき使った。スーツケースを開けてみると、タオルやパジャマや下着類に交じって、何冊ものペーパーバックや写真たてや金の縁取りのついた置き鏡やアロマオイルがぎっちり詰まっている。二つあるボストンバッグを開いてみると、熊のぬいぐるみやランチョンマットにくるまれた箸箱、マグカップばかりでなくティーカップのセットも、昔香港(ホンコン)で買った急須と湯飲みのセットまでもが、タオルに慎重にくるまれて入っていた。いったいどれだけの荷物を持ってきたのかとうんざりしている伊都子を、看護師が呼びにきた。

「手続きをしていただきますので、ちょっといらしてくださいね。ほかのものが脈と血圧はかりにきますから、おかあさんは少し休んでいてくださいね」

看護師はやさしい口調で芙巳子に言うと、伊都子を促して病室を出る。

看護師が伊都子を連れていったのは、八階の隅にある会議室のような場所だった。窓のない狭い部屋で、隅にホワイトボードがある。パイプ椅子を勧め、伊都子の向かいに腰を下ろすと、アンケート用紙を伊都子の前に置いた。

「わかる範囲でいいので、書いてください」そう言って部屋を出ていく。

住所や生年月日のほかに、病気の経歴や手術経験の有無、アレルギーの有無、食べものの好き嫌いなど質問は多岐にわたっていた。わかることだけ答えを書き入れていくと、

「どんな性格ですか」という質問があり、長所と短所を書き入れる空欄があった。鉛筆を握ったまま、伊都子は宙を見据える。

わがままで、自己中心的で、すべて自分の物差しではかり、他人を許容しない。見栄っ張りで底意地が悪く、いやなことがあるとすぐ根に持つ。人を平気でこき使い、それを当然だと思っている。

欠点はいくつも思い浮かぶが、それをそのまま書いていいものかどうか伊都子は迷う。迷った末、「わがまま　自己中心的　怒りっぽい　人の価値観を認めない」にとどめておいた。入院生活を円滑に送るために必要な項目なのだろうから、やはり「人を平気でこき使う」も書いたほうがいいか、と考えていると、ちいさなノックの音に続いてドアが開き、白衣を着た医師が入ってきた。

「あ、どうも」

軽い調子で言いながら向かいに座った医師は、眼鏡をかけた痩せた男で、ひょっとしたら自分よりも年下かもしれないと伊都子は思う。

「ご本人からお話、聞いてますか」医師が訊き、

「いえ、何も」伊都子は手短に答えた。

「あの、胃に腫瘍があることは確かなんですね。それがおそらく悪性のものであること

も。どの程度のものなのか、除去すればいいのか、どの程度の除去になるのか、あるいはもっと進行しているのか、それはさらに詳しい検査をしてからでないとわからないんですが」

医師は伊都子とあまり目を合わせることなく、淡々としゃべった。

「もっと進行している、というのはどういうことですか」

伊都子は口を挟んだ。

「ほかに転移しているかもしれないということですね」

医師はまったく表情を変えずに言う。

「死ぬんですか、あの人」

伊都子は訊き、訊いてから、ずいぶん幼稚な質問だ、と思った。同時に、この質問に医師が表情を変えてくれればいいとも思っていた。

「いや、それはですから、詳しい検査をしてみないと、なんとも言えない段階ですね」

「最悪、死ぬってこともあり得ますか」

「可能性がまったくないわけではありません」

しかし医師は、やはり表情を変えることなく言い、「しかし検査をしてみないことにはわからないんですね」とつけ加えた。

「いつわかりますか」

「一週間、長くても十日ほどでわかると思います。それから手術をするのか、それとも放射線治療や抗癌剤で問題ないのか、話し合っていくことになると思うんですが、あの、ご家族の方は」

「私ひとりです」

伊都子は言った。

「ああ、そうでしたか。娘さんですよね？　ではこれから、いろいろご相談することが増えていくかと思いますので、よろしくお願いいたします。申し遅れましたが、担当をさせていただく八木原と申します」

医師はぺこりと頭を下げると、そのまま部屋を出ていった。

医師の、まったく表情を変えない態度は伊都子には憎々しげに感じられたが、しかしかすかな望みもあった。きっとたいしたことではないのだ。だって、もし余命何カ月というほど進行していたら、あれほど落ち着き払っているわけはない。伊都子はそう思い、アンケート用紙にふたたび目を落とした。

長所である。短所はいくらでも思い浮かぶが、長所を言葉にすることができない。伊都子は、母を無条件で尊敬していたころを思い出そうとつとめてみる。思い出せないこともなかったが、しかし、その気持ちは、かような長所があるから尊敬していたのだと、かんたんに言葉にできるようなものではない。

私ひとりです。ついさっき答えた自分の言葉を、伊都子は胸の内で反芻する。

伊都子は自分の父がだれなのか知らない。訊いたことは幾度かある。まだ中学に上がらないころだ。死んだ、というのが母の毎度の答えだったが、死んだ理由はいつも違った。船旅の最中事故にあった、パリで首吊り自殺した、車にはねられて死んだ、原因不明の病気で眠るように死に、その原因は未だアメリカの大学病院で研究中である。中学に上がってから、伊都子は母に父について訊くのをやめた。馬鹿馬鹿しくなったからである。

芙巳子はまた、親族もいなかった。芙巳子の母、伊都子の祖母は、伊都子が四歳になったばかりのころ亡くなっている。葬儀の記憶は薄ぼんやりとしかない。ずいぶんたくさんの人が葬儀の場にいた気がするが、おばだとかおじだとか、いとこだとか、そういう近しい存在の人には会った覚えがない。芙巳子はひとり娘で、父親は戦争で亡くなっていること、芙巳子は旧満州で生まれたことを、伊都子は珠美から聞かされたことがある。

いつも二人だけだった。旅行も、正月も、引っ越しも、いつも二人きりだった。いつも二人きりで、そして今も、こんなときも、二人きりのままなのだと、無機質な部屋で伊都子は気づく。

伊都子は背を丸め、長所の下の空欄に、

「強いこと」

と一言書いた。

戻ってきた看護師に書類を渡し、入院規定や決まり事の書かれたパンフレットを受け取り、伊都子は病室に戻った。スーツケースもボストンバッグも、さっき伊都子がやりかけたときのまま口を開けており、芙巳子はベッドで眠っていた。眠る芙巳子をちらりと見て、伊都子はぎょっとした。薄く口を開いて眠る芙巳子が、死を待つばかりの病人に見えたのである。さっきはふつうに立って歩いていたし、痩せたようだが気のせいかもしれないと思ったのに、そこで眠る芙巳子は、青白い顔をして、しかも皮膚にはりがなく、老いと疲れと、病の影に全身をのっとられたように見えた。伊都子はあわてて芙巳子から視線を外し、さっき言いつけられたように、ロッカーを乾拭き(から)し、タオルやパジャマをロッカーにしまい、ベッドサイドにある可動式チェストに箸箱やティーカップをしまい、熊のぬいぐるみを窓辺に置いた。写真たてを手にとると、なぜこんなものを持ってきたのか、どこかの海辺の写真が入っていた。それをチェストの上に飾り、ほかに何をすべきか伊都子は部屋を眺めまわす。

嫌いでいられるだろうか。ふと伊都子はそんなことを思う。この先何があっても、憎むと決めたこの人を、私から幸せを奪ったこの人を、何かというと私を傷つけたこの人を、ずっと憎んでいられるだろうか。

伊都子はその問いを頭から振り払うように、バッグから携帯電話を取り出す。恭市にかけようとアドレス帳を操作して、画面にあらわれた恭市の名を眺める。夜に待ち合わせて、印刷所の打ち合わせがどうだったのか訊こうと思うものの、しかし恭市と酒を飲む気分にはなれなかった。伊都子はフラップを閉じ、迷子になった子どものように病室に立ち尽くす。窓に目を向ける。遠く、東京タワーが霞(かす)んで見える。

病院からどのようにして自分のマンションまで帰り着いたのか、伊都子はよく覚えていなかった。気がついたらテレビの前に座っていた。レースのカーテンだけ閉めた窓の外はすでに暗い。今が何時なのかもわからない。遠くで音楽が鳴っていることに伊都子は気づく。テレビの音声だろうと思い、伊都子は食い入るように画面を見る。スープのコマーシャルが車のそれに切り替わっても音楽は途切れない。そこでようやく、鳴り続けている音楽が、携帯電話の着信音だと伊都子は気づいた。

ソファから立ち上がり、鞄をさがす。見つかる前に音楽は途切れてしまう。そうすると、伊都子はとたんにわからなくなる。なぜ自分がダイニングテーブルの前に立ち尽くしているのか。何をするためにソファから立ち上がったのか。もう一度ソファに戻ろうとすると、またもや着信音が鳴りはじめた。音を頼りに、伊都子はおろおろと部屋を歩きまわる。

鞄は、たった今自分が座っていたソファの脚元に落ちていた。鞄に手をのばしたところで着信音はまた切れた。鞄を拾い上げ、爆発物に触れるように携帯電話を手にする。フラップを開き着信履歴を確かめると、五件も着信があった。みな、恭市からだった。

ソファに座りなおし、テレビの音量を落とし、深呼吸をひとつして、伊都子は恭市に電話をかける。呼び出し音を数える間もなく、恭市の声が耳に飛びこんでくる。

「どうしたの、何回も連絡したんだけど」

恭市の声は苛立たしげに聞こえる。

「ああ、ちょっと、手が離せなくて」

「っていうか、ここんとこ、ずっと連絡してるんだけど、なんなわけ？　打ち合わせも全部キャンセルだし」

「ええ、あの、ごめんなさい」

「今ごろになってあれじゃいやだったなんて言わないでくれよな、もう予約、開始してるんだから」

あれ、ってなんだろう。予約、ってなんだろう。伊都子はめまぐるしく考える。ああ、写真集。そうじゃない、詩集。詩集を作っていたんだった、恭市と。詩のわきに私の写真がのって……四月に発売で……つい一カ月前まで、自分がきちんとおさまっていた現実を、伊都子は思い出す。しかし思い出したところで、それはつぎはぎだらけで、ところどころ穴が開いている。浮かび上がる恭市の顔も、輪郭がぼやけている。そのことに伊都子は動揺する。

「それから写真展のこと、きみの意見を聞こうと思って幾度も電話したんだけど、まったくつながらないし、でも返事急がされて、とりあえず仮おさえしておいた。池袋と横浜の書店で、まあ握手会のおまけみたいなものだけど、ブースは作ってもらえるみたいだし、やらないよりはやったほうがいいだろ？」

写真展ってなんだっけ。握手会って、いったいなんだっけ。返事をしようと思うが、声がうまく出ない。うん、とため息のような返事をようやくすると、恭市はしばらく黙った。伊都子の様子がいつもと違うことにようやく思い至ったのか、

「どうした？　なんかあった？　体調崩してるとか？」

不安げな声で訊いた。

あのね恭ちゃん。あのねママがね、もうだめなの。今日お医者さんから聞いてきたの。ステージなんてあるの知ってた？　成績みたいに五段階評価なの。それでママはね、いちばん最悪なの。胃にも骨にも癌があるの。ねえ、ママがパーティしてたのはほんの少し前のはずなの。ふつうに憎まれ口利いてたの。あの朝だって、旅行にいくみたいだったの。大荷物持って、馬鹿みたいに着飾って。なのに、もうだめだなんてどういうことなの？　ねえ恭ちゃん、どうしよう、私どうしよう。相談できる人いないの。私ひとりなの。

言いたい言葉がいっぺんに胸にあふれる。順繰りに、整理して話そう。落ち着いて、取り乱さずに。ここにきてほしいと言えば、恭市はきっときてくれるだろう。今後のことの相談にもきっとのってくれる。大丈夫だと、私の背をゆっくりさすって言ってくれる。きっと私の力になってくれる。

「あのね……」

声を出した伊都子は、しかしその先を言うことができなかった。一秒にも満たない一瞬に、伊都子は気づいたのである。恭市は自分の力にはなれない、ということに。また、恭市に頼りたい気持ちが、自分のなかにこれっぽっちもないということに。自分で気づいたそのことに、しかし伊都子は驚く。世界でいちばん好きな人じゃなかったの。いつだってだれよりも会いたい人じゃなかったの。自身を責めるように思ってみるが、伊都子の耳には、やけに淡々とした自分の声が聞こえてくる。

「風邪気味で、なおったと思ったらぶり返してばかりなの。季節の変わり目だからかな。写真展のことは、恭ちゃんにまかせてもいい？　調子がよくなったら、ちゃんとするから。いろいろ、ごめんね」

「まあ、忙しかったからな。平気？　おれ、何か買ってそっちにいこうか？」

伊都子は携帯に耳を押し当て、恭市の言葉を反芻する。そっちにいこうか？　そして答える。

「ううん、いい。よくなったら連絡する」

「わかった。とりあえず、あとは見本ができあがってくるのを待つだけだから、ゆっくり休んでなよ。確認したいことがあったらその都度連絡するし」

「じゃあ、またね」

伊都子は言い、通話終了ボタンを押す。携帯を鞄に戻し、テレビの音量を上げる。内容のさっぱりわからないドラマをじっと見る。不思議だった。恭市は私の力になどなれないと、断じている自分が不思議だった。声をはりあげて泣きたいのに、いっこうに涙のあふれる気配がないことが不思議だった。ただ酒に酔ったような、世界があわあわとほどけていくような感覚だけが、ずっと続いている。伊都子は両手で顔をこすって立ち上がり、ダイニングテーブルにのっているノートパソコンを立ち上げる。癌、末期癌、ステージⅣ。胃からリンパへの転移。リンパを通じて骨への転移。今日聞かされた医師の言葉を反芻しながら、むやみに検索をはじめる。体験談や、医学書や、病気の説明文をいくつも画面に表示させるが、文字が意味を伴ってなかなか頭に入ってこない。

気がつくと伊都子は、鞄からもう一度携帯電話を取り出していた。ちづると麻友美の名をさがしてアドレス帳を表示し続ける。あ行の欄にちづるの名を見つけ、通話ボタンを押す。出て、お願いだから電話に出てと、すがるように思っている。

「ああ、イッちゃんね」ちいさな電話機から、ちづるの声が聞こえてくる。安心感で伊都子は笑いそうになる。

「ちーちゃんのおかあさまは元気？」伊都子はそんなことを言っている。言いながら、何を言うために電話をしたのだっけと考えている。

「なあに、それ」ちづるの声が聞こえてくる。

「ちーちゃんのおかあさまは元気かって訊いたのよ」自分の口にした言葉が、過去の光景を呼び戻す。転校してはじめて仲良くなったのはちづると麻友美だった。麻友美とともに、ちづるの家によく遊びにいった。いつも見知らぬ人が出入りする、ごたついた自分の家とは違い、ちづるの家はホームドラマに出てくるような家だった。家庭という言葉で伊都子が想像する通りの家だった。玄関には父親のものらしき大きな靴と、母親のものらしきサンダルが並び、隅にゴルフセットが立てかけられ、居間は静かで、ほんのりと甘辛いにおいが家じゅうに漂っていた。ちづるの母は、にこやかにおやつの用意をして娘の部屋のドアをノックした。

「ほら、あの、ケーキを作るのがうまいおかあさま。サンドイッチもおいしかったわね」

昨日のことのように思い出すことができる。バターの味のする卵サンド。ハムとチーズのサンドイッチには薄く辛子が塗ってあった。制服姿のちづると麻友美は、転校してきた伊都子に、どの教師がやさしくて、どの教師がいけ好かないか、ものまねを交えて教えてくれた。レースのカーテンからさしこむ陽射しを受けて、三人で笑い転げた。伊都子はその光景に目を凝らす。なんて、なんて遠い日だろう。

「ちーちゃん」のどの奥からしぼりだすような声が出る。「私のママ、死んじゃうらしいわ」心配させないように笑おうとしてみたが、うまくいかなかった。嗚咽しそうになるのを必死にこらえて伊都子は言う。「ママが死んじゃうのよ」そしてふと、不思議に思う。なぜ恭市ではなくちづるなのか。なぜ恭市に言わなかったことを、こうしてちづるに打ち明けているのか。「信じられないけど、そうなのよ」

芙巳子の個室は、まるでワンルームマンションのようにしつらえてある。ベッドサイドの可動式チェストには、すっぽりとテーブルクロスが掛けられていて、その上にのっているのは写真たて、ティーカップとティーポット、ペーパーバックが何冊か。重苦しいグレイのロッカーには洋画のポスターが貼ってある。来客用のちいさなソファにもカバーが掛けられ、ソファテーブルには果物の入った籠が飾りのように置いてある。だれかが見舞いに訪れるたび、芙巳子が命じているらしく、病院然とした部分が彼らの手によって変えられていく。カーテンすらも芙巳子は替えさせたのだ。もともと掛けてあったくすんだレモンイエローのカーテンは、ロッカーの奥にしまわれて、今窓を飾るのは、マリメッコの華やかな色合いのカーテンである。

その、病院らしくない艶（あで）やかな個室には、伊都子が訪れるたびだれかしらがいる。珠美をはじめ編集者たち、昔ながらの飲み仲間、パーティによくきていた得体の知れない芸術家たち、芸術家の卵たち。

今も病室には伊都子の知らない数人がいる。もらった名刺は出版社のものだったので、芙巳子と仕事をしたことのある編集者たちらしい。伊都子は洗面所で、彼らからもらった花の水切りをしている。病室にもちいさな洗面台はあるが、彼らだけにしたほうがいいような気がして、伊都子はフロア共用の洗面所でわざと時間をかけて花を花瓶に挿していく。

入院したことを、芙巳子は友人知人には知らせないのではないかと伊都子は思っていた。気位が高く、人に弱みを見せるのがとことんいやな人。それが伊都子の思う母だった。けれど伊都子の推測に反して、まるでパーティの知らせのごとく芙巳子は入院を触れまわった。携帯で電話をしているのを、伊都子は横で聞いたことがある。いいからきなさいよ。退屈で仕方ないんだもの。あなたがこないんだったら、私、死ぬまであの人は薄情だったって言い続けてやるから。そんなふうに言って、高らかに笑っていた。その笑い声は、伊都子の記憶にあるものよりもだいぶ弱々しかったが。

ともかく、それで連日人がくる。花や果物や、ケーキや雑誌をたずさえて。芙巳子に言われるまま、カーテンを取り替えポスターを貼り替え、電気ポットで紅茶をいれている。彼らが帰ると、芙巳子はぐったりと眠りこむ。三日ほど前から、芙巳子は粥ですら食事を受けつけなくなって、鼻に胃液を吸い上げるチューブを入れ右手には点滴をしている。見舞客を断ろうかと伊都子が訊いても、しかし芙巳子は、だれそれも呼べ、電話をかけろと伊都子に言うほどだった。

花を生けた花瓶を持って部屋に戻ると、見舞客たちは帰り支度をしているところだった。伊都子は彼らを見送るためにエレベーターホールまでついていく。

「お元気そうでよかったわ」真っ赤なスプリングコートを着た女が笑顔で言う。

「梅雨の前には退院できるんですってね」彼女よりは年輩の、眼鏡をかけた女性が言う。

「見舞いにきたのに、なんだかこっちがハッパをかけられにきたみたいだなあ。草部節を久しぶりに聞きました」無精ひげを生やした男が言う。

「お花見をしたいって言ってたけど、抜け出せるのかしら。本気なら場所をさがして声をかけるけど」

「あの調子なら、大丈夫かもしれませんよね」

「近場なら、外出、認めてもらえるかしらね」彼らは思い思いに言葉を交わす。

エレベーターが扉を開く。蛍光灯に照らされた四角い空間が広がっている。

「お忙しいところ、どうもありがとうございました」

エレベーターに乗りこむ彼らに、伊都子は深々と頭を下げる。どこが元気そうなんだ。あんたたち、草部芙巳子を知らないんじゃないのか。退院できるなんて、なぜ母の見栄話を信じるんだ。何が草部節だ。何が花見だ。鼻にチューブを入れて、胃液の流れこむビニール袋をぶら下げて、点滴を幾本も打ちながら、どうやって花見をするというんだ。心のなかでひと通り悪態をついてから、伊都子はゆっくりと顔を上げる。エレベーターの扉はすでに閉じており、階数表示のランプは八階から七階に移っていくところだった。

病室に戻ると、芙巳子は眠っていた。ドアを閉める音でちらりと薄目を開けたが、そのまま目を閉じてしまう。伊都子は音をたてないように、客の残したカップやケーキ皿をまとめ、広げられた雑誌を片づける。伊都子は手を止め、部屋を見まわす。ここに、病室特有の暗さはない。無機的で陰湿な、ほかの病室のような雰囲気はない。明るい色彩があふれ、ケーキの甘いにおいが満ち、グレイやベージュの備品はみな暖色系の布地で覆われて、このなかにいればここが病院の一室であることも忘れそうである。しかしその華やかな部屋は、なぜか伊都子をぞっとさせた。伊都子はあわてて食器を持って部屋を出る。

共用の洗面所で洗った食器を手に、病室に戻るところで、伊都子は年輩の看護師に呼び止められた。

「おかあさまのことで先生がお話があるそうなんだけれど、時間、とれるかしら」

「今でしょうか、だいじょうぶですよ」

「今じゃなくて、外科の予約をとってほしいんです。申し訳ないんだけれど、今手続きをしていただければ、今週中には予約がとれると思いますから」

「わかりました。あとで外科受付にいってきます」

「よろしくお願いしますね」看護師は笑いかけ、何か言いかけたが、結局何も言わず、一礼してナースステーションに戻っていった。

伊都子は廊下に立ち尽くし、ため息をつく。大病院とはそうしたものなのかもしれないが、担当医師と話をするにも予約が必要になる。先だっても、検査の結果を聞くのに外科の外来受付で予約をとり、外来患者の合間に診察室で検査結果を聞かされたのだった。

食事をのせた大きなカートが運ばれてくる。伊都子は自分が邪魔になっていることに気づいて、あわててその場をどいた。食べもののやわらかいにおいが鼻を突く。あちこちの病室のドアは開け放たれていて、面会者たちの話し声や、笑い声が聞こえてくる。面会に連れられてきたもののように飽きたらしい子どもたちが、廊下を走りまわっている。伊都子はもう一度ため息をつき、食器を持って廊下を歩く。

病院を出たのは夜の九時だった。伊都子はタクシーの後部座席で、窓の外に流れるネオンサインを目で追っている。海の底の景色を見ているように感じられた。お仕事の帰りですか。突然運転手に訊かれ、伊都子は前を向く。ええ、と適当に答える。

「たいへんですよねえ、遅くまで。最近この時間帯は女性のお客さんが多いんですよ。みなさん決まって仕事帰り」白髪の運転手は、のんきな声で言い、苦笑する。

「そうですね」自分でもよくわからない相づちを打ちながら、助手席の背のポケットに挟まっているパンフレットを伊都子は意味もなくいじる。痩せたくない人は読まないでください！　視力のこと、あきらめていませんか？　パンフレットの大見出しが、ポケットからちょうど見えるようにさしこまれている。それらをいじりながら目で追っていた伊都子は、目をとめ、パンフレットを一部、抜き出す。癌がなおった！　驚きの声が続々！　薄暗い車内でそれを開く。

健康食品の宣伝パンフレットだった。南米の植物が原料になっているその粉末を煎じて飲むことが、いかに体にいいかがびっしりと書かれ、数人が体験談を寄せている。内臓脂肪がみるみるうちに減った、痛風がなおった、抗癌剤治療もしていないのに癌がなおった、子どものアトピーが消えた……。伊都子は、癌がなおったと告げる見知らぬ人の文章を幾度も幾度もくりかえし読む。

タクシーが自宅マンションに着くころには、文字を読みすぎてすっかり乗り物酔いしていた。釣り銭を受け取り、よろよろとオートロックを開け、散らかった自室にたどり着く。冷蔵庫から缶ビールを取り出し、それを片手にダイニングテーブルに腰を落ち着ける。ノートパソコンの電源を入れ、タクシーから一枚抜き取ってきたパンフレットに記載されているホームページアドレスを入力する。「お客さまの声」のページを表示し、ほかにも癌がなおったと言う人がいないかどうか、顔を画面に近づけて伊都子はさがす。乗り物酔いと、空きっ腹に流しこんだビールの酔いが混ざり合った、ぼんやりした頭のまま、伊都子は驚異の粉末ドリンクを購入している。そして手を休めることなく、癌に有効な民間療法はほかにもないのかと、検索をくりかえしはじめる。

芙巳子に対する感情は、検査結果を聞いたときから停止状態になっていた。何をどう思えばいいのか、伊都子はわからなくなっていた。大嫌いだった。いなくなってくれればどんなにいいかと思っていた。でもそれは、死んでしまったらいいということとは異なった。自分の気持ちながら、その違いが伊都子にはよくわからないのだった。何か奇跡が起きないかぎり、おそらく来年には芙巳子はいなくなっている。そう思うと、外側も内側も全身、無数の虫が這っているようなざわざわした気持ちになった。不安という言葉より、よほど不快で心細い感触だった。それは困る、本当に困る、どうしていいかわからない。では、それほどまでに母芙巳子を必要とし、愛しているのかというと、どうしてもそうは思えない。いなくなるのがわかってから、やっぱりあの人は私にとって大事な人だったなんて、伊都子は絶対に言いたくない。

そうだ——パソコン画面から伊都子は顔を上げる。そうだ、あの人がいなくなるのは私にとって、かなしいことではない、さみしいことでもない、単純に、困ることなのだと伊都子は気づく。そう、困るのだ。

メシマコブ、アガリクス、フコイダン、プロポリス、キトサン、漢方……癌に効く、とあったり、ほかのページでは、癌には効かない、とあったりするが、それらをよく読むこともなく、また値段を確認することもなく、伊都子は画面にあらわれる健康食品もサプリメントも次々と購入していく。体じゅうを這っている数え切れない虫が、ゆっくりと消滅していくのを伊都子は感じる。何かひとつ購入すれば、不安はひとつ息をひそめた。そうしながら伊都子は、いなくなってくれればいい、と、死んでしまったらいい、の違いを明確に知る。芙巳子は生きていなければならないのだ。生きていなければ、私に「いなくなってくれればいい」と思わせることはできない。自分は憎んでいたいのだ。嫌っていたいのだ。憎み、嫌い続けるためには、母は生きていなければならない。

私があの人を生かしてみせる。伊都子はそう決める。死なせてなんかやるもんか。あの人は生きていなくちゃいけないのだ。私がもういいと言うまで。もういい、あなたを許します、私がそう言うまでは、生きてなきゃいけない。

気のすむまで買いものをし、伊都子は天井を見上げる。目を閉じると、目の奥がひりひりと痛んだ。死なせるわけにはいかないわよ。目を開け、白々とした天井を見据えて、心のなかで伊都子はつぶやく。数週間前から停止していた感情と思考が、フル回転でまわりはじめるのを伊都子は感じる。力の入らなかった指先に、徐々に力がみなぎっていくのが感じられる。さっきまで全身を包んでいた、虫の這うような不安感が消えていく。写真集を作ろうと、はじめて恭市と話し合ったときと同じような、いや、それよりよほど強い高揚が、それにとってかわって全身を満たすのを感じながら、伊都子はつるりとした天井を、意志のこもった目で凝視する。

第六章

緊張しすぎて胃が痛くなっている。そっと隣をうかがうと、隣に座っている女性も、膝にのせた両手をかたく握りしめている。指の節が白くなっているから、そうとう強く握りしめていることがわかる。麻友美の視線に気づいて、女性が顔を上げる。目が合うと、彼女はふっと息を抜くように笑い、麻友美も笑った。少しばかり気分が落ち着いた。

娘のルナは今、数人の子どもたちといっしょに、カードを作っている。ついさっきまでは、ちらちらとふりかえっては麻友美の姿を頼りなげにさがし、椅子の上でもぞもぞと尻を動かしていたのだが、ようやく熱中しだしたのか、今はカードから顔を上げることもない。

幼児教室の体験入学は、これで四校目だった。四月に入って立て続けにはじめたのだ。一校目、ルナは泣きどおしだった。それも、赤ん坊に戻ったかのように床に寝転がり、手足をばたつかせて泣いた。体験後の面談で、家庭に何か問題があるはずだと担当の先生に言われ、麻友美はその決めつけたような言い方にカチンときた。

二校目でルナは、泣きもせず椅子に座っていたが、教室の隅に座る麻友美からずっと目を離さなかった。先生に何を訊かれても、ほかの子どもが話しかけても、麻友美を見たままでうなずいたり、首をふったりする。その教室の先生は厳しく、幾度もそんなルナに注意していた。これくらい厳しいところでないとだめなのか、と麻友美は思いかけたのだが、しかし、先生が積み木遊びの説明をしているとき、口を挟んで叱られた子どもがいて、その子どもがその後ずっと黙っているのも気にかかった。そのクラスの子どもたちは、足をぶらぶらさせれば怒られ、間違った答えを言えば「それはちがうね」とまず訂正される。よく見まわしてみれば、子どもたちは異様なほどおとなしかった。体験が終わるころには、ここはだめ、と麻友美みずからばってんをつけていた。

三校目になると、ルナも慣れたのか、ときどき麻友美のほうをうかがうものの、ほぼ先生のほうを向き、ほかの子どもと楽しく遊んでいるように見えた。しかし体験後の面談で、先生とスタッフ数人に囲まれ、麻友美は質問攻めにされた。夫の職業を訊かれるのはまだしも、賢太郎と麻友美双方の両親の職業、おおよその年収、どの小学校を目指しているのか、受験にはいくらかけられるのか、現在習い事にはどのくらいの金額をかけているのか。訊かれるのはお金のことばかりで、なんとなく新興宗教の勧誘を受けている気分になった麻友美は、そこにもばってんをつけた。

四校目の今日が、今までのなかではいちばんまともであるように麻友美には思える。ルナも集中して楽しんでいるし、先生も厳しくはない。先生が体験の子ども二名を紹介したとき、子どもたちが彼らを取り囲んであれこれ無邪気に話しかけていたのにも好感が持てた。

「今日楽しかったこと」をひとりずつ発言する時間が最後にあり、それでレッスンは終わりらしかった。ルナはちいさな声ながら、ちゃんと「カード作りが楽しかった」と言い、「どんなところが楽しかったの?」という先生の質問にも、「いろんな折り紙を切って貼ると、白い紙がきれいになるのが楽しかった」と答える。麻友美は胃の痛みを忘れ、心のなかでちいさく万歳をする。

今日体験入学をさせたもうひと組の母子と順番に、先生との面談になる。髪をひとつにまとめた浜野(はまの)先生と向かい合いながら、四十代半ばくらいだろうかと麻友美は想像する。

「具体的にどこを受験なさるか、もう決めておられますか」浜野先生はおだやかな声で麻友美に尋ねる。

「いえ、あの、まだそこまでは考えていないんですけど……」

「どうして小学校受験をお考えになったんでしょう」

浜野先生はにこやかに訊くが、麻友美は心の内を見透かされた気がしてぎくりとする。幼稚園の母親たちとうまくいっていないから、彼らとちがう小学校にいかせたいのだなどと、ここではとても言えない。

「じつはあの、情操教育になればと思って、歌をうたったり踊ったりするスクールにも通わせているんですが、もうずっと続けているのにだめなんです。人にどいてって言われるとすぐ譲っちゃうし、わからなくなるとすぐにやめてしまうし、ほかの子みたいな自己主張がまったくないんです。幼稚園でも積極的に遊ぶほうではないですし。もし公立校にいって中学・高校と受験するとなると、この子、ついていけないんじゃないかと心配なんです。私自身も中学から私立でしたので、ああいうのんびりした空気のなかでなら、この子も少しはのびのびできるかと思いまして……」口からでまかせが勝手に出てくる。そして出てきてしまえば、ずっと前から考えていたことのように、麻友美には感じられる。

「感受性の豊かな、やさしいお子さんなんですね」

浜野先生はそう言ってルナに笑いかけるので、麻友美はびっくりしてしまう。引っ込み思案で内弁慶を、感受性豊かでやさしいなどと、翻訳されたのははじめてだったのだ。

「それがルナちゃんの個性だと思います。個性をおさえて標準を目指すよりは、元来その子が持っている個性を伸ばすことを、私どもの教室ではまず第一に考えます」

それから彼女は手短に教室の方針や小学校受験の現状について話し、パンフレットを麻友美に手渡した。

教室が入っているビルを出ると、先ほどいっしょだった母親と子どもがいる。子どもにジュースを飲ませていた母親は、麻友美に気がつくと笑いかける。

「体験、何校目ですか？」

「四校目なんですけど、でもここがいちばんよかったわ」麻友美は答える。

「この子もここは楽しかったたって。うちもここにするかもしれません」彼女の娘は缶ジュースを両手で握りしめ、母親の後ろにさっと隠れる。ルナと同じく、「感受性豊かでやさしい子」なのかもしれないと麻友美は考える。

「だとしたら、同じクラスになるかもしれませんね。私、岡野麻友美です。ほら、ルナちゃん、ご挨拶は」

「岡野ルナです」ルナがちいさく言う。

「私は山口絵里香(やまぐちえりか)で、この子は優奈(ゆうな)。もう、人見知りでやんなっちゃう」

「それじゃ、また。優奈ちゃん、ルナをよろしくね」麻友美は笑顔で会釈した。ルナは優奈ちゃんに向かってちいさく手をふった。優奈ちゃんは母親の背後からじっとルナを見つめている。

「ルナ、今日はどうだった、楽しかった？」

車を走らせながら、麻友美は訊いてみる。うん、とちいさくルナは返事をする。

「あそこ、通ってみる？ 今日みたいに、お友だちと絵を描いたり、積み木で遊んだりするんだよ。どう、ルナ、いきたい？」

言いながら、いつか伊都子に言われたことが頭に残っているのだと麻友美は意識する。伊都子なんてなんにもわかっていない、と思ってはいるものの、どこかにひっかかっているのも事実だった。子どもと親はべつの人間なのよ。あとからそりゃ信じられないくらいルナちゃんに恨まれて憎まれるから……。

「うん」

ちいさくルナは答える。いきたいでもいきたくないでもない曖昧（あいまい）な答え方は、いつものように麻友美を苛（いら）つかせる。

「うん、じゃなくてさ、いきたいか、いきたくないのか、ママは訊いてるの。ルナがいきたくないんなら、無理矢理いかせることはしたくないからさ」

「うん、いきたい」

ルナは答える。その答えを聞きたかったくせに、まるで自分が無理に言わせたみたいだと、麻友美はさらにいらいらした気分になる。ルナは爪をいじりながら、ずっと窓の外を眺めている。

その日帰宅した賢太郎に、麻友美は今日体験入学した幼児教室のよさを切れ目なく語った。浜野先生のせりふ、教室の方針、今日のクラスの雰囲気、そのなかでのルナ、ルナの見事な発表について、台所から声をあげて話し、食事中も話し、風呂場にいく賢太郎のあとを追って話した。

「教室はいいんだけどさ、ルナ、受験させるの」風呂から上がった賢太郎は、眠ったばかりのルナの部屋をそっとのぞいたあとで、ソファに座り麻友美に訊く。

「だってあの子、うたったり踊ったりすることより、本を読むのが好きだって言うんだもの。だれに似たんだか、勉強が好きなのよ。だったら小学校から私立にいかせて、のびのび本読んだり勉強したりする環境に置いてあげたほうがいいのかなって思うのよ」

「じゃ、あっちのスクールはやめるってことだね」

麻友美は言葉に詰まる。麻友美の本音としては、週に二回幼児教室にいかせ、レッスンのほうは週に一回でもいいから続けて通わせたかった。テレビも雑誌も、最近はオーディションの話すらこないが、それでも籍を置いておきさえすれば、チャンスはあるはずだった。自分がやりたいことは麻友美自身でやればいいじゃないの……。ちらりと耳の奥に聞こえた伊都子の声を、麻友美はうち消す。

「やめなくてもいいんじゃないかとは思うんだけど。だって、それだって可能性じゃない？　私、ピアノいやいややってたけど、でもあとになって母親に感謝したもの。自分ではわかんないのよ、何がやりたいか、何が向いてるかなんて。だからいっしょに続ければいいと思うの」

けれど完全にはうち消せず、まるで伊都子に反論するような口調で賢太郎に言っている。何か考えているふうな賢太郎をちらりと見て、麻友美は続けた。

「今日パンフレットで調べたら、幼児教室のほうは入学金が五万円で、週に二回のコースなら、一カ月三万五千円なのね。両方ってのは、やっぱり無理かな」

「お金のことはどうでもいいんだけど、あんなにちっちゃいのに、ハードすぎやしないかなあ、と思ってさ」

「だって、幼稚園のほかの子どもは、英会話と水泳掛け持ちしてたり、サッカーと体操教室掛け持ちしてたり、平気でするわよ。今はそういうのが常識なの。私たちが子どものころと比べるのは間違ってるの」

かけた。

「そういうもんなのかなあ」賢太郎は天井を見つめてつぶやき、「ま、ルナが自分でいきたいって言うのなら、いかせたらいいと思うけどさ」と、麻友美に向かってほほえみかけた。

そのとき、自分でも不思議だったが、麻友美はルナに対してちくりと鋭い嫉妬を覚えた。なんでもさせてもらえるルナ。ほしいものをほしいだけ買ってもらえるルナ。まっさらな未来が広がっているルナ。裕福な家庭に後押しされて、その未来になんでもつかめるであろうルナ。それなのに、手持ちの札を一枚も有効利用しようとしないルナ。

しかしそれは一瞬で、次の一瞬にそれは、幼い娘に嫉妬を覚える自分に対しての淡い自己嫌悪にとってかわった。お茶でもいれようか、と言いかけたとき、キッチンカウンターに置いた携帯電話が鳴りはじめる。手にとると、ちづるの名がディスプレイに出ている。十時過ぎに携帯に電話をかけてくるなんてめずらしい。

「今、電話、いい？」携帯電話から聞こえる声は、声をひそめているような不自然さがある。

「どうしたの、何かあった？」

「もし時間があればでいいんだけど、三人で会いたいの。イッちゃんと三人で」

「ああ、ごはん会？　時間ならいつでも作るけど……」

「できるだけ早いうち。イッちゃんがね、なんだかおかしいのよ」

「だから言ったじゃない、前にごはん食べたとき。イッちゃんがへんだって」言いながら、以前会った伊都子を思い出す。あのとき伊都子は酔っぱらって泣いたり笑ったりしていたが、まだあんな不安定さが続いているのだろうか。ちづるもいっしょとはいえ、あの伊都子と食事をするのがとたんに気が重くなる。

「そうじゃないのよ。あのね、聞いてる？　イッちゃんのおかあさんのこと……」

「知らないけど」

　麻友美の肩を叩き、賢太郎は先に眠っていると身振りで示し、リビングを出ていく。麻友美は携帯電話を耳にあてたまま、冷蔵庫から缶ビールを出してソファに腰かける。

「イッちゃんのおかあさん、病気なの。それもかなり悪い病気でね、イッちゃんがずっとついてるんだけど、最近、ちょっとおかしいのよ。このあいだは電話をかけてきて、ナントカって霊能者のところにいっしょにいってほしいって言うの。その人、患者さんの悪いところに手のひらをあてるだけでなおすんだって言うのよ。冗談かと思ったら、本気みたいなの。霊能者のオフィスに電話をしたら、個人の鑑定や祈禱（きとう）はやっていないってむげに断られて、でもイッちゃんはあきらめずに、出版社の知り合いに頼んで、その霊能者のスケジュールを調べてもらったらしいの。それで打ち合わせと打ち合わせのあいだにアポなしで会って、土下座しておかあさんをなおしてくれるよう頼むつもりだから、いっしょにいってくれって」

ちづるは一気に話す。麻友美は缶ビールのプルトップを開けるのも忘れ、ぽかんとその話を聞いていた。

「病気って、なんなの」

「癌よ。ずいぶん進行しているみたい」

しばらくちづるは口を閉ざし、麻友美も何も言わなかった。カーテンの合わせ目が数センチ開いていて、夜空が見える。部屋のなかは静まり返っている。

「いつ……」

「私もこのあいだ聞いたの。最初に電話をもらったときは泣いてたんだけど、心配になって電話したらずいぶん立ちなおって看病してるみたいだから安心してたの。そうしたらそんな電話がかかってくるし、霊能者だけじゃなくてね、つむじを見て万病をなおす宗教があるらしいんだけど、そこにも話を聞きにいくだけいったほうがいいだろうかとか、中国に輸入禁止の秘薬があって、それを飲んで末期癌がなおった人がいるって聞いたとか、とにかく、言うことがへんなの」

「つむじ?」

思わず笑いそうになって、しかし笑うような場面ではないと思いなおし、麻友美は笑いをこらえる。

「だから、一度会って、ちょっとイッちゃんの話を聞いてみようよ。それか、お見舞いにいくとか」

「うん、いいけど……」麻友美は壁に貼られたカレンダーにぼんやりと視線を移す。

「なあに、都合悪い？」心配そうにちづるが訊き、少し考えてから、麻友美は口を開いた。

「ううん。あのね、みんなで食事するのはぜんぜんかまわないし、私もイッちゃんのこと心配だけど、あの、あのね、へんなふうに思わないでね。私、そういう経験がないから、へんなこと言っちゃうんじゃないかってちらっと心配になっただけ。力になりたいけど、どんなふうにすればいいのかわかんないから、素っ頓狂なこと言って、イッちゃんを傷つけたりしないかなって」

しばらくの沈黙のあと、「私もそうなのよ」疲れたような声でちづるは言う。

「本当のこと言うと、霊能者だとか言い出してるイッちゃんがこわくて、二人だけで会う勇気がないの。でも放っておいたら、あの子きっと、へんな宗教にひっかかったりだまされたりするようで、それもこわいのよ。だから麻友美に電話したの」

うん、と麻友美はうなずき、思い出したように缶ビールのプルトップを開けた。けれど口をつける気にならず、ちいさな穴を見下ろす。ちづるの声の背後も、やはり静まり返っていた。やっぱりちづるも、夫の眠ったあとのリビングで、携帯電話に耳をあてているのかと麻友美は想像する。ちづるはひとつかすかなため息をつき、話しはじめる。

「ねえ、考えてみたら、イッちゃん、ひとりきりなんだよ。ひとりきりでおかあさんの病気と向き合ってるんだよ。きょうだいもいないし、親戚もいないみたいじゃない？　会社員じゃないから同僚なんかもいないだろうし、恋人がいるのかはよくわからないけど、でも話を聞いてるとひとりで動いているみたいだし」

麻友美はそう言われて、ひとりということがどういうことであるか考えようとした。今、たったひとりで荷を背負っている伊都子の身になってみようとした。けれど麻友美は、何も伊都子ばかりでなく、私たちもひとりぼっちではないかと、なぜかそんなことを思った。私も、ちづるも、たったひとりきりで何かと向き合っているではないか。何と向き合っているのかは明確な言葉にはできないけれど。そして同時に、そんな考え方をとても幼いと麻友美は思った。

「ねえ、ちーちゃん、私たちって、年齢ばっか重ねてくけど、でもなんだか子どものまんまよね」

麻友美はつぶやく。

「本当ね。本当に私、そう思う」

携帯電話から、まじめくさったちづるの声が聞こえてくる。

「私はいつでも合わせるからさ、日にち決まったら連絡して。きっとだいじょうぶだよ、イッちゃんは。私たちのなかでもいちばんしっかりしてたじゃないの」

「そうね、ありがとう。ごめんね、夜分に電話なんかして。じゃ、また連絡するね」

ちづるは言って電話を切った。通話終了ボタンを押し、麻友美はずっと手のなかにあったビールに口をつけるが、やけに苦く感じられ、そのまま流しに持っていって中身を捨てる。壁に掛けてある時計を見上げると、長針が動いて十一時ちょうどになった。

麻友美はリビングの明かりを落とし、洗面所にいって歯を磨く。ルナの部屋のドアをそっと開けると、廊下から漏れる明かりにルナの寝顔が照らされる。眉間にしわを寄せ、大人のような表情でルナは眠っている。ルナの隣で眠るべきか、少し迷ってからドアを閉め、廊下を挟んだ向かいにある寝室のドアを開けた。ダブルベッドの隅っこに貼りつくようにして賢太郎が眠っている。音をたてないようにドアを閉め、麻友美はベッドに横たわる。目を閉じるが眠気がやってくる気配はなく、麻友美は暗闇に目を凝らし、母親に付き添う伊都子の姿を想像してみる。霊能者だとか、つむじの新興宗教だとか言う伊都子を想像してみる。わざとらしく聞こえるだろう言葉で伊都子をなぐさめる自分とちづるの姿を想像してみる。いっそう目がさえ、麻友美は寝返りを打つ。暗闇に、丸めた賢太郎の背中がぼんやり白く浮かび上がって見える。

唐突に、自分の人生は二十歳前に終わってしまったような感覚に捉えられ、麻友美はたじろぐ。今までにも幾度かそう思ったことはあった。人生のうちで、もっとも輝き華やかな時期はもうとうに終わってしまっているのではないかと、麻友美はときどき思っていた。けれど今までとはちがう、もっとはっきりした確信のようなものを、今、麻友美はふいに抱いたのだった。たとえルナがオーディションに合格しても、有名小学校に合格しても、きっとかつてのような輝きは、自分の人生にはやってこないだろう。麻友美はそんなことを、絶望的な気持ちで思った。

夜だからいけないんだ。夜だからへんに不安になるんだ。朝になればきっと、こんな気分は霧散しているだろう。晴れやかな気持ちで朝食の用意をし、賢太郎を送り出し、ルナを幼稚園まで送っていくことができるだろう。麻友美は自分に言い聞かせるように思い、目を閉じじっと眠りを待つ。

集合ポストの前に立ち尽くして、送られてきた葉書に、麻友美はまじまじと見入る。

「ふうん」ひとりでに言葉が漏れる。「たいしたことないわよね」つぶやいてから、自分の言葉にはっとする。一瞬、嫌悪感に襲われる。たいしたことないとわざわざ言ってしまうなんて、なんだか嫉妬に駆られた年増みたいだわ、と思う。

だから、わざわざもう一度、口に出して言う。

「えらいじゃないの、ちーちゃん」

そして今度は鼻白む。

ポストに入っていたのは、ちづるからの展覧会の案内だった。裏には淡い青が基調の絵が印刷されている。体を寄せ合って電線にとまった鳥の絵だ。「片山ちづる絵画展」とその下に印刷があり、日時と会場までのかんたんな地図がある。ひっくり返すと印字された宛名があり、その下に手書きで、

「やっとここまでたどり着けました。忙しいと思うけど、ぜひきてね」と書いてある。

エントランスを出て、また足を止め麻友美は葉書のなかの絵を眺める。青い色が基調なのに、鳥だけが鮮やかに赤い。その赤が強すぎて、じっと見ていると不安になる。これ、いい絵なのかしら、と麻友美は思い、それもまた、あわててうち消す。私、芸術とかそういうの、わかんないし。

管理人が通りすぎざま、陽気な声で挨拶していく。あわてて麻友美は葉書をバッグに

しまい、やはり陽気な声で挨拶をしてエントランスを出る。

ちづるが個展をやるということは前に聞いていた。へええ、と思っていただけなのだが、いざ案内がきてみると、なんだかざわざわと不安になった。無意識のうちに、その葉書のなかに安心できる箇所を麻友美はさがした。いくつか見つかった。たとえば、開催場所が有名なギャラリーや美術館ではなく、千駄ケ谷にある聞いたこともない店であること。印刷された絵の魅力が、ちっともわからないこと。安心しかけた自分に気づいて、麻友美は強く恥じた。ちづるのことは好きだし、数少ない友だちだと思っている。その友だちを見下して安心しようとするなんて。それじゃなんだか、自分が退屈な女みたいじゃないか。退屈で、無能で、人を妬むことにばかり力を費やす、馬鹿主婦みたいじゃないか。

「すごいことだわよ」

だからもう一度、車を発進させた麻友美はつぶやいてみる。

駐車場を出、路地を抜け大通りを走りながら、「片山ちづる」と印刷された文字を麻友美は思い出す。そして自分の不快感にも似た不安は、個展を実現させた彼女の行動力ではなく、その名前から誘発されているのではないかと思う。

なぜちづるは旧姓を名乗っているのだろうか。作家のペンネームみたいに、画家としての名前は旧姓にすると決めたのだろうか。

片山ちづる。運転をしながら麻友美はその名をちいさくつぶやいてみる。井出ちづるより、そちらのほうが麻友美にはよほどなじみ深い。アルファベット順に出席番号が与えられていた中高時代、ちづると伊都子と麻友美は、いつも番号が近かった。そもそも仲良くなった発端は、出席番号順に座らされた席が近かったからだ。

けれど今、片山ちづるというそのなじみ深い名前は、麻友美に妙なプレッシャーを与えてくる。井坂麻友美はどこにいっちゃったの？　あなたは岡野麻友美でしかないの？　それでいいわけ？　と、そんなことを問うているように思うのだ。

もちろんそれが、自分のかなりねじ曲がった思考回路であることを、麻友美は自覚する。それで、赤信号で車を停車させ、もう一度つぶやいてみる。

「すごいことだわよ」

それればかりでは足りないような気がして、さらに「ちーちゃん、えらい！　見なおした！　さすが元バンド少女」と、大声で言ってみる。なんだか馬鹿馬鹿しくなって、麻友美は笑い出す。隣に停まっているトラックの運転席から、煙草をくわえた男が、ひとりで笑う麻友美をもの珍しげに見下ろしている。

あちこちに子どもの絵の貼られた教室で、輪に並べたパイプ椅子に腰かけ、麻友美はほかの母親があれこれ意見するのを黙って聞いている。窓からは園庭で遊ぶ子どもたちの姿が見える。ルナが女の子と遊んでいるのを認めて麻友美は安心する。ルナよりひとまわりちいさな女の子は、同じクラスではなく、年少の子だと思えるが、それでもよしとしよう、と麻友美は考える。時計を見る。もうすぐ一時半である。三時までには終わってくれないと、お教室に遅刻する。

「鯉（こい）のぼりをみんなで作るっていうの、私はいいと思うけど」

「でも、女の子は？　ひな祭りの日にみんなでひな人形を作ったわけじゃないから、不公平じゃないかしら。男の子だけ鯉のぼりを作ってもらうっていうのは」

「真下（ました）さんの意見は正しいと思うわ。男女平等にいかなきゃ」

「じゃあパーティのメインはどうしましょう」

なーにが男女平等よ、五歳児相手に。麻友美は思うが、もちろんそんなことは口に出さない。

「ちまきを作るっていうのは？　鯉のぼりの歌にたしかちまきって歌詞、出てこなかったかしら」

「でも食べものとなると衛生面が……」

「蒸すだけにしておいて、各自作ってきて、それをみんなで蒸すのならいいんじゃないかしら」

「えっ？　各自作るって、ちまきって作れるものなの？」

おいおい、頼むから面倒なことはさせないでよ……みんな忙しいんだから。これも心のなかで思うだけで、口には出さない。もっとも、自分に発言権がないことは、麻友美は重々承知している。

黒のセーター事件以来、麻友美のことをみななんとなく避けている。挨拶はすれば返すが、それくらいだ。今日のようなミーティングの連絡は、ルナがもらうプリントで知るか、あとは園内に貼ってある掲示板を自分でチェックするしかない。ミーティングへの参加は強制ではない。昼間の時間帯がたまたま空いている面子（メンツ）だけが揃（そろ）うのだから、何も自分が出ていくことはないのだが、それでも麻友美がこうして出席しているのは、やっぱり反省と遠慮と、卒園まで平穏無事にすませたいという謙虚な願いがあるからだった。

母親たちは、ちまきの作り方でひとしきり盛り上がり、さらに「子どもたちも参加できるものを」と話はそれ、「サンドイッチはどうか」に移行し、サンドイッチの中身の検討をはじめている。腕時計を確認すると、三時まであと十分しかない。三時五分前、ようやくこどもの日のパーティはサンドイッチ作りに決定し、終わりかと思いきや今度はだれが何を用意するかでまたふりだし状態になる。

「あ、じゃあ私、パンを用意します。サンドイッチ用のパン」

はじめて麻友美は声を出す。いちばん面倒そうな役を引き受けて点数を稼ごうという算段だったのだが、

「岡野さんはお忙しいから無理しなくていいですよ」

と、香苗ちゃんのママがやんわりと言う。笑顔で言っているが、拒絶しているのは麻友美にもわかる。かちん、とくる。ここまでがんばってるのに、しかもあの事件はずいぶん前のことなのに、なんでいつまでもいつまでもしつっこく非難がましい態度をとるのだろう。

「あ、そうですか」麻友美は立ち上がる。短気なのは悪い癖だと思いながらも、もう口が勝手に動いている。

「じゃ、すみません、お先に失礼させていただきますね。ルナ、これからお教室にいかなきゃいけないもので」どうしていつもこうなってしまうんだろう。早々と後悔しながら出入り口に向かう。教室から一歩出て、後悔に耐えかねて麻友美はふりむく。笑顔を作ってみる。「何か私にもできることがあったら言ってください。ご連絡くだされば、

なんでもしますから」深々とお辞儀をしてみる。麻友美にとってはせいいっぱいの歩み寄りだったのだが、しらっと目配せをし合っている母親たちを見ると、それは伝わらなかったらしい。

「ま、あと一年の辛抱よね」

自分に言い聞かせるようにつぶやいて靴を履き、園庭にルナを呼びにいく。

伊都子の本を書店で見つけたのは、四月も終わりに近づいたころである。スーパーマーケットに買いものにいったついでに、コンピュータ関係の本をさがしたいと賢太郎が言い、そのまま車を大型書店に向けて走らせた。賢太郎が本を見ているあいだ、麻友美はルナの手を引いて絵本を選んでいたのだが、ルナが座りこんで一冊の本を読み出したので、手持ちぶさたに女性誌のコーナーを眺めていた。女性誌コーナーの隣には、タレント本があり、ちらりと見ただけなのに、草部伊都子の名前は勢いよく目に飛びこんできた。

伊都子は写真集を出版すると言っていたが、それとは少々趣の異なった本だった。タレントの詩集で、表紙にはそのタレントの名が大きく書かれ、帯にも「初の詩集！　あなたを癒す、新鮮で清冽(せいれつ)な言葉のかずかず」とでかでかと書かれている。伊都子の名は、タレントの名前の下に、「写真　草部伊都子」とずいぶんちいさく印刷されていた。

ぱらぱらと本をめくり、なんだかずいぶん子どもじみた詩を読み、たいしたことないじゃない、と思い、麻友美はふと首を傾げる。こんなこと、つい最近もあったような……そこまで考えて思い当たる。ちづるの個展案内だ。一気に気分が下降する。なんで最近の私ったら、すぐにいやなこと考えるんだろう。たいしたことないどころではない、たいしたことではないか。自分の名前が有名タレントと並ぶだけでもすごいのに、写真は全部自分のものなのだ。井坂麻友美にそんなことができるか。

「ちょっと麻友美さん」

声をかけられ、驚いて麻友美はふりむく。賢太郎とルナが立っている。

「物騒な世のなかなんだから、目離しちゃだめだろう。こんなにかわいい子、連れてかれちゃうぞ」と言う賢太郎は笑っている。「それ、いっしょに買おうか？」麻友美の持った本を見て顎をしゃくる。

麻友美はゆるゆると本に目を落とし、買うべきか、買わないべきか、生死に関わる問題のような深刻さで悩む。

「いい、いいわ。立ち読みしていただけだから」

笑顔を作り、本を元に戻す。

ルナの手を握り、レジで精算している賢太郎の姿を眺めながら、麻友美はまたもや自己嫌悪を覚える。これ、友だちなの、と、以前の自分だったら伊都子の名を指して言ったような気がする。ほら、あなたも知ってるはずよ、ディズィのひとりだったから。すごいでしょ、彼女の写真なのよ。今、そう言えないのはなぜだろう。

「イッちゃんがね」車に戻った麻友美は、ぽつりとつぶやく。

「イッちゃんってえーと、きみの友だちだよな、バンドのときの」運転しながら賢太郎は応じる。

「そう、伊都子」隣に座るルナの髪を撫で、麻友美は車内に響く自分の声を聞く。「イッちゃんのおかあさん、有名な翻訳家なんだけど、癌なの。たいへんなのよ」

「えっ、そうなの。悪いの？」結婚式で一度会ったきりの伊都子の母親のことなのに、賢太郎は心底心配そうな声を出す。賢太郎の、こういうところが私は好きなのだ、と麻友美は思う。こういうところが私に必要なのだ、と思いなおす。

「うん、ずいぶん悪いみたい。それで今度、お見舞いにいくのよ、ちーちゃんと」

「うん、早いうちいったほうがいいよ。そのイッちゃんって子もたいへんだろうな。何かできることがあればいいんだろうけど、難しいよな、そういうのって」

「ママ、今日のごはん、ピンクのごはんにしてくれる？」ルナが顔を上げて訊く。

「そうね、桜でんぶ買ったから、ルナのはピンクにしてあげる」

「パパ、パパもピンクにしてもらったら？」

「パパは遠慮しておくよー、これでも男の子だからさー」

運転しながら賢太郎はのびやかな声で言う。

麻友美は後部座席の窓から空を見上げる。淡い紫と青がグラデーションを作っている。帯のように白い雲が流れている。きれいだな、とぽつんと思う。そう思ってふいに泣き出したくなる。泣き出すかわりに、ルナを抱きしめ髪に鼻を押しつける。ミルクと埃が混じったようなにおいがする。

「ルナ、さっきの本、寝る前に読んであげるからね」

「ペーパーのあと？」ルナはされるがままでつぶやく。

「そうね、今日もお勉強しようね」

「日曜くらい、休ませてやれば？　ペーパーって、あれだろ、ドリルみたいなものだろ」

賢太郎が言う。一日休むとずっと遅れちゃうのよ、と反論しようとして、麻友美は言葉をのみこむ。ルナを抱きしめ、流れていく景色に目を這わせ、自分がひとりぼっちであると麻友美は強く感じる。

ちづると決めた見舞いの日は、五月に入って最初の土曜日だった。個展の準備が忙しいらしいちづるが、その日なら空いていると言い、賢太郎の仕事も休みだったので、ルナをまかせて麻友美も家を出た。手みやげに何を持っていくか、さんざん悩んでから、無難に花にすることにした。春らしくしてほしいと告げて、明るい色のブーケを作ってもらった。

病院の入り口でちづると落ち合い、面会者受付に向かう。

「ちーちゃんも花だったの、重なっちゃったわね」

「でも花ならいくらあってもいいんじゃない？　華やかになるでしょ。イッちゃんのおかあさんってたしか、絵が好きだったから画集にしようかと思ったんだけど、重いでしょ、画集って」

「悩むよね、何持っていくか。食べていいものと悪いものもよくわからないし」

ささやくように会話しながらエレベーターに乗り、教えられていた階で降り、病室を目指す。甘いような苦いようなにおいが充満していて、反射的に麻友美は気が滅入る。予防接種や健診のときに、決まってルナが泣くからだ。

草部芙巳子の名を見つけ、ドアをノックする。ドアの隙間から伊都子が顔を出し、

「どうもありがとう」と不機嫌な表情で言い、ドアを開け放った。

ドアの向こうを見て、麻友美はぎょっとした。入るのをためらっているところを見ると、ちづるも驚いているようだった。病室は、悪趣味と思えるほど飾り立てられていた。病院を連想させる白い壁や無機質な家具が、見事に布や絵で覆われている。カラフルなカバーを掛けられたベッドのなかで、芙巳子は目だけ動かしてちづると麻友美を見た。右腕にひとつ点滴が打たれ、鼻にはチューブが入っている。麻友美の記憶のなかの芙巳子より、はるかに年老いて痩せ細っており、麻友美は用意していたはずの言葉を失う。けれど芙巳子は、よくしゃべった。

「あなたがちーちゃん、そしてあなたが麻友美ちゃん。ぜんぜん変わっていないのね、あなた方。よくきてくれたわ。もう退屈で退屈で。どう、お元気？　麻友美ちゃんはたしかおかあさんになっているのよね。ちーちゃんは絵を描いているのだったかしら。ちょっと伊都子さん、フィナンシェあったでしょ、お出ししたら。手術の日がね、決まったのよ。手術さえ終わればもうだいじょうぶなの。だから心配しないでよね、伊都子さんは心配性で気がちいさいから、あれこれ言うでしょうけどね」

「あの、どうぞおかまいなく」

ちづるもまた怖じ気づいたようにちいさな声で言った。

伊都子が紅茶とお菓子の用意をし終えるころには、芙巳子はぐったりと動かなくなり、うとうととまどろみはじめた。

「しゃべりすぎて疲れたのよ。いつもこうなの。見栄っ張りだから元気に見せようとしてはりきって、気を失うように眠るの」

伊都子は苛立(いらだ)たしげに言った。ドアを開けた瞬間から、いや、見舞いにいくという連絡をしたときから、ずっと伊都子は不機嫌で、伊都子にしてはめずらしくその不機嫌さを隠そうともしないことが、麻友美には気にかかった。けれど口には出さず、出された洋菓子を食べ、紅茶を飲んだ。三人で向き合って紅茶を飲んでいると、そこが病室であることを忘れてしまいそうだった。

「無理だったの。霊能者の人に会えるには会えたんだけど、ひとりひとり祈禱にいくわけにはいかないって言われたわ。私、テレビ局の真ん前で土下座までしたのよ。あいつ、きっと偽物なのよ、病気をなおす力なんてないのよ」伊都子はうつむいて、ぼそぼそとしゃべった。伊都子の右手首に、紫色の数珠(じゅず)が巻かれている。

つむじの宗教はどうなったのか知りたかったが、もちろんそんなことを言い出せる雰囲気でもなく、麻友美もうつむいてお茶を飲んだ。ちらりと隣をうかがうと、ちづるは無表情のまま、包装された洋菓子をもてあそんでいる。

「あっ、そういえば、イッちゃんの本、本屋さんで見たよ。出版されたんだね、すごいじゃない」

麻友美は重苦しい雰囲気を吹きとばすため、思いついた話題を陽気な声で言った。ちづるもやっと顔を上げる。

「え、そうだったの？　やだ、イッちゃんたら、おめでとう。知らなかった。教えてくれればよかったのに。帰りに買っていく。出版社はどこ？」

「すごいんだから。表紙に草部伊都子ってちゃんと名前が出ていて、写真、すごくきれいだった」

言えば言うほどいたたまれない気持ちになりながらも、麻友美は言った。しかし伊都子は、何を言われているのかまったくわからないような顔でぼんやりと麻友美を見る。その目はこちらに向けられているのに、自分を通り越して背後の壁を透視しているようで、麻友美は淡い恐怖を覚える。静けさのなかに、こぽこぽこぽこぽとかすかな音が絶え間なく続いている。芙巳子の口にあてられた酸素マスクとチューブでつながった機械が発する音だった。芙巳子は半分口を開けて寝ている。自分でそうしようと思わないまま、麻友美は口を開いていた。

「イッちゃんのおかあさん、私、ずっと憧れてた。かっこよくて、なんでも話せて、いっしょになって笑ってくれて。私、ルナを産んだとき、そういう母親になりたいって思った。自分の母ではなくて、イッちゃんのおかあさんみたいになりたい、なろうって」

耳に届く自分の声を聞くうち、泣いてしまいそうになって、麻友美はあわてて口を閉ざした。ちづるは何も言わない。伊都子もぼんやりとした目を麻友美に向けているだけだった。

結局、三十分もいないで病室をあとにした。伊都子はずっと不機嫌なまま、病院の外まで送りにきた。手をふって別れ、駅までの道をちづると歩く。

足元に揺れる自分の影を見下ろしていたら、こらえていた涙が、許可を得たかのようにすっと右頬に落ちた。

「やだ、ごめん」麻友美はあわてて言い、右頬を片手でこする。左目からも水滴が落ちる。「やだ、イッちゃんががんばってんのに、私馬鹿みたい」

「イッちゃんてさ、昔から強かったよね。中学生のころから、ずっとそうだったよね」

隣を歩くちづるがちいさく言う。伊都子が不機嫌だったのは、八つ当たりしているからでも絶望しているからでもなく、そうすることで自分を保っているのだろうと、今さらながら麻友美は気づく。ちづるの展覧会の葉書や、伊都子の名ののった詩集を、なんとか見下そうとしていた自分が、ひどく惨めに感じられた。

「ちーちゃんの個展、楽しみにしてるよ」

今や涙腺がいかれてしまったみたいに流れ出る涙を、手の甲でごしごしとこすり、麻友美は言う。そうだ私は本当に、ルナを産んだとき、女の子だとわかったとき、伊都子の母を思ったんだと、麻友美は色濃く思い出す。強くて、かっこよくて、自信に満ちあふれていて、ひとりで軽々と歩いている女の人。そう、あんな人になりたかったんだと。

第七章

リビングのソファに、泰彦が所在なげに座っている。キッチンのカウンター越しにその姿を見ると、時間と空間がぐにゃぐにゃと歪んでしまったような気がする。不安が押し寄せてくるようでもあり、そのねじれたような感じは小気味よくもある。

「おれ、やっぱ、お茶、いいわ」

ちづるがティーポットに湯を注いでいると、泰彦はそう言って立ち上がった。

「え、今いれたところなのに」

「だってなんかさ、落ち着かないよ」

突っ立ったまま、泰彦は困ったような顔で言う。ちづるは思わず笑った。

「べつに、へんなことをしているわけじゃないじゃないの。絵を見にきてもらっただけじゃない。感想を聞かせてよ」

そう言われて泰彦はまたソファに腰を下ろしたが、すぐに立ち上がり、ポケットから煙草（たばこ）を取り出して口にくわえ、火をつけずきょろきょろとあたりを見渡している。

「灰皿、ないの」

「ないけど、これ、かわりに使って」ちづるは食器棚からめったに使わない小皿を出し、カウンター越しに渡そうとしたが、泰彦は受け取らない。くわえていた煙草をパッケージに戻し、

「ないならいいよ。どうしても吸いたいってわけじゃないし」と、口のなかでつぶやくように言う。

ちづるはトレイにカップとポットをのせてリビングに運び、ソファテーブルに並べるが、泰彦は座ろうとしない。

「やっぱ、落ち着かないよ、どっかいこうよ」聞き分けのない子どもみたいにくりかえす。

「夫なら十二時過ぎまで帰ってこないし、帰ってきたってれっきとしたお客さまなんだから、べつにいいじゃないの」ちづるは言い、カップに紅茶を注ぐ。

「そうじゃないよ」泰彦は部屋の真ん中に突っ立ったまま、つぶやくように言う。「そうじゃなくて、この部屋がなんか落ち着かないんだよ」

ちづるはポットを持ったまま、泰彦を見上げる。今自分はどんな顔をしているんだろ

う と、頭の片隅で思う。笑い飛ばしてみようかと思うが、できなかった。この部屋は落ち着かない、という泰彦の言葉に、打ちのめされていた。ちづるはやっとのことで泰彦から視線を外し、意味もなく窓を見、壁に掛かった石版画を見、カウンター越しにキッチンを見、それからもう一度、泰彦に目を戻した。

「じゃ、外に出ようか」ずっと持ち上げていたポットをテーブルに置き、ちづるは立ち上がる。

「いや、あのさ、あんまりきれいでさ、おれ、汚さないように汚さないようにって思うと必ずなんか粗相するんだよ。カップ割ったり、紅茶こぼしたり、煙草の焼け焦げ作ったり。落ち着かないってそういう意味よ」泰彦は、あわててそんなふうに言う。

「バッグとってくるね、玄関にいってて」

笑顔で言うと、泰彦はほっとしたようにひょこひょことリビングを出ていった。自分の部屋に戻り、財布と携帯の入ったちいさなバッグを持ち、ちづるはリビングを横切る。片方だけ紅茶の入ったカップがのんびりと湯気を上げるのを横目で見ながら、「お待たせ」と、玄関に立っている泰彦に告げる。

晴れていて、空は高く、緑の葉を茂らせた木々が堂々と陽射しを浴びている。空も木々も、マンションの部屋から見るよりずっと色合いが濃かった。どこかに向かっているのか、それともあてずっぽうに歩いているのか、泰彦は何も訊かずにずんずんと歩き、ちづるも何も言わず、歩調を合わせてその隣を歩いた。住宅街に人けはなく、なんだか町じゅうの人がどこかに連れ去られてしまったみたいだった。

「このあたり、大きな公園がないのよね。引っ越すとき、公園があればいいな、なんてことは考えなかったの」

歩きながらちづるは言った。声は発したとたんに、乾いた陽射しに照らされて、しゅるしゅると蒸発していくようだった。なるほどたしかに、あの部屋よりこの場のほうが話しやすいとちづるは思う。この屋根も壁もない道ばたのほうが、呼吸がしやすい。あの部屋はたしかに、自分にとっても落ち着かなかったのだと、今、ちづるは思い知らされる。自分の部屋に閉じこもり絵を描くことで、自分はなんとか居場所を作っていたのだと。

「私ねえ、昔、三人組でバンドをやっていたのよ」空を見上げてちづるはぽつりと言い、耳に届いた自分の言葉にひそかに驚く。それはずっと、ちづるにとって、隠したいことだった。何かというとそのころのことを持ち出す麻友美を、ちづるはいつも不思議に思っていた。「もう二十年前だから、バンドっていったって、三流アイドルに毛が生えた程度だったけどね。楽器も私はまともにできないし、曲を書くのも知らない大人たちだったし」

「へえ」隣を歩く泰彦は、語尾を上げるようにして言った。

「ワンマンじゃなかったけど、武道館にも出たことあるんだよ」自然と笑みがこぼれる。

「高校も退学処分になっちゃって、それでもなんか夢中だったな。大人が作った型にはめられただけなんだろうけど、でも、自分に起きていることにいつも現実感がなくて、ふわふわしていて、ああいうのを充実っていうのかな。私はそのころのこと、なつかしくもないし美化してもいないんだけど、でも、ああいう気分は、あれ以来味わったことがないのは確かよね」

「二十年前かあ、おれ、何してたかなあ」

ぼんやりした声で泰彦は言う。うつむくと、二つの影が、自分たちの足元にまとわりつくようについてきている。その影を見つめて、ちづるは続けた。

「バンドも終わって、そんな過去なんかなかったみたいになって、自分にできることもあんまりないって気づいて、でもそれってすごく自分の思う自分らしくて、自分らしいなって思いながら結婚して、今の夫は私が昔何をやっていたかなんて知らなくて、私は今、やっと分相応のところに戻ることができたって思ったの。生活があって、好きな絵も描けて、ときどきは仕事もあって。それなのにその分相応さに不満を覚えることもあって、でもそれは、あのころの特殊な経験が悪いんだって、私、ずっと思ってた。もっとふつうに高校生活を終えてたら、今でぜんぜん満足しているはずだったんだ、って」

何が言いたいのかわからないまま話しはじめたちづるだったが、そんなふうにでたらめに言葉をつなぐうち、何が言いたくてこんなことを話しだしたのか、ゆっくりと理解していった。

「あんな過去なんて、なければいいって、だから私、ずっと思ってたの」

ちづるは隣を歩く泰彦を見る。泰彦は目を細めて、住宅街の先を見つめている。ふと、さっきリビングで目にした二客のカップが目に浮かぶ。空のカップと、琥珀色の液体が湯気を上げるカップと。

そうじゃない。私が責めているのは自分の過去ではなく、現在なのだ。言いたいのはそのことだったとちづるは深く理解する。帰らない夫、静かなリビング、よそよそしい会話、冷蔵庫の冷えたワイン、何も選ぶことなく、何をつかむこともなく日々を過ごしてきた自分にはそれらが当然だと、分相応だと、もったいないほどだと、ずっと自分に言い聞かせようとしてきたけれど、そうじゃない、毎日を私は全身で拒絶していた。こんなはずじゃない、こんなはずじゃない、こんなはずじゃない、と、頭ではなく心でもなく、きっと体の一部で。泰彦と並び、なんの変哲もない住宅街の角を曲がりながら、ちづるは思う。

「中村さん」立ち止まり、ちづるは泰彦を呼んだ。数歩先に進んだ泰彦は足を止め、ふりかえる。「私、あなたのことが好きみたい」

泰彦が、数歩離れたところできょとんとした顔をしているので、聞こえなかったのかと、ちづるは「私」と、もう一度声を大きくして言った。泰彦はあわてて駆け寄ってきて、「あなたのことが」と言いかけたちづるの口をおさえようとする。

「そんな、大声で、こんなところで」あたふたと泰彦は言い、「聞こえたよ、聞こえました」赤い顔で言い、またすたすたと歩きはじめる。ふわふわと漂うように淡い影がついていく。ちづるはちいさく笑った。溺れていた水面から陸にあげてもらったように、急に呼吸が楽になったように感じた。小走りで泰彦に追いつくと、

「絵、前のよりよくなったと思うよ。力強くなった」

泰彦はちづるを見ず、ぼそぼそと言う。路地から自転車に乗った数人の子どもがあらわれ、何か大声で話し合いながらすれ違っていく。遠ざかっていく彼らの笑い声は、陽を受ける木々の葉のようにちらちらと澄んでいる。

新藤ほのかを見ることはかんたんだった。寿士はあいかわらず無防備で、調べようと

思えば、彼女の携帯電話の番号もメールアドレスも、住所でさえも知ることができる。二人が食事を約束した日時も、待ち合わせ場所も。

寿士の手帳のその日付には、「明　八時」とだけ書いてあったが、その意味するところはちづるにはすぐにわかった。どこかで食事をするのではなく、寿士は明大前にある彼女の住まいを訪ねるのだろう。いっしょに事務所を出るわけにはいかないから、新藤ほのかが先に帰るか、あるいは別ルートで帰るかして、改札口で待ち合わせるのだ。七時過ぎにちづるは明大前に着いた。駅ビル内の喫茶店に入り、ガラス窓の向こうを眺めてコーヒーを飲んだ。

自分が何をしているか、ちづるにはよくわかっていた。寿士の浮気を知ったときから、みっともないまねは絶対にやめようと思っていた。相手の女に会いにいったり、いやがらせの電話をしたり、そういうことだ。実際、それほどの興味を、彼女にも、彼らの恋愛にも持てなかったのが正直なところだが、それでも幾度かは、いったいどんな女なのだろう、と単純に疑問を持ったことはあった。見るのはじつにかんたんそうに思えたが、そうしなかったのは、わざわざ新藤ほのかの姿を見にいくことが、ちづるのなかで「みっともないこと」に分類されていたからだった。

だから今、自分がみっともないことをしているのだと、ちづるにはわかっていた。

八時十分前に喫茶店を出たちづるは、若い人でごった返す改札の隅に立ち、見慣れた自分の夫が、自分ではなく見知らぬ女に笑顔を向けて改札を抜けるのを眺めている。それまでちづるは幾度も視線をめぐらせ、待ち合わせをしている女性たちを眺めていたのに、新藤ほのかがいつからそこに立っていたのかわからなかった。それほど影の薄い女性だった。一度帰って着替えてきたのだろう、ジーンズに、五月だというのにグレイのトレーナーという地味ないでたちだった。髪をひとつに結わえている。顔立ちも地味だった。浅黒い顔、一重の目、印象に残らないくちびる。寿士と彼女は、人混みを抜けて歩き出す。ちづるの足が、自然にあとを追って動く。

伊都子から電話を受けたのは三日前のことだった。前日に芙巳子が手術を受けたのだと伊都子は言った。腫瘍摘出のための手術ではないの、気休めのための手術なの、と伊都子は言った。現状のまま、何も食べられず点滴を続けていくか、それとも、胃の一部を切除し腸とバイパスでつなげ、少しでも何か食べられるようにするか。どちらにしても癌は体内に残るわけで、余命にほとんど変わりはない。つまりね、食べずに死ぬか、食べて死ぬかって選択をしろということなのよ。そのように告げる伊都子の声は、以前電話をかけてきたときのように動転してはいなかったし、病院で会ったときのようにとげとげしくもなかった。似つかわしくない表現だが、しかし、安らかな声だとちづるは思った。諦観なのか悟りなのかわからないが、とにかく、声を聞くかぎり、伊都子は冷静で、そして安らかだった。

手術、どうだった？　そのような選択も伊都子ひとりでしたのかと、いたたまれないような気分でちづるは訊いた。無事に終わったわ。開腹手術だと体力が極度に消耗するってリスクもあったんだけど、でも、ずっと鼻に通していたチューブ、胃液を抜くためのものね、あれがとれて、本人もだいぶ楽になったと思う。とはいっても、麻酔から醒めてもまだ朦朧としていて、話はできていないんだけどね。伊都子は調子を変えることなく、淡々と言った。

ごめんね、私何もできなくて。寿士の帰らない、静まり返った部屋で、ちづるはぽつりと言った。なんの役にもたてなくて、本当にごめんね。社交辞令ではなく、心の底からの本心だった。伊都子がたったひとりでどのように日を過ごし、せっぱ詰まった選択をし、眠る母を看ているのか、ちづるには想像もつかなかった。

なんの役にもたってないなんてことないわ。だっていてくれるじゃない、ちーちゃんも麻友美も。そこにいてくれるじゃない。

自分たちが力づけ、なぐさめなければならないはずの伊都子は、まるでちづるをこそ元気づけ、そっといたわるような声で言った。

電話を切って、ちづるは泣いた。なぜ泣いているのかわからないまま、ソファに腰かけ膝に顔を埋めて泣いた。洟を思いきり擤み、顔を洗い、そしてそのとき決めたのだ。新藤ほのかを見にいこう、と。なぜだかはわからなかったが、ちづるは強く決意していた。

そして今、新藤ほのかと寿士は、駅に背を向け、ネオンのはじける道をぴったりと寄り添って歩いていく。歩くにつれネオンは少なくなり、夜が深くなる。二人はコンビニエンスストアに入っていく。それを横目で見ながらちづるはコンビニエンスストアを通りすぎ、すぐ隣にあった教会の敷地内に立ち入り、掲示板に貼られている聖句をくりかえし読んでみる。

新藤ほのかと寿士は、コンビニのビニール袋を提げて店から出てきて、さらに歩いていく。ビニール袋には缶ビールが貼りついている。体を寄せ合い、ときどき顔を見合わせて笑う二人は、そうしてともに歩いているのが自然で、数十メートル離れてあとをつける自分が、まるで寿士の浮気相手みたいだとちづるは感じる。

狭い路地をいくつか曲がり、ふりかえることもなく、二人は三階建てのマンションに入っていった。二人の姿が消えてから、ちづるはこそこそとマンションの門をくぐり、集合ポストの前に立つ。201という表示の下に、「新藤」というプレートがあった。

ちづるは敷地を出、門の外から建物を見上げる。二階の角、橙色に灯る明かりを見上げる。まるでそうしているのを悟ったかのように、しゃっと勢いよくカーテンが閉められ、橙色はガラス戸の輪郭だけかろうじて残る。マンションの階段から、人影があらわれ、ちづるはあわてて壁と向き合う。マンションから出てきた若い女は、壁に貼りつくようにしてうつむいているちづるを無遠慮に眺めまわして去っていく。

自分が今、とてつもなく惨めであるとちづるは感じる。個展をやろうが、すばらしい絵を描こうが、願った通り夫が驚くような仕事をしようが、今のこの惨めさは拭えないと気づく。そして、この惨めさをこそ、自分は実感したかったのだと、ちづるはゆっくりと思う。

千駄ヶ谷のカフェ兼ギャラリー「N」には、今、ちづると泰彦しかいない。額装されたちづるの作品を、壁に掛けては入れ替えたり、位置をずらしたりしている泰彦を、カウンターに座ってちづるは眺めている。あさってには個展がはじまる。どうせ呼ぶのは数少ない仕事関係の人ばかりだから、オープニングパーティはしないつもりだったが、泰彦が絶対にしたほうがいい、と強く言い続けていたので、結局数人に連絡をした。そういうことから仕事がつながっていくんだからと、泰彦は自分の知り合いも呼んでいたが、ひょっとしたら、客がきて飲食すればそれだけ「N」の利潤になるという、せせこましい計算かもしれなかった。

あなたのことが好きだと、まるで高校生のような言葉を本人に向けてから、泰彦がなんとなく自分を避けていることに、ちづるは気づいていた。個展のための打ち合わせをしても、飲みにいこうとは誘わなくなった。ちづるが誘えばいくにはいくが、あのときのようにホテルに誘うことはなくなった。ホテルにいこう、と自分から酔いにまかせて言ってみたこともあるが、なんだか酔っちゃったみたい、とか、ちょっと風邪気味で、とか、幼稚な言い訳で泰彦はそそくさと席を立つのだった。

ついさっきも、搬入を手伝っていたアルバイトの男の子を、泰彦はみっともないくらい引き留めていた。私と二人になるのがこわいらしいわ、とちづるはこっそり思った。約束を入れてしまったとかで、六時過ぎに男の子が帰ってしまうと、とたんに泰彦は無口になった。

しかしそんな泰彦の態度は、ちづるをまったく幻滅させなかった。幻滅させないどころか、ますます泰彦本人を魅力的に見せた。そのことにちづる自身が驚いた。

それればかりではない。わがままさ。せせこましさ。小心さ。こずるさ。共有する時間が長くなるにつれ、美点の陰にそろそろとあぶり出されてくる彼の性質もまた、この人が好きだというちづるの気持ちを邪魔しなかった。

よほど人間らしいと思ったのだ。計算や、身勝手や、逃げ腰を、取り繕うことのない泰彦は、寿士より、いや、寿士と自分の、表面だけつるつると清潔な部屋のような関係より、よほどすこやかに人間らしい、と。そうした人間らしさを避けた結果が今の自分の生活であるのに、それに魅力を感じていることが、ちづるには不思議だった。

「あの」と声を出すと、壁に掛けた絵をじっと見上げていた泰彦は、傍目(はため)にもわかるくらい大きく飛び上がった。ちづるは笑ってしまう。「あのね中村さん、何か、飲みものをいただいてもよろしいでしょうか」

「どうぞどうぞ、なんでも飲んで。悪かったね、気がつかなくて。おれ、何か作ろうか」

おたおたと泰彦は言う。

「じゃあ、ウイスキーをロックでくださいな」

「ああ、はいはい、ウイスキーロックで」泰彦はぎくしゃくとカウンターの内側に入り、小ぶりのグラスに氷を入れ、ウイスキーを注ぐ。それをちづるの前に置き、すばやく自分のぶんも作り、ジュースを飲むように一気に飲んだ。

「あのね、心配しないでいいよ」カウンターに頬杖をつき、笑みを浮かべてちづるは言った。

「へ、何を」

「こわがらせるようなことはしないから、だいじょうぶだよってこと。私、あなたのこと好きだけど、どうこうしたいとか、ぜんぜん、これっぽっちも思っていないから。どうこうしてと言うつもりもない」

泰彦は、叱られた子どものような目をゆっくりとちづるに向ける。ちづるは自分が母親になったような気分になる。この人を守ってあげなくてはというような。寿士には感じたことのない気分だった。寿士と暮らすあの家では、いつだって自分は守ってほしい側だったのだ。寿士が母親役になんてなれないとわかりきっていながら。

「いや、べつに、おれ、そんな何も」

「なんかさ、小学生のときみたいに好きなだけだから。大人になってこういうふうな気持ちになれるなんて思わなかったな。救われた気分だよ」

ちづるはグラスをちいさくふって、それから一口ウイスキーを飲んだ。のどの奥から胃にかけて、さあっと瞬時に熱くなる。個展が終わって、もし泰彦と会う機会がなくなったとしても、きっと私はだいじょうぶだろうとちづるは思う。きっとだいじょうぶだろう。胸の内でくりかえす。

この店は路上に似ている。息苦しい家を出て、ふいに呼吸が楽になり、言わなくてもいいことを言ってしまった、あの晴れた日の路上に似ている。ちづるはそう思いながら、店の壁を振り仰ぐ。大きく描き出しただれとも知れぬ顔が、強く意志を持った目でじっとちづるを見つめている。


赤いお椀のなかの、どろりとしたお粥を、スプーンですくい、芙巳子の口元まで持っていく。芙巳子は薄くくちびるを開け、伊都子の差し出すそれをゆっくりとすすってから、緩慢に口を動かし、のどをひくりと上下させたのち、「まずい」と一言、言った。

「梅干しあるけど、入れる？　少しはましになるかもよ」伊都子は言ったが、

「いらない。もういい」芙巳子は弱々しい声で顔を背ける。

「もう少し食べたほうがいいよ、せっかく食べられるようになったんだし」

ちいさい子どもに言い聞かせるように言い、伊都子はスプーンをふたたび口元まで持っていく。いらない、と言った芙巳子は、窓のほうを向いたまま、機械的にくちびるを開け、ちゃんとすする。幼い子どものようだ。

「ヨウさんがくれたあのスカーフだけど、色合いが下品だわ」

ふと、芙巳子は細い声で言う。お粥が口の端からこぼれ、伊都子はそれをウエットティッシュで拭う。

「そこの引き出しにしまってあると思うけど、斜め向かいの部屋の奥さんにあげていいわよ。あの人、私が眠っているあいだに、黙って部屋に入ってきて、引き出しを開けて物ほしげに見ているんだもの。私はいらないから、あげちゃっていいわよ」

手術の前日に洗髪をしたきりなので、芙巳子の髪は脂じみてぺったりとしている。化粧気のない顔は土気色(つちけいろ)で、目の下にはくまができている。

「夏のおうちは売ってしまったって、嘘(うそ)よね？　ついさっき、あなたがくる前、蝶(ちょう)ネクタイの男がわざわざそう伝えにきたんだけど、あれは嘘よね？　知らない顔だったし」

芙巳子はもうお粥を食べようとはせず、かすれた声で言うと、目を閉じる。叫びだしそうな気持ちをこらえて、伊都子はあわててプラスチックのお椀を置き、リクライニングベッドの背を倒す。

「嘘だと思うわよ、いいわよ、ママは気にしなくて」芙巳子に薄い布団をかけながら言い、「冷たいもの、持ってくるね」あわてて病室を出る。

芙巳子がおかしくなったのは、術後二日目だった。手術を終えた次の日は、麻酔から醒めてわりあいすっきりしていた。「鼻に入れるチューブがなくなってずいぶん楽だわ」と、笑っていた。二日目の昼過ぎ、伊都子が病室にいくと、芙巳子はまったくの真顔で「悪いけど、今日の撮影にはママついていけないわ」と言った。伊都子の背後を指して、「そこの人に今日は帰ってって言ってくれる？　ママ、具合悪いから」とも言った。ふりかえっても、もちろん背後にはだれもいない。何がどうしたのか伊都子にはさっぱりわからなかったが、その日も午後になって、どうやら母はへんな場所にいってしまったらしい、と気がついた。

翌日は、早朝に病院から電話があった。芙巳子が暴れている、というのである。病院に駆けつけてみれば、芙巳子は安定剤を処方されてぐっすり眠っていた。「今日は娘さんの取材でテレビが入るから、どうしても服を新調しなければいけない、デパートにいくからって、点滴を外して出かけようとするんです。止めようとすると、強い力で押しのけて」と、幾分迷惑そうに若い看護師は語った。

「だいぶ、その、暴れたんですか」と伊都子が訊くと、年輩の看護師が近づいてきて、「ちょっとね、お話しされることのつじつまが合わないことがあるけれど、それも数日のことだけだと思うから、心配なさらないで。ずっとお食事ができなかったし、我慢強い方だけれど、ストレスがずいぶんたまっていると思うんです。だから今は、できるだけ近くにいてあげてくださいね」と、哀れむようなほほえみを見せた。

その日の芙巳子の話も、伊都子にはまったく意味がわからなかった。「庭の松の木に小鳥が巣を作ったから、あのいたずら坊主にとられないようにしなくちゃ」と言ったかと思うと、「向かいの部屋の人が、あなたに見合い話を持ってきたんだけど、ずいぶんひどい話だった。私たち、馬鹿にされているんだわ」と言ったりもした。伊都子はそのわけのわからなさにぞっとしながらも、できるだけ聞き流した。

その日帰って、数冊の医学書で調べてみると、母はどうやら、術後せん妄であるらしかった。幼児や高齢者は、手術の後、一時的にせん妄状態に陥ることがあるらしい。いもしない人間の名を呼んだり、幻覚を見たり、被害妄想が強くなったりする。できるだけ患者の言うことを否定せず、調子を合わせたほうがいいと、いくつかの本には書いてあった。「一時的に」というその文字を、伊都子は言葉が意味を失うほどくりかえし眺め、気持ちを落ち着かせようとした。

手術から十日がたっている。けれど芙巳子はまだ、ふつうの状態には戻らない。先ほど言っていた、ヨウさんも斜め向かいの奥さんも知らない。もちろん、スカーフなんて引き出しには入っていない。芙巳子は、そんなふうにないはずのものの話をはじめたり、二十年前のことを現在のように言い出したり、かと思うと、急にはっきりとした口調でる。時間と空間を、芙巳子の意識は自在に漂っているらしかった。自在に漂いながら、たったひとつだけ、避けていた。自分が癌であるということを、芙巳子の意識は決して認めていなかった。

伊都子は病院にいくのがこわかった。「今」にかろうじてひっかかっているような母と会話をするのは、足がすくむほどのおそろしさだった。おもての気温はどんどん上昇しつつあるのに、母が手術を終えてから、いつも寒くてたまらない。それでも伊都子は午前中にマンションを出て病院に向かった。毎日のように訪れていた見舞客は、ぷつりと途絶えた。手術後に一度きた珠美は、わけのわからないことを言う芙巳子に絶句し、十分ほどで帰ってしまった。それ以来、珠美も顔を見せない。

フロアロビーの自動販売機で、伊都子はカップ入りの冷たいお茶を買い、それをストローつきのカップに移す。フロアにはテレビの音が響いている。数人の入院患者がテレビの前に呆けたように座っている。隅のソファでは、見舞客数人が、入院患者を囲んで明るい笑い声をあげている。鉄の靴を履いたように重い足を引きずって、伊都子は病室に戻る。ストローつきカップを両手に抱えて、そろそろと歩く。

部屋に戻ると芙巳子は目を閉じていた。伊都子がパイプ椅子に座ると、薄く目を開け、何か言う。何？　と伊都子は母の口元に耳を近づける。

「海、今年はいけないのかな」

母はかすれた声で、ちいさな子どものようにつぶやく。

「海にいきたいの？」訊くと、

「うん。いきたい。いきたいけど、無理かな」

ささやくように言って、芙巳子は目を閉じた。「ぐるぐるうずまきのパンと、ミルクコーヒーを買って、おじさんが釣りをしてたでしょ、海はぴかぴか光ってさ、赤いお屋根の……」目を閉じたまま細い声で言う。

「お茶、飲む？」

伊都子は訊いたが、芙巳子は何も答えない。薄くくちびるを開いたまま、眠ってしまったようだった。芙巳子の息は日ごとにくさくなる。内臓が腐っているのだと伊都子は思う。眠る芙巳子を伊都子は見下ろす。痩せ衰えた母の顔が、すでに死んでしまっているように見えることに伊都子はひどく動揺する。椅子から立ち上がり、色鮮やかなカーテンの隙間から外を見る。緑の葉をうるさいほどつけた街路樹が、陽射しを受けて光っている。この部屋にあるべき生気を、その緑がすべて奪っているようで、ただそこに生えている木が猛烈に憎らしくなる。伊都子は思いきりカーテンを閉め、急に暗くなった部屋に驚いてあわててカーテンを開け、いったい何がしたいのかまったくわからない自分に唖然として、その場にしゃがみこむ。泣いたらだめだ、と、しゃがみこんだまま強く思う。

恭市が、かつての恭市のように見えないことに伊都子は驚く。目の前にいる恭市は、ほとんど知らない男だ。

「痩せた？」と恭市は訊く。電話では、詩集の出版を前にしてまったくやる気のなくなった伊都子の態度を責め、写真展に顔も見せなかったことをなじり、タレントの事務所の人間もくるという打ち上げもすっぽかしたことに、さんざん呆れていたのに、今、恭市は、伊都子の機嫌をうかがうようにびくびくしている。伊都子は恭市から目をそらし、メニュウを広げる。かつて意味を持っていたはずの単語が、記号のように見える。短角牛のカルパッチョ。海の幸のラグーソース。子牛とフォアグラマルサラソース。オマールのグリル。だからなんだっていうの？　と、気がつけばメニュウに言いそうになる自分を、どうかしているとちらりと思う。

「ゴルゴンゾーラのペンネだけでいいや」伊都子は言って、笑ってみる。

「え、今日は一応、お祝いの席なんだけどな。ぱあっと飲んで食べようって電話で言ったじゃん。ここ、予約すんのたいへんだったんだぜ」

そういう恭市を見つめ、伊都子はもう一度頬を引っぱりあげて笑ってみる。ほかにどうしたらいいのか、よくわからなかった。近づいてきた店員に、恭市は注文をする。シャンパンが運ばれてきて、伊都子は笑顔を貼りつけたまま、恭市にならって細長いグラスを持ち上げる。何もかもが遠く感じられる。自分がそこにいる、という現実味のなさに伊都子は戸惑う。前菜が運ばれてきて、正面で恭市がにこやかに何か言っている。その声もどんどん遠のく。何を言っているのか、まったくわからない。わからないのに、話に合わせて笑うことはできるのだな、と、妙なことに感心する。恭市の取り分けてくれた前菜を、伊都子は食べようとする。けれど緑のソースのかかった蛸を口に入れただけで、吐き気がした。

前菜が下げられ、パスタが運ばれてくる。これだけは食べなければいけないと、その場には不釣り合いな重大決心をして伊都子はフォークを持つ。いつのまにかシャンパンが白ワインに替わっている。白ワインがするりとのどを通ることに伊都子は安堵する。恭市がこちらを見ている。何か訊いている。答えなければならない。そうね、とちいさく笑ってうなずいてみせる。恭市がまた話しはじめる。そんないいかげんな返事をしても、どうやら話の筋は通ったようだ。そのことにふたたび、安堵する。深く。

私はこの人に、母がもうじき死ぬことを、まともな会話がほとんど成り立たないことを、そんな母をたったひとりで看ていることを、言っていないんだなと、伊都子はふと考える。何かあったのかと訊かれても、疲れているだけだと答える。なんてひどい人間だろう。出版を喜ばなかったのは作りたいような写真集ではなかったからではない、写真展にいかなかったのは握手会のおまけだとすねたからではない、打ち上げをすっぽかしたのは馬鹿馬鹿しかったからではない、それどころではなかったからだと、言ってしまえばこの人はどんなに楽になるだろう。こんなふうに私の機嫌をとることもなく、ひとりで話し続けることもないのに。きっと母が病気なのだと打ち明ければ、恭市はすぐに顔を曇らせ、私を心配してくれるだろう。私の不可解な行動の謎が解けてほっとして、そして何か、気休めみたいなことを言ってくれるだろう。たいへんだろうけれどがんばるんだよ、とか、おれにできることがあったらなんでも言ってくれ、とか。

そんなこと、言わせてやるもんか。

強くわきあがってきた自分の言葉に、伊都子は驚いた。そんなふうに思っていたんだと、今さら気づく思いだった。この人がいなくてはいやだ、この人がいなくては何もできないし何もしたくない、そう思いながら、一方では、そんなふうに思っていたのか。助けられてたまるもんか。心配なんかさせてたまるか。楽になんか、させてやるもんか。

そんなふうに、ずっと。

三分の一ほど残したパスタが下げられ、恭市の注文したメイン料理が運ばれてくる。恭市の声はあいかわらず遠い。グラスが取り替えられ、赤ワインが注がれているから、恭市が注文したのだろう。目の前にデザートメニュウが開いて置いてある。これも恭市が頼んだのだろう。はて、自分はデザートを何か頼もうとしたのだったか。そこに座っていながら、過ぎ去る一瞬の記憶はすぐさま混濁する。

恭市の手元で切り分けられる肉を見ていた伊都子は、ふと顔を上げた。ところどころ入り交じり、抜け落ちる真新しい記憶の片隅に、ちらりと光るものがあった。伊都子はそれに目を凝らす。光はちらちらと揺れながら、ゆっくりと大きくなる。レストランの壁が消え、ほかの客の姿が消え、恭市が消える。ちらりと見えた光は、伊都子の前に悠々と姿をあらわす。

それは海だった。光を浴びて透明の板のように光っている。先ほど、海にいきたいと母が言ったとき、それは私の知らない海だと伊都子は決めこんでいた。鳥の巣をとろうとするいたずら坊主や、夏の家を売ったと伝えにくる蝶ネクタイの男と同じく、母の頭のなかだけにあるもの。実際の記憶か、架空のそれかはわからない。ともあれ、娘の私とは共有していないものだと聞き流していた。こわいのだ。母が自分だけの記憶や妄想に沈んでいくのがこわいから、適当に話を合わせていた。でも違う。夏の家や、松の木や、ほかのものは知らない。でも海だけは違う。その海を私は知っている、と伊都子は強く思った。強く思いすぎて、声をあげてしまいそうだった。

伊都子は立ち上がった。恭市が顔を上げる。何か訊いている。トイレかと訊いているのだろうと伊都子は想像し、「帰るね」と言って、恭市に笑いかけた。恭市が口を開く。驚きが広がるのが、まるでスローモーションのように伊都子の目に映った。恭市の顔に驚きがあいかわらず遠いその声を聞き取ることができないまま、伊都子はまっすぐ出入り口に向かって歩いた。名前を呼ばれた気がしたが、ふりかえらなかった。今、思い出しかけた光景を、ひとりきりで一刻も早く抱えたかった。だれからも遮られることなく、飽きるまでひとりでそれを眺めまわしたかった。

ドアを開けておもてに出る。車道を走る車のランプが色鮮やかだった。空を遮るような大きな看板で、モデルの女が大きく口を開けて笑っている。伊都子はネオンサインのはじけるにぎやかな通りを、足早に歩く。

九歳だったか、十歳だったか。イギリスに住んでいた伊都子と芙巳子はスペインまで旅をした。マドリッドから入ってバルセロナを経由し、フランス国境に近い町に滞在した。なんにもないようなところで、伊都子にはただ退屈だったのだが、芙巳子は気に入ったらしく、予定より長くそこにいたように記憶している。有名な画家の生まれた町らしく、画家の作品を展示した、奇妙なかたちの美術館があった。伊都子はその建物が気味悪くて、近づくまいと決めていた。ちいさな町にはヒッピーみたいな男女がいっぱいいた。漁港があり、小高い丘を登ると海が見渡せた。芙巳子は毎日のように丘を歩き、下手なスケッチをしていた。よく放っておかれた。芙巳子の姿が見えないとき、伊都子は海沿いの道を歩き、ぽつりぽつりとある店をのぞいて芙巳子をさがした。どの店にも、ヒッピーのような格好をした男女か、早々と昼から酔っぱらっている老人ばかりがいた。伊都子の顔を覚えたお店の人や客が、ときどき、母をさがす伊都子に、ジュースやキャンディや、オリーブの実をくれた。親切にしてくれるのに、伊都子は彼らみんな、まとめて嫌いだった。彼らは例外なく酒のにおいがし、酒のにおいは伊都子に、不機嫌な母を思い出させたためだった。

いい旅とは言えなかった。芙巳子はいつにも増して好き勝手に行動していたし、伊都子はほとんどの時間を、母の姿をさがすことに使っていた。本屋も、おもちゃ屋も、ケーキ屋もなく、母のように黙って海を眺められるほど、伊都子は大人ではなかった。では母との、どの旅がいい旅であったのかといえば、伊都子は首を傾げてしまうのではあるが。

レストランで、悠々と姿をあらわした海は、今や夜の町なかで消えることなく、伊都子の目の前で光り続けている。過去の時間の細部が、光にさらされるようにして次々と輪郭を見せはじめる。泊まった宿は赤い三角屋根のちいさなホテルだった。窓を開けると海が見えた。バルコニーに椅子を出して、タンクトップにショートパンツ姿の母は陽を浴びていた。隣に立つ幼い娘に、母はべつの海の話をした。伊都子は、その日は母が近くにいるのがうれしくて、母の話などよく聞いていなかった。母はたしか——無我夢中で歩きながら伊都子は記憶を懸命にたどる——たしか、子どものころに見た海の話をしていた。遠い外国から、母親に抱かれて帰ってきた。船はくさくて満員で、死んだほうがましだと子ども心に思っていた、でもある晴れた日、母親の腕の隙間から海が見えたとき、死んでたまるものかと思った。海はきらきら光っていて、信じられないくらい強かった。生きるんだ、とそのとき思った。ものごころついたばかりの子どものくせに、ちゃんとそう思った。船を下りて、何があったって生きていく。私を抱く母とはぐれることがあっても、私は生きていってやる。そう思わせるくらい海は強かった。あなたを身ごもったとき、ひとりで育てることになるのはわかっていたから、私は海のある町に住んだの。海と私とで、生まれてくる子を育てようと決めたのよ。あなたは覚えていないだろうね、あなたが二歳になるまで住んだあのアパートも、窓を開けると海が見えたんだよ。不思議だよねえ、伊都子。あんなに歯を食いしばって見てた海だけど、思い出そうとすると、ここおんなじ、おだやかな海しか思い出さない。陽射しを浴びて、のんきにきらきら光ってた海しか、ママ、思い出せないのよね。

幼い伊都子は、陽を浴びる母の隣に立ち、母の次の言葉を待っていた。話など聞いていなかったのに、何かを思い出して言葉を紡いでいるかぎり、母はどこかにいってしまうことはないと信じていたのだ。

そのあとも、幾度も母とは海を見た。イギリスの、イタリアの、あるいは日本に帰った後、横浜の、伊豆の、新潟の、瀬戸内(せとうち)の海を見た。でも母が見たいと言った海は、あのスペインの、画家が育ったちいさな町の海だと、伊都子にははっきりとわかった。

自分がどこを歩いているのかわからないまま、伊都子は歩き続けた。地下鉄の駅はもうとうに過ぎてしまっていた。車のライトは変わらず行き交い、ネオンサインは途切れることなく続いていた。顔を上げると、まるで水に浮かんでいるように、色とりどりのネオンが揺れていた。それらはどんどん歪み、はじける色が溶け合っていく。私は泣いているらしい、と伊都子は気づく。涙を拭うこともせず、伊都子は前へ前へと足を踏み出す。

海だ。海を見せるんだ。あの人にもう一度海を見せる。きっとあの人は思うはずだ。

生きるんだ。死んでたまるものか。子どものころとおんなじに、強く思うはずだ。だってそれが草部芙巳子でしょう。生きていってやる。それが私の母でしょう。

涙はあふれるように流れ続けているのに、伊都子は笑い出したいような気持ちだった。霊能者が、宗教の教祖が、母を生かしてくれるかもしれないなんて、なんでそんなこと、思ったんだろう。そんなことできっこない。彼らに草部芙巳子の人生をどうこうできるはずがない。母を生かすことができるのは、草部芙巳子ひとりきりだ。

そう、海だ。海にいくんだ。母に海を見せるんだ。それで母が不死鳥のようによみがえるとは、伊都子は思ってはいなかった。けれど不思議と、海、と思うと、ちいさな光が胸の奥に灯るようだった。正しい道がわからず、途方に暮れていた迷路で、思いがけず新しい曲がり角を見つけたときのような、そんな気分だった。つい今し方までどこにいたのか、もう思い出せなくなっていた。どこからきてここを歩いているのか。思い出す必要はないように思えた。電車にもタクシーにも乗りたくなかった。ただ歩いていたかった。歩いていれば、目の前に、母と見た海が、今にも広がってくるような気がした。にじむ幾多の光のなかを、伊都子はがむしゃらに歩き続けた。

ちづるは無遠慮に伊都子の部屋を眺めまわす。片づけられない女ってテレビの取材がきても不思議はない、といつだったか麻友美が言っていたが、それほど散らかっているわけではない。ソファの背には衣類が掛かっているし、ダイニングテーブルは隙間もないほど書類や写真や封筒が散乱しているし、床には雑誌や新聞が散らばっているが、想像していたようなすさまじさではない。かえってこれくらい適度に散らかっていたほうが、居心地はいいのではないか。ついこのあいだ、「この部屋は落ち着かない」と泰彦に言われたことを苦々しく思い出しながら、ちづるはそんなことを考える。

ひとり掛け用のソファに座った麻友美も、目だけ動かして部屋のなかを見渡している。目が合うと、何か言いたげに口を歪ませる。

「ビールでもいいんだけど、お茶にしておいた」

キッチンから出てきた伊都子はソファテーブルに盆をのせ、慎重な手つきで紅茶をいれる。

「おなかが空いたら言ってね。ピザかなんかとるから」

「だいじょうぶ。朝ごはん、遅かったし」麻友美が答え、また、ちらりとちづるを見る。

「私もまだおなか空いてない」ちづるも急いで言った。

「あ、お菓子があったと思う。ちょっと待ってて」紅茶をいれた伊都子は立ち上がり、キッチンからビスケットの箱とチョコレートの包みを持ってくる。床に座りこんで、薄いセロファンをていねいにはがしている。

「そんなのいいよ、イッちゃん。どうしたの、なんかあった？」焦れたように麻友美が口を開いた。

招集がかかったのは昨日だった。明日の昼、うちにきてほしいの。伊都子はやけにきっぱりと言った。断られるなどと思ってもいないような口調だった。

「あのね、二人に手伝ってほしいことがあるの」

床にあぐらをかいて座った伊都子は、ソファに座るちづると麻友美を見上げて言う。何、とちづるが口を開くより先に、伊都子は話しはじめた。

「母をね、病院から連れ出して、海を見せにいきたいの。それでね、麻友美、車を持ってるわよね、おっきな車。あれを貸してくれない？　それで、麻友美でもちーちゃんでもいいから、運転してほしいの」

やけに陽気に伊都子は話し出す。まるでピクニックの相談をするかのような伊都子を、ちづるはじっと見つめた。彼女が何を言おうとしているのかまるでわからなかった。

「遠くは無理なの。かといってお台場の偽物の海なんかじゃいやだし、横浜の海もちいさい。だから伊豆。伊豆なら三時間もしないでいけるんじゃないかと思って。母、私がおなかにいるころ伊豆にいたらしいの。私が生まれてからも少しばかり過ごしたって聞いた。私は覚えていないんだけどね。伊豆の下田の先のほう」

そこで伊都子は何やら楽しげに笑った。どこに笑うべき点があるのかわからないちづるは、困ったようにうなずいてみせる。

「ちょうど今、調子のいいときは酸素マスクも外せるし、点滴は栄養だけなの。私ずっと時間を計ってみたんだけど四時間。一袋四時間なの。ブドウ糖だから切れても少しくらいは問題ないと思うけど、念のため、もう一袋盗んでおく。取り替える作業は、私できるから安心して。毎日見てるんだもの、できないわけないの」

また伊都子は笑う。何を話しているのか、ちづるはわからなくなりかける。

「ちょっと待って、盗むってなんなの」麻友美が口を挟む。

「あのね、内緒で母を連れ出すのよ。それを手伝ってほしいの」

テストで百点満点を取ったんだと胸を張る子どものような晴れやかな顔で、伊都子は笑った。

「内緒って、そんなのどうやって？　あぶないじゃないの、何かあったら。外泊許可をとればいいだけの話じゃないの？」ちづるもソファから身を乗り出して思わず言った。

伊都子が何を考えているのか、まったくわからなかった。

「うん、でもね」笑みを絶やさず伊都子が続けた話は、ところどころ省略されたり飛躍したりして、その都度麻友美とちづるで質問を差し挟まなければならなかった。ここに着いてから一時間もたったころ、ようやくちづるは、伊都子が何をしようとしているのか、なぜ自分たちがここに呼ばれたのか理解した。

伊都子の母は、いつ容態を悪化させ息を引き取ってもおかしくない状態らしかった。今の状態を保っていても、おそらく一カ月はもたないであろうというのが、医師の言葉らしい。もし自宅で看取ることを望むのならばそのように手配はするが、骨にまで癌が転移しているので、転んだりすればかんたんに骨折してしまい、危険であることを承知してほしいと言われ、伊都子は母を入院させておくことを望んだのだと言う。外泊許可は申請すればおりるのかもしれないが、もし許可されなければ二度と母が海にいけるチャンスはない、そしてともかくも時間がない。今日明日にでも実行しなければ、いつ母が死ぬかわからない。だから、看護師の数が手薄になる夜中の十二時半から二時ごろまでのあいだに、こっそりと母を連れ出す計画を、伊都子は立てたらしかった。

伊都子の、あっちこっちに飛んでいく話の輪郭が見えてくるにつれ、なんて馬鹿なことを、とちづるは思った。伊都子の気持ちはわかるが、無茶だ。どうしても母親に海を見せたいのならば、やはり病院の許可をとるか、看護師の付き添いを頼むか……。

そこまで考え、そしてちづるははっとした。そうだ、伊都子は、私たち以外のだれをも巻きこみたくないのだ。看護師やほかのだれかに、絶対に手伝ってほしくないのだ。本当ならばきっとひとりで敢行したいに違いない。けれどそれが叶わないから、私と麻友美を呼んだ。もし私と麻友美が断れば、伊都子はひとりでどうにかして母親を伊豆へ連れていくだろう。車椅子を押して電車を乗り継いででも、ひとりでやってのけるだろう。もう伊都子は決めてしまったんだろう。

そう気づくと、不思議なことに、ちづるの気分はゆっくりと高揚しはじめた。

「麻友美の車はボルボのワゴンだったわね？　カーゴスペースに車椅子を畳んで入れるとして、点滴はどうするの、どうやって固定していくの」

気がつけば、ちづるは身を乗り出して伊都子にそう言っていた。麻友美が不安そうにちづるを見る。

「ポールの高さが調整できるから、それを低くして助手席に乗せるか、カーゴスペースからチューブをのばせばどうかと思うんだけど」

「それとも麻友美の車じゃなく、もっと大きなバンを借りる？　それなら横になれるじゃない」

「病院を調べておいたほうがいいよ」麻友美が思いきったように口を開く。ちづるは麻友美を見た。「もし途中で具合が悪くなって、どうしようもなくなることも考えて、伊豆までのルートで駆けこめる病院、できるだけ大きな病院をマークしておいて」

ああ、麻友美にもわかったんだ、とちづるは思った。これが、伊都子にとってどうしてもやらなければいけない何かで、同時に、私と麻友美にとってもやり遂げなくてはならない何かなのだと、私とおんなじように麻友美もわかったんだ。

「それで、いつにするの」ちづるは訊いた。

「早いほうがいいんだけど、でも、みんなも予定があるでしょ」

「明日は?」麻友美がちづると伊都子を交互に見る。

明日は個展のオープニングパーティの日だった。四時にはケータリングサービスがやってきて準備がはじまり、パーティは五時半に開始だ。そこでちづるは挨拶をすることになっていた。その日はとことん飲もう、と泰彦は上機嫌で言っていて、二次会の場所まで予約してある。明日のためのドレスは、二週間前に買った。アクセサリーと靴も合わせて。

ちづるは、泰彦のギャラリーに並んだ絵をぼんやりと思い浮かべた。男の顔、女の顔、風景。最初は、夫を見返したかった。私はひとりでこんなことだってできるのだと言ってやりたかった。自分で自分を軽んじているような状況を抜け出したかった。絵を描いて、それでどうしたいのかという泰彦の問いに答えることができなかった。タイムセールで商品をつかみとるような絵を描くんだと、よく意味もわからないままそれだけを思って描いた。描いて描いて、とにかく描いた。筋力トレーニングをしているみたいに描いた。充実していた。それでもわからなかった。絵を描いて、それでどうしたいのか、わからなかった。夫の恋人を見にいった。自分で望む通り打ちひしがれた。惨めだった。それなのにまだ、私は一歩も踏み出せずにいるのだ。

「明日にしよう。っていうか、深夜だからあさってになるのか」

ちづるは、重々しくそう告げる自分の声を聞いた。

絵を描いて、私は強くなりたかったんだ。耳に届いた自分の声を反芻(はんすう)しながら、ようやくちづるは理解した。強くなりたかったんだ、私は。

母親を嫌いなのだと言って泣いた伊都子を思い出す。今、ピクニックの相談をするかのごとく晴れやかに海行きの話をする伊都子は、ちづるの願ったその強さを人知れず獲得しているかのように思えた。

「あのころを思い出すね」ふと伊都子が言った。

「あのころって」

「伊豆高原で、バンドやろうって計画したじゃない。なんかのテレビ見て」

「歌作ったね。衣裳（いしょう）のデザインもして」

「大まじめにね」

「みんなでうたいながら買いものいったね。スーパーが遠くてさ」

伊都子の母の病気のことを考えると、そんな話をするのは不謹慎に思えたが、止まらなかった。伊都子と麻友美につられるようにして、勝手に思い出される光景をそのまま口にした。大騒ぎして料理をした。三人で林のなかを歩いた。スケッチブックに架空の衣裳をいくつも描いた。インタビューごっこに興じて笑い転げた。ビールを買ってきておそるおそる飲んだ。なんでもできると思っていた。ほしいと願ったものは、ほしいと願ったそばから手に入ると信じていた。

「ねえ、何かやりたいと思ったとしたら、それって、思った時点からもうはじまっているんだよね」

空のカップを盆に戻しながら、伊都子がぼそりと言う。

「なあに、それ、どういうこと?」麻友美が訊く。

「こんな人になりたいって思ったとするでしょ、思った時点から、もう、なりたい人になりはじめているんじゃないかって、私、思ったのよね」伊都子は言って、盆を手にキッチンに向かう。

「意味、わかんない」麻友美は言いながら、伊都子がセロファンだけはがして放っておいたビスケットの箱を手にとり、「あらこれ、賞味期限切れてる」と眉間にしわを寄せた。

「平気よ、それくらい」ちづるは箱を麻友美の手から奪い、蓋を開けてひとつ口に放りこんだ。甘くてしょっぱい味が広がった。

厚木ICまでの東名高速も、そこからの小田原厚木道路も空いていた。一三五号をまっすぐ下り、熱海を通過する。左手に広がる海は暗く闇に沈み、巨大な穴ぼこのように見えた。暗い車内にはちいさく音楽がかかっている。気が散るからか、ラジオも音楽もかけずに麻友美はハンドルを握っていたのだが、音を切ってしまうとたんに車内を沈黙が包み、その重苦しさに耐えかねたらしく、CDをデッキに入れていた。スウェディッシュロックだと麻友美が説明したが、助手席のちづるにはカナディアンロックだろうがチャイニーズロックだろうが関係なかった。

後部座席で、芙巳子は伊都子にもたれるようにして眠っている。車に乗せるときは芙巳子は目覚めていて、「また私を引っぱりまわすつもり？　私はあの絵のことにはもう関係がないんです」と意味のわからないことを、見た目の衰弱とは裏腹に強い口調で言ってちづるをたじろがせた。違うのよ、ママ、海にいくのよ、海よ、と、なだめるように伊都子がくりかえし、ようやく静かになった。高速に乗るころには芙巳子は眠っていた。苦しげに眉間にしわを寄せ、薄く口を開いて眠る芙巳子を、ちづるは幾度も盗み見た。

「このぶんだと五時前には着けるかな」運転席で麻友美がささやくように言う。

「日の出が見れるといいね」伊都子の、どこか華やいだ声が聞こえる。

ともかくも、芙巳子を病院から連れ出すことには成功したのである。ちづるは個展の二次会から抜け出し、病院の時間外入口で伊都子と落ち合った。ドレスにコートを羽織ったままの格好だった。ちづると伊都子は、ナースステーションから看護師の姿が消えるのを待ち、無人になった隙に車椅子に乗った芙巳子を連れ出したのだった。芙巳子を見てちづるは動揺していた。ほんの少し前に会ったときとは別人のように変わって見えたからである。痩せこけていた顔は腫れあがり、なのにまったく生気が感じられない。とろんと開いた目の半分に、黄色い膜がかかっていた。髪の寝癖を気にした伊都子がかぶせたのか、やけに色合いの鮮やかなつば広帽をかぶっているのが異様に見えた。そんな芙巳子が、嗄(しわが)れた声をはりあげるようにして意味不明のことを叫んだときは、胸がつぶれるような思いがした。麻友美の車を見つけて慎重に近づく。芙巳子を車椅子から降ろし、点滴をいったんポールから外して麻友美が掲げ持ち、ポールは短くして車の後ろに入れ、ガムテープで固定した。ママ、つらい？　だいじょうぶ？　そう訊く伊都子の声は、子どものように幼かった。海にいくの？　海にいけるの？　そう訊き返す芙巳子の声は、それよりさらに幼かった。

眠る前に痛み止めと睡眠剤をのんだという芙巳子が眠ると、ちづるは安心した。ともかく、芙巳子を起こさないよう、苦痛を感じさせないよう、伊豆にたどり着くしかないのだ。

伊都子の誘導通りに麻友美は運転をし、海辺にたどり着いたのは四時を少しばかり過ぎてからだった。伊都子は弓ヶ浜までいくつもりだったらしいが、帰りの一三五号が確実に混むと麻友美が言い、結局それよりずっと手前、今井浜で朝を待つことにしたのだった。

海沿いの道に車を停め、麻友美がエンジンを切ると、音がすっと消えた。芙巳子のたてる薄いいびきがやけに大きく響く。麻友美も伊都子も何もしゃべらなかった。ちづるも黙って、数えるように芙巳子のいびきを聞いた。

水平線が、やがてゆっくりと赤みを帯びてくる。橙色の、燃えるような太陽の切れ端が海の向こうからじりじりと見えてくる。伊都子は黙って車を降り、車椅子を出した。

麻友美もちづるも車を降りて、伊都子が芙巳子を車から降ろすのを手伝う。車椅子に座った芙巳子は薄く目を開け、

「イッちゃん、海」と、ちいさく言った。

「そうよ、海よ、ママ、ぐるぐるうずまきのパンもミルクコーヒーもあとで買ってくる」

「海」芙巳子はささやくように言った。

車椅子でいけるぎりぎりまで伊都子はいって、しきりに母親に話しかけている。背後から点滴用のポールを持ってついていったちづるは、そっとその場を離れた。麻友美と並んで、母と娘の姿を見る。どんどん大きくなる太陽が、二人の輪郭を驚くほど鮮やかな色で光らせる。何かとても神々しいものを見るように、ちづるは目を細めて海と向き合う二人を見る。

深い充実をおぼえていた。何をしたんだろう私、と思う。何もしていない。助手席に座っていただけだ。なのに胸に広がる充実は、幾枚も幾枚も絵を描いていたときより、ずっと深く、濃いように思えた。

「やったわね」隣で麻友美がちいさくつぶやき、

「うん、やった」そう答えながら、麻友美も同じことを思っているらしいとちづるは知

る。

ゆるやかな風に芙巳子のかぶったつば広帽が舞い上がる。芙巳子も伊都子も、それに構わず海を見つめている。青く染まりはじめた空に舞う、色鮮やかな帽子をちづるは見上げる。その光景は、自分の描いたどんな絵よりも完璧に完成しているように見えた。

第八章

川に沿ってずっと歩けば海に出る。そう教えられ、ちづると麻友美、伊都子の三人はぶらぶらと歩き出した。空はくっきりと晴れていて、木々の緑が濃い。田んぼの向こうにぽつりと建つ民家のベランダに、しまい忘れたらしい鯉のぼりがはためいている。

なぜ海に向かって歩いているのか、ちづるはわからなかった。ほかの二人もわからないのだろうと思った。ただ東京に帰りたくなかった。やらなければならないことは山ほどある。実際、海にはどういけばいいのか、と伊都子が訊いたとき、看護師長はわけがわからないという顔つきだった。海なんか見にいっている場合じゃないでしょうに、と、彼女の心の声が聞こえてくるようだった。

草部芙巳子を病院から無断で連れだしたのは三日前だった。伊都子の立てた急ごしらえの計画では、そのまま東京に戻ることになっていたが、車が走り出してすぐ芙巳子の具合が悪化した。暗緑色のどろどろした液体を大量に吐き、呼吸が苦しげになった。それは予想していたことで、ちづるたちはあらかじめ病院の場所もチェックしていたのだが、それでもあわてにあわて、河津の病院に車を走らせた。速度オーバーを告げる警告音がうるさいほど響いていたことは覚えているが、どのように病院にたどり着いたのか、どのように芙巳子の入院手続きをすませたのか、ちづるはまるで思い出せない。

三日前から、伊都子はもちろん、ちづるも麻友美も家に帰っていなかった。麻友美は家に電話をし、事情を話していたようだが、ちづるは寿士に連絡をしなかった。携帯の電源も切ってしまった。

おとといの昼、モルヒネを投与してもいいかどうか、医師が伊都子に確認をとった。身近な人を看取った経験のないちづるにも麻友美にも、それが何を意味するのか理解できた。伊都子は薄い笑みを浮かべて、お願いしますと言った。麻友美が泣き出し、ちづるはそんな麻友美を廊下に連れ出して叱った。泣いちゃだめ、イッちゃんは泣いていないでしょう、私たちが泣いちゃだめ、と。驚いたことに、伊都子は海行きの計画を立てたときとまったく同じように、あわてることも騒ぎだてすることもなく、晴れやかで、陽気にすら見えた。

芙巳子は昏々と眠り続けた。ときおり苦しげな声を漏らしたが、目を開けることはなかった。交代に睡眠をとり、病院内の食堂で食事をした。病室に折り畳みベッドをひとつ入れてもらい、そこで伊都子が眠るときは、ちづるか麻友美が息をひそめて眠る芙巳子を見つめた。伊都子が起きているときは、どちらかが待合室のソファで仮眠をとった。眠る芙巳子の、薄く開いた口に、水で湿らせた綿棒のようなものを入れ、のどの渇きがないようにし、意識のないまま芙巳子が暗緑色の液体を吐き出したときは、タオルできれいにそれを拭き取った。

ちづるは無性にだれかと話したいと思い、待合室の隅で電源を切った携帯電話を取り出して、電源を入れてみた。話したいのは寿士ではなく、また「だれか」でもなく、泰彦だと、光るディスプレイを見つめて気づいた。携帯電話が許可されているコーナーにいき、ちづるは泰彦の携帯番号を押した。数度目の呼び出し音で出た泰彦に、「ちょっと急用ができて、とうぶんそっちにいけないんだけど、よろしくお願いします」とだけ言った。「え？　いいけど、平気？　なんかあった？」と、泰彦はのんきな声で訊いた。「平気。また連絡する」それだけ言って、ちづるは電話を切った。たったそれだけの会話で、不思議と自信がついた。だいじょうぶ、私は乗り切れる。何が起きても私たちは乗り切れる。ちづるは電源をふたたび切った携帯電話を握りしめ、芙巳子の個室に戻った。

昨夜、ほかの病室に面会にきた人々が帰ったあと、まだ夕食のにおいの漂う時間、芙巳子が薄く目を開けた。ちづると麻友美と伊都子、三人ともがちょうど起きて、ベッドのまわりに座っていた。目、開いた、と麻友美がつぶやいて、みな芙巳子をのぞきこんだ。芙巳子は黄色い膜のかかった目を、伊都子、ちづる、麻友美、とめぐらせ、もう一度伊都子を見、「だいじょうぶよ」とささやくように言った。「私はひとりでもだいじょうぶだから」と、かすれた声でつけ加え、もう一度ちづると麻友美とに視線を向け、「だから、あなたも」消え入るような声で言って、目を閉じた。そのまままぶたが開くことはなく、十時を過ぎたころ、医師が病室を訪れ、体温と血圧が下がっていること、覚悟をしておいてほしいことを告げた。

今朝五時過ぎ、芙巳子は息を引き取った。医師が臨終を告げ、看護師に促されて、伊都子が芙巳子の口を濡れたガーゼで湿らせた。その後看護師とともに三人で芙巳子の体を拭き、病院内の売店で買ったパジャマに着替えさせ、死化粧を施した。伊都子は泣かなかった。麻友美は泣くのをこらえているらしく、肩がぶるぶる震えていた。

看護師と病院提携の葬儀社と、三人揃(そろ)って今後の打ち合わせをし、結局、今日にも芙巳子の遺体を東京に連れ帰ることになった。やるべきことは山のようにあった。伊都子は葬儀の段取りを決めねばならないし、ちづるもできるかぎり手伝うつもりでいた。一刻も早く霊柩車(れいきゅうしゃ)の手配をし、東京に帰らなければならないことをだれもがわかっているのに、「海にいくにはどうすればいいんでしょう」と伊都子がナースステーションで訊いたとき、ちづるも麻友美も、当然の質問のごとく看護師長の答えを待った。

そして今、午前中の澄んだ空気のなかを、三人で海に向かって歩いている。自転車に乗った老人が追い越していく。ランドセルを背負った子どもたちが、向こう側から走ってきて、ちづるたちをじろじろ眺め、背後へと走り去っていく。

「この木、桜だね。全部咲いたら壮観だろうね」川沿いの木々を見上げて、伊都子がのんきな声を出す。

睡眠時間も足りていないし、最後に食事をしたのは昨日の夕方で、しかも病院の売店の菓子パンだった。なのに体はどこまでも軽く、このまま東京まで歩いて帰れそうな気がするくらいなのが、ちづるは不思議だった。そしてその同じ感覚を、前を歩く伊都子も麻友美も、感じているような気がした。

「あっ、海だっ」麻友美が急に素っ頓狂な声をあげて走り出す。伊都子はちらりとふりむいてちづるに笑いかけ、あとを追うように走った。ちづるも走った。川幅が広くなり、それがそのまま海に注いでいた。海辺を、犬を連れた女性が歩いている。海に沿って続く車道を渡り、そのまま砂浜へと駆けこむ。肩で大きく息をしながらちづるも走り、二人を追い越し、波打ち際で足を止めた。けれどそのまま立ち止まるのがもったいなく感じられ、靴を脱ぎ、靴下を脱ぎ、寄せる白い波へと大またで歩いていく。足に触れた海水が思いの外冷たく、ちづるは悲鳴をあげて後ずさった。砂浜に立っている伊都子と麻友美が、声を揃えて笑う。

ちづるは波打ち際でふりむく。伊都子と麻友美は、互いの体に腕をまわし、腰を折ったりのけぞったりして笑っている。笑う二人を、午前中のさらさらした光が照らしている。短い影が二人の足元にからみつくように踊っている。二人とも寝不足の、むくんだ青白い顔をしている。目の下にはくっきりとくまがあり、髪は乱れている。それでもちづるは、二人が高校生のころと何ひとつ変わっていないように見えた。正確にいえば、あのころ持っていた清らかな何かを、何も損なっていないように見えた。

ちづるは裸足（はだし）のまま彼女たちに駆け寄ると、伊都子の手をとって波打ち際へと引っ張った。伊都子は悲鳴をあげながらも引きずられてくる。麻友美もおもしろがって伊都子の背を押す。ちづるは足が冷たいのも忘れ、彼女を海へと引きずりこむ。伊都子はきゃあきゃあと叫びながら、スニーカーを履いたまま海に入ってしまう。伊都子のジーンズがみるみるうちに濡（ぬ）れて黒くなる。麻友美が砂浜に腰を落として笑う。冷たい、信じられないと伊都子が騒ぐ。くるぶしまで海に入ってちづるは空を仰いで笑う。

私はひとりでもだいじょうぶだから。だから、あなたも。芙巳子はだれに向かって言っていたのだろうと、笑いながらちづるは考える。私たちのことを認識できたのだろうか。それとも伊都子に言ったのか。あるいは、もっとべつの、あの場にはいなかっただれかか。けれど芙巳子がそう言ったとき、ちづるには芙巳子が伊都子の母に見えなかった。だれの母でもなく、知り合いでもなく、神さまといったら言いすぎだが、たとえば人の姿を借りた運命のようなものに思えた。その運命が、だれにでもなく自分に向かって、まっすぐ告げたような気がした。あなたはひとりでもだいじょうぶだから。そんなふうに。

澄んだ笑い声が空に響く。海から出た伊都子は砂浜に倒れこみ、足をばたばたとさせて笑い転げている。ちづるも海から上がり、砂浜に仰向けに横たわった。荒い自分の呼吸がすぐそばに聞こえる。

「私ね、東京の病院に連絡したらこっぴどく怒られたわ。当たり前だよね。私が母を海になんか連れてこなければ、母はもう少し生きたかもね」砂浜に寝転がったまま伊都子が言った。麻友美もちづるも笑いを引っこめ、伊都子を見た。伊都子は笑顔のまま空を見上げていた。「母のことを、好きか嫌いかっていったら、ほんとはまだわかんない。それだけど、好きでも嫌いでも、この女のためにやるだけのことはやろうと決めたの。それで、私はやるだけのことをやったわ」きっぱりと言うと、伊都子は立ち上がった。砂がぱらぱらと風に流される。「ありがとう」砂浜に寝転がる麻友美とちづるに、笑顔のまま伊都子は言った。「あなたたちのおかげで、母と私にしかできないお別れができた」伊都子は、まるで歌を一曲披露したかのように、深々とお辞儀をすると、そのまま歩き出した。ちづると麻友美もゆるゆると立ち上がり、体に付着した砂を払いながら伊都子のあとを追う。

伊都子を先頭にして、またきた道をとぼとぼと帰った。伊都子のジーンズは濡れて砂まみれで、麻友美の服も髪もやっぱり砂まみれだった。ちづるに至っては、靴と靴下を両手にぶら下げ、裸足のままだった。これが伊都子の葬儀なのだろうと、ちづるは思った。強く慕い、強く憎んだ母を、伊都子は伊都子にしかできない方法で見送っているのだろう。東京に戻って、伊都子はひとりで立派に「草部芙巳子」の葬儀を行うだろう。

草部芙巳子の葬儀は、青山にある斎場で大々的に行われた。伊都子に乞われ、ちづるも麻友美も親族席に座った。親族席に座っているのはたった三人だった。列席者は、ちづるにとっては知らない人ばかりだった。伊都子の希望で無宗教の葬儀になり、広い会場にはちづるの知らないシャンソンがかかっている。人々は献花のために長い列を作り、彼らが伊都子に向かってお辞儀をするたび、伊都子をならってちづるも麻友美も頭を下げた。

肩越しにふりかえると、馬鹿でかい芙巳子の写真が飾られている。写真のまわりには、葬儀には似つかわしくないほど色鮮やかな、ダリアや百合や、蘭やフリージアが飾られている。芙巳子の短い髪は金に近い茶色で、ほとんど素顔で、くちびるは大きく笑っているのに、目は射抜くようにこちらを見ている。

いつ撮られたのかわからないその写真に、二十年近く前に見ていた伊都子の母の顔が重なる。高校二年の夏休み前、ちづるたちが学校側に退学処分を言い渡されたとき、ただひとり大賛成したのが伊都子の母だった。保護者同伴で教師に呼び出されたとき、会議室に座った芙巳子は、平然と煙草を吸いながら、「この子にこんなことができるとは思わなかったわ」と言い、酔っぱらっているのかと思うほど陽気に笑った。教師たちもちづるや麻友美の親たちも顔をしかめたが、ますます楽しそうに笑って言ったのだ。「この子たちは今自分の人生という、とてつもなく魅力的なものを手に入れようとしているのに、こんなちんけな学校の、ちんけなルールで止めることができる？　この子たちから何かを奪う資格も才能も、あなた方にはないじゃないの」と。

ちづるは思い出す。コンテストに応募しようと最初に言い出したのは伊都子だった。学校なんかやめてしまおうと言ったのも伊都子だった。あのとき、明確な意志を持っていたのは伊都子だけだった。私と麻友美は、いつもおとなしい伊都子の強い口調に、不思議な信頼を寄せ、そして自分たちにも何かができると信じたのだ。

伊都子は母親に褒められたかったのだと、今さらながらちづるは気づく。この子にこんなことができるなんてという、母の言葉をうっとりと聞いていたかったのだ。そうして私と麻友美も信じた。芙巳子の言う通り、これから私たちは自分の人生というものを、とてつもなく魅力的なものを手に入れようとしているのだと、芙巳子が言うのだからそれは本当なのだと、あのとき信じた。信じて、そして息巻いた。

でも、とちづるは、献花をする見知らぬ人々に向かって頭を下げながら思う。でも、私たちは本当に、自分の人生というとてつもない魅力的なものを手に入れたのだろうか。あるいは、自分の人生などと言いきれるものが、果たしてあるのだろうか。あったとして、それは本当に「とてつもなく魅力的」なのだろうか?

もう一度笑う芙巳子を一瞥(いちべつ)すると、ちづるは姿勢を正した。献花の列はまだ途切れない。音楽が途切れ、またべつのシャンソンがかかる。むせ返るほどの花のにおいで満ちている。

カーテンもベッドカバーも自分の愛するものに替え、白い壁にはポスターを、ベッドサイドには花を飾り、病室だとは思えないほど個室を華やかに、色鮮やかに飾りつけた芙巳子は、ちいさな病院の、病室としか思えないがらんとした個室で息を引き取った。あの部屋に、芙巳子の持ち物は身につけていた寝間着以外の何もなかった。その寝間着さえ、最後には売店で売っていた安物のそれに取り替えられた。自分の思うままに生きた芙巳子は、死の瞬間だけは自分のものにできなかった。でも、もし私たちが手に入れるべきそれぞれの人生というものがあるとしたら、それはきっと、そんなようなことなのではないだろうか。いつも何かが思うようにならず、手に入れたと思ったそばから失っていくようなもの。

「だいじょうぶだから」芙巳子のかすれ声が耳によみがえる。そうだ、芙巳子はそう言ったのだ。それでもだいじょうぶなのだ、と。何ひとつ持っていないとしても、ひとりきりだとしても、それでも私たちはだいじょうぶなのだ、と。

献花が終わり、ちづるも名前を知っている老齢の作家が弔辞を述べる。会場にすすり泣きが広がる。続いてやはり老齢の翻訳家が弔辞を続ける。司会者が重々しい声で弔電を読み上げる。すすり泣きは水のように広がり、会場内を浸す。ちづるは伊都子を見る。伊都子は泣いていない。背をのばし、顎を上げ、花に囲まれた芙巳子をまっすぐ見ている。口元にはあいかわらず笑みが浮かんでいる。威厳に満ちたその横顔から、魅せられたようにちづるは目をそらすことができない。

描きかけの絵から顔を上げ、ちづるは窓の外を見る。部屋の窓からは、隣のビルの灰色の壁が見える。スケッチブックを机に置き、パソコンを立ち上げてキッチンにいく。キッチンといっても、八畳ほどの洋間に続く、二畳もないくらいのちいさなスペースだ。一口しかないガスコンロにやかんをかけて、マグカップにインスタントコーヒーの粉を入れる。

ちづるが引っ越したのは四カ月前、梅雨時期のことだった。芙巳子の葬儀を終えて帰宅したちづるは、ダイニングテーブルに腰かけて寿士の帰りを待ち、帰ってきた彼に「もういい加減、いいよね」と言い、自分の名前を記した離婚届をそっとテーブルに広げた。私もあなたもずっとごまかしてきたけれど、でも、私たちがここにいる理由はもうないって、おたがい気づいているよね。口には出さなかったその言葉を寿士が理解したのかどうか、ちづるにはわかりようもないが、明くる日、「きみがそうしたいのなら」と、言いにくそうに言った。そんなふうに言うことしかできない寿士を、ちづるは憎む気にも呆れる気にもならなかった。私はかつてこの人を必要としていたんだな、と思っただけだった。そして今は、必要としなくなったのだと。

離婚が成立した後にちづるが引っ越したのは、家賃八万九千円の、軽量鉄骨のアパートである。敷金礼金は寿士が出した。そういう言葉は使わなかったが、慰謝料のつもりなのだろうとちづるは思った。正式な慰謝料はちづるも要求していない。少しの蓄えがあるが、それだっていつかなくなる。イラストの仕事はまだあるが、それだけではとても暮らしてはいけない。二カ月前に、ちづるはアルバイトをはじめた。英会話学校の受付である。

二十代のちづるは、今のような暮らしを送ることを恐怖していた。狭い部屋にひとりで住み、支出と収入に頭を悩ませ、夜半にインスタントコーヒーを飲み、不安に押しつぶされそうになるような。だから結婚した。不安や恐怖のない暮らしこそが、自分の人生であるべきだと思っていた。そして今、あのとき恐怖したように、ちづるは不安を抱いている。この先どうなるのかという、うっすらとした恐怖も。けれど今、暗いキッチンでインスタントのコーヒーをすすり、ちづるは満ち足りた気分もまた、同時に味わっている。ようやく自分だけの何かを、人に意見されない何かを、失うことをこわがらなくてもいい何かを、手に入れた気がしている。今漠然と漂う不安ですらも、私だけのものなのだ、とちづるは思う。

マグカップを持って、窓際の机に戻る。メールの送受信ボタンを押すと、二通メールが届いた。伊都子と麻友美からだった。二人とも揃って、来週の約束を取りやめにしてほしい、とあった。

元気？　新生活は順調？　来週のランチだけど、言い出しっぺなのにごめんなさい、私はキャンセルしてもいい？　来週、直接言おうかと思ったんだけど、じつは今十週目なの。っていってもちーちゃんにはわからないかな（笑）。ベイビーちゃんよ。二人目！　ルナのときよりつわりがひどくて、安定期まではおとなしくしていようかと思っています。いろいろ話したかったんだけど……もし時間ができたら遊びにきてね。イッちゃんによろしく！

と、麻友美からのメール。文字を目で追いながらちぢるはほほえむ。高校生のころが私の人生のピークだったと、ことあるごとに言う麻友美は、またしても新しいだれかをこの世に連れてくるのだ。そうしようという決心の裏に、あの海行きが関係しているような気がしてならない。あの日、海を見つめる母と娘の姿を見て、麻友美は麻友美で、私とは違うことを思ったのだとちづるは思う。友だちも恋人も代替できない、親子というものについて。

こんばんは。元気でやっている？　来週の件なんだけれど、私は欠席させてください。少し前に、旅行のことを話したと思うんだけれど、キャンセル待ちしていた二週間後のチケットがとれたんです。それまでは準備に追われると思うので、ごめんなさい、その日は無理そうです。向こうに着いて落ち着いたらまたメールをするわね。麻友美にどうぞくれぐれもよろしく。

と、伊都子からのメール。一カ月ほど前に電話で話したとき、伊都子はスペインにいくつもりだと言っていた。また写真を撮るのか、とちづるが訊くと、もう前のようには撮らない、と伊都子は答えた。五月のあの日、母に見せたかった本当の海を見にいく。自分以外のだれかに認められるために、写真を撮ることはもうしないわ。だって母ももういないんだしね。伊都子は電話の向こうで、そんなふうに言っていた。

ちづるは返信ボタンを押す。あらわれたまっさらなページに、文字を打ちこもうとして、顔を上げる。窓の外には灰色の壁。その壁を見るともなく見つめ、私たちが前のように集まることは、当分ないのではないかとちづるは思う。思うというより、知る、に近い。何を話し何を話すべきではないか考えながら待ち合わせ場所に向かい、昼下がりのレストランで三人顔をつきあわせ、近況報告をし合うことは、きっともうない。あるとしたら、それはもっと年齢を重ねた、遠い未来のことだろう。なぜなら私たちはようやく今、自分たちの進むべき方向を見つけたのだから。月のない夜に、海の暗さに怖じ気づくことなく進む船のように、私たちはそれぞれ、すでに出立したのだから。

了解です。食事は無期延期にしましょう。またいつか、ひょっとしたらずっと遠いいつか、みんなでごはんを食べましょう。そのときを楽しみにしています。がんばろうね。

ちづるはそう打ちこみ、カーボンコピーで伊都子と麻友美に宛ててメールを送信した。立ち上がり、カーテンを閉める。灰色の壁が消える。今より年齢を重ねた自分たちが、レストランのテーブルで、かしましく食事をしている光景を思い浮かべる。テラス席には陽射しがあふれ、やわらかい風がクロスの裾を踊らせ、子どものように人の皿に手をのばしては味を評価し合い、デザートで悩み、そうしてそのとき、私たちが話題にするのは、三人で歌をうたっていた、あの他人のもののような過去ではなくて、きっと伊都子の母をみんなでがむしゃらに海に連れていった、あの夜のことだろう。三人で言葉もなく見つめた、朝の光と、それを映す銀の海だろう。

「お風呂でも入るかな」

ちづるはちいさくつぶやいて、パソコンの電源を落とし、たよりない鼻歌をうたいながら洗面所へと向かう。今、伊都子と麻友美も、同じ歌をうたいながら、それぞれの用事をせわしなくこなしている気がした。三人のちいさな歌声が重なって、夜空に舞い上がっていくような気がした。

あとがき

二〇一七年の暮れに、仕事場の大掃除をしていたら校正刷りが出てきた。校正刷りとは、原稿を仮に印刷したもので、そこに校正者が赤字を入れたり、作者自身が訂正するために赤字を入れたりするものだが、このとき出てきた校正刷りは、赤字も入っていない、まっさらな状態のものだ。

どうやら小説のようで、タイトルもついているけれど記憶にない。だれかの小説の書評を頼まれたのかもしれない。本が出版される前に、こうして校正刷りを読んで感想文を書くこともあるので、そう思ったのだが、それにしても感想を書いたのなら少しくらいは覚えているだろう。

インターネットでタイトルを検索してみたが、何も引っかからない。ということは、出版されていないものらしい。うーん、なんだろう。

あんまりにも不思議だったので、見覚えのない校正刷りが出てきてこわい、というようなことを、SNSに記入した。驚いたことに作家の宮下奈都さんがそれを見て、返信をくださった。それは雑誌「VERY」に連載していたものでは？　と。

遠い記憶がよみがえってきた。たしかに私はその雑誌で連載をしていた。連載終了後、この小説はだめだと思い、全体的になおしたいと編集者に言って校正刷りをもらった。そのころはもっとも忙しい時期で、ひと月に三十本近い締め切りがあった。その締め切りに追いまくられて、その校正刷りは手つかずのまま、記憶の奥に沈んでしまったのだ。あらためて編集の方から出版の打診を受け、読み返してみた。そして、思った。なおせない。――なおすところがない、と思ったのではない。ここに、私はもう入れない、というのが感覚としていちばん近い。

舞台は二〇〇四年から〇五年。この小説に登場する女性たちは中学校の同級生で、三十代半ば。この人たち、幼稚なところがあるし情けないし、ちょっと馬鹿みたいだけれど、今、どんな五十歳を迎えているだろう、と私は思った。つまり、彼女たちは彼女たちとして、私と無関係のところで生きているように感じたのだ。無関係の人たちの人生の、ある時期を、彼女たちよりずっと大人になった私がなおすわけにはいかないと思ったのだ。

もしなおすとしたら、ぜんぶ書き換えないといけない。彼女たちの「今」、令和に突入した今の時点から翻って書いていかなければならない。そうすると、もうそれは、この三人ではなくなるだろう。

これは不思議な感覚だった。書いているとき、登場人物が勝手に動き出して話を進めるということを、私は体験したことがない。いつも苦労して考えてひねり出して、登場人物たちを動かしている。だからそんなふうに登場人物たちが、私とは異なる場所で暮らしていると感じたことなど、ただの一度もなかった。それに、連載を終えて、この小説はだめだと思って手を入れることは私の場合、多い。なのになぜ、この小説には手を入れることができないのだろう。

ひとつには、時間の経過ということがある。連載を終えてすぐならば、彼女たちはまだ、私の創作した、文字のなかの登場人物にすぎず、いくらでも、変わってくれただろう。時間が経過し、私がひとつずつ年を重ね、その都度人生の違う局面に向き合わされているのと同様、彼女たちもそれぞれに年齢を重ねはじめたのだと思う。

小説というのは生きものみたいなものなのではないかと、はじめて感じた。作者が小説を書き終えて、手を離したとき、小説は小説自体の意思を持つのではないか。その意思が、作者の持っているものと同じとはかぎらない。もしかしたら違うことのほうが多いかもしれない。違う意思を持って離れていく生きものを、書き手は黙って見送ることしかできないのではないか。もしかしたら、こんなふうに書くと、つまらない小説は書き手の責任ではないと言いたいのかと反論する人もいるかもしれない。けれど私の思うところは、そういうことではない。つまらない小説しか書けなかったのは作者である私の責任でしかない。小説の意思とは、おもしろいとかつまらないということではなくて、いや、おもしろかろうがつまらなかろうが、どうしようもなくそこに存在してしまう、そういうものなのではないか。あまりの不可解さに、そんなことまで考えた。

さて、三十代の半ばになって、ようやく自分の人生と向き合いはじめた彼女たちは、五十歳になった今、どんなふうに暮らしているだろう。ＬＩＮＥや、ＳＮＳを、若者のように使いこなしているだろうか。更年期や体の変化とどのように向き合っているだろうか。どんな人生の局面に向き合わされているのだろうか。私より少し年下の彼女たちの「今」を、いつかまた書いてみたいと、ちょっとだけ思う。

こんな特殊な背景を持つ小説を読んでくださって、そして彼女たちと出会ってくださって、ありがとうございます。

初出
「VERY」二〇〇五年七月号〜二〇〇七年六月号掲載の
「銀の夜の船」を改題しました。
二〇二〇年十一月　光文社刊

光文社文庫

銀の夜

著者　角田光代

2023年11月20日　初版1刷発行

発行者　三宅貴久
印刷　萩原印刷
製本　ナショナル製本

発行所　株式会社　光文社
〒112-8011　東京都文京区音羽1-16-6
電話（03）5395-8147　編集部
8116　書籍販売部
8125　業務部

ISBN978-4-334-10126-8　Printed in Japan

組版　萩原印刷